Une vie

Une vie

Simone Veil

一生

［法］西蒙娜·韦伊 著　侯合余 译

南京大学出版社

谨以此书献给死于贝尔根-贝尔森集中营的母亲伊冯娜，
献给在立陶宛被害的父亲和让，
献给过早离开我们的米卢和尼古拉，
献给我的家人，感谢他们给我带来幸福。

莫泊桑,我喜爱的莫泊桑,应该不会怨我借用他的一部小说——他最美丽的小说之一——的名字,来描写一段完全真实的人生历程。

——西蒙娜·韦伊

目 录

第 一 章 在尼斯度过的童年……………………… 1
第 二 章 罗网………………………………………… 14
第 三 章 地狱………………………………………… 31
第 四 章 新生………………………………………… 56
第 五 章 法官生涯…………………………………… 72
第 六 章 政府工作…………………………………… 93
第 七 章 欧洲公民…………………………………… 116
第 八 章 重返政府…………………………………… 149
第 九 章 看见天狼星………………………………… 164
第 十 章 运动………………………………………… 172
第十一章 正义者的光辉……………………………… 177
附   录……………………………………………… 189

第一章

在尼斯度过的童年

保存下来的童年时代的照片证明,我们曾是一个幸福的家庭。看我们,兄妹四人围绕在母亲身边,多么温馨!再看其他照片:我们在尼斯的海滩上玩耍,在拉西约塔①度假屋的花园里拍照,在女童子军②营地,姐姐们和我开怀大笑……我们猜想名叫和谐与融洽的仙女们曾眷顾过我们的幼年,所以,我们得到了最好的武器来迎战生活。父母给了我们与其他人不一样的品性,使我们面临一些困难,除此之外,他们的确给了我们一个团结、温暖的家庭,以及在他们眼里重于一切的东西——明智而严格的教育。

但是,命运很快就千方百计地搅乱了看似勾勒得那么美好的人生道路,以致让这一份生活的喜悦荡然无存。在我们家,就像在众多法国犹太家庭一样,死亡迅速而沉重地袭来。写到此处,我不禁伤心地想到,父亲和母亲将永远不会知道他们的孩子长大成人,不会知道他们的孙辈出生,也不会知道家庭添丁的甜蜜。他们无法估量我们曾经的生活给我们遗留下多大价值;而

---

① (普罗旺斯地区)罗纳河口省的镇,在马赛以东约30公里处。(如非特殊说明,注释均为译者所加。)
② 国际性的、按照特定方法进行的青少年社会性运动,目的是向青少年提供生理、心理和精神上的支持,培养出健全的公民。

这份遗产,却是那么稀有而独特。

20 世纪 20 年代对他们来说是幸福的。他们于 1922 年结婚,我父亲安德烈·雅各布那时三十二岁,母亲伊冯娜·斯坦梅茨,比他小十一岁。那个时代,这对年轻夫妇引人注目。安德烈朴实优雅,审慎持重,他珍视这种品格,就像看重他建筑师职业的创造性一样,可他获得罗马大奖后不久,被囚禁了四年,职业遭受重创。伊冯娜光彩照人,令很多人想起那个时代的明星葛丽泰·嘉宝①。一年之后她生了第一个女儿马德莱娜,小名"米卢"。又过了一年,丹尼斯出生,接下来是出生于 1925 年的让和出生于 1927 年的我。在不到五年的时间里,雅各布家由两口人增加到六口人。我父亲很满足。他认为,法国需要子女众多的大家庭。至于母亲,她是幸福的,孩子们充实了她的生活。

我父母亲都生在巴黎,确切地说是特吕代纳大街,两家只有两步之遥。第九区这个安静的角落里,在 20 世纪初时,住着很多犹太家庭,后来该是迁到其他区去了。父母亲虽然是远房表兄妹,却并不相识。家谱图证明我父亲这边在法国定居的历史至少可以追溯到 18 世纪上半叶。我的祖辈那时住在洛林,靠近梅斯的一个村庄里。几年前我曾带着一家人去那里寻根。村里的最后一位犹太人,是个百岁老顽童,负责守护坟墓。他给我们指出了祖先的坟墓,其中一座立于 18 世纪 50 年代。面对我们先人遗留在村子里的踪迹,可以想象我们是多么激动。

早在 1870 年战争之前,我的父系先祖就到了巴黎,作为手艺人住了下来。他们制作银质小盒子,销售范围逐渐扩大,直至中欧,大有成功之势。但后来,由于生意衰败,家庭生活困苦。

---

① 葛丽泰·嘉宝(Greta Garbo, 1905—1990),美国著名电影女演员,是电影史上最著名的女明星之一,曾获奥斯卡终身成就奖。

我祖父只是个巴黎煤气公司的会计，但他知道要为孩子们保证扎实的学业：我父亲在国立高等美术学院上学，在投身建筑业之前曾获得罗马大奖的第二名；至于他的弟弟，曾是巴黎中央理工学院的工程师。

正如所有被同化的犹太家庭一样，我父亲的家庭也非常爱国，并且不信仰宗教。他的祖先为自己的国家而自豪，因为法国自1791年就给了犹太人全部的公民权。即使在德雷福斯事件①发生时，震惊全国的反犹太主义浪潮都几乎没能动摇犹太人的公民地位。当共和国宣布德雷福斯上尉无罪时，一切又很快恢复了秩序。"1789年之后的人不会弄错，"那时，我祖父一边肯定地说，一边打开一瓶香槟酒，庆祝这一事件。1914年突然宣战时也是如此，即便我父亲当时刚服完兵役，并一心想着投入职业生活，可他像所有同龄的法国人一样，去了前线。他在莫伯日执行空中侦察敌人防线的任务，1914年10月被俘，之后在整个战争期间被囚禁，几次尝试越狱之后，生活条件越来越艰苦。

那些年对他影响至深。童年时代，我们在他身上，在他对我们的悉心教育中，找不到他年轻时的朋友们所说的奇思妙想。至于德国，在他眼里始终是"世仇"。他不相信阿里斯蒂德·白里安②所鼓吹的和解。

关于我母亲的家庭，我了解得少一些。他们祖籍在莱茵地区（外祖母来自比利时），19世纪末在法国定居。和我父亲那边

---

① 1894年，法国陆军参谋部犹太籍上尉军官德雷福斯因被诬陷犯有叛国罪，被革职并处以终身流放，法国右翼势力乘机掀起反犹太浪潮。此后不久即真相大白，但是法国政府却坚持不承认错误，直到1906年德雷福斯才被判无罪。

② 阿里斯蒂德·白里安（Aristide Briand, 1862—1932），法国政治家，外交家，法国社会党创始人，十一次出任总理，以主张对德和解获得诺贝尔和平奖。

一样,我母亲这边也都是完全不信教的共和派人士。父亲在这一点上没有任何通融可言。我记得八九岁时的一件事:一个意大利籍表姐来家里住些日子,她第一次带我去了犹太教堂。爸爸知道后警告表姐说,再出现这样的事,就别想再踏进我们家的门。

很简单,我们是不信教的犹太人,并且也不隐瞒。在幼儿园,一个四五岁的女同学把我惹哭了,她说我妈妈肯定会"烧死"在地狱,因为我们是犹太人。然而,我对宗教一无所知。1937年,在巴黎参观世界博览会时,我们到一家餐馆吃午饭,高兴地点了腌酸菜。当表兄弟们——我们暂住在他们家——得知后,叫了起来:"你们知道你们在做什么!吃酸菜!还在赎罪日这一天吃!"①这个插曲是我学习犹太习俗的开始,我毫不羞愧地承认我学得并不多。

然而,归属于犹太团体从未给我带来麻烦。我父亲强烈要求归属犹太团体,倒不是因为宗教原因,而是文化原因。在他看来,如果犹太民族始终是上帝的选民,那是因为这个民族是《圣经》中的民族,是有思想有文化的民族。我记得大概十四五岁的时候问过他:"要是我不嫁给犹太人,你会反感吗?"他回答说,他绝不会娶非犹太女人,除非她是……贵族!面对我的惊讶,他解释说:"几个世纪以来,唯有犹太人和贵族识字,这一点才是最重要的。"

这个观点给我留下了深刻的印象。它不仅印证了我们大家都知道的他独特且严厉的性格,而且充分显示了他对精神世界的重视。小时候,我们洗过澡后就会去父亲的书房,听他读佩

---

① 赎罪日是犹太人最重要的圣日,在新年过后的第十天。对于虔诚的犹太人教徒而言,这是禁食日,在这一天完全不吃、不喝、不工作,并到犹太会堂祈祷。

罗①的童话或是拉封丹的寓言。后来,到我们十四五岁的时候,他不能再忍受我们只对像罗莎蒙德·勒曼②写的那样的"小故事"感兴趣了。他不仅让我们读古典主义作品,如米歇尔·德·蒙田、让·拉辛,或布莱兹·帕斯卡尔的,也让我们读现代主义作品,比如爱弥尔·左拉,或阿纳托尔·法朗士的,更让我吃惊的是,他甚至让我们读亨利·德·蒙泰朗③的作品。他自己也读很多书。此外,他还很有绘画天赋,就像做其他任何事情一样,他在绘画上勤奋认真。我至今还保留着他画的几幅漂亮的水彩画。可是,和我母亲不同,他不喜欢音乐。

关于不信教的问题,再说几句。不信仰宗教曾经是、现在也仍然是我们的准则。母亲是无神论者,我也是。在我眼中,她是一个非常善良的人。可是,我却不否认宗教给信仰者带来的帮助。我怀着钦佩的心情想起集中营里的那些年轻的波兰女孩,尽管集中营的生活让她们骨瘦如柴,可她们还是坚持在赎罪日那天不进食。在她们看来,尊重宗教仪式比活下去更重要。这让我至今印象深刻。

我已提到我们去参观世博会,这是件大事,因为当时我们不住在巴黎。我的父母亲在婚后两年,也就是1924年,离开首都去了尼斯定居。我父亲根据直觉,选择了蓝色海岸,后来事实证明他的直觉是正确的,但是可惜呀,这个直觉对他的事业发展来

---

① 夏尔·佩罗(Charles Perrault,1628—1703),法国文学家,以童话集《鹅妈妈的故事》闻名于世。
② 罗莎蒙德·勒曼(Rosamond Lehmann,1901—1990),英国小说家。
③ 亨利·德·蒙泰朗(Henry de Montherlant,1895—1972),法国作家,作品兼有法国古典作家的淳朴和浪漫派作家的激昂,为评论家所称道。他曾经在作品中几次赞扬自杀,认为那是"在必要时的一点点自由"。

说却提早了几十年。他曾预料到,在那时正时髦的里维埃拉①的海滨,建筑将会有巨大发展,特别是尼斯这个城市,正历经巨变,其部分原因是大量外国人的涌入。我父亲坚信财富在那里等着他,所以决定南下。这次迁居母亲并不高兴。应丈夫的要求,她放弃了令她痴迷的化学学习,转而照顾家里和孩子。现在她又要离开巴黎,离开她的朋友、家人,还有她喜欢的音乐会。但是,她并没有不乐意,她具有崇高的自我牺牲精神,习惯了经受得失,可是父亲认为这些都是无关紧要的细枝末节。然而,无需怀疑,她把渴望独立的思想传给了我。我和她观点一致,认为如果一个女人有可能做到独立,就要学习和工作,即使丈夫不赞成,因为丈夫是从他自己的自由和独立出发思考问题的。

刚开始的几年,爸爸的事业就跟他预想的一样,有了非常大的发展。他雇了两名绘图员和一名秘书,在拉西约塔设计了一栋别墅。在他看来,这只是这片土地(原来属于卢米埃兄弟②,刚被一家海滨浴场收购)上一长列别墅群中的第一栋。在尼斯,我们住在音乐家街区一所漂亮舒适的房子里。在我的记忆里,我和姐姐住一个大房间,可是哥哥让有他自己的卧室。我尤其记得父亲的工作室,他和合作人在那里勤奋认真地工作,这给当时还是小孩子的我留下了深刻的印象。

然而好景不长。如果说20世纪20年代生活很轻松,那么30年代则很艰难。和很多法国家庭一样,我的家庭也遭到经济危机——著名的1929年经济危机——的沉重打击。父亲的订单急剧减少,与客户面谈的时候他不够灵活,总是用自己在建筑学上的见解去说服客户,这使得情况更加糟糕。

---

① 里维埃拉(Riviera),地中海沿岸区域,包括意大利的波嫩泰、勒万特和法国的蓝色海岸地区。
② 卢米埃兄弟(les frères Lumière),法国电影和电影放映机的发明人。

1931年抑或是1932年，我们不得不卖掉汽车，从市中心搬到一个条件简陋、远不及以前舒适的公寓。公寓没有取暖设备，只在门口有个大火炉，也没有木地板，只有简单的普罗旺斯方砖。我的哥哥没有房间，只能睡在餐厅里。从那以后，我们都从日常生活中感受到了我们家所面临的经济困难。即使我是家里最小的孩子，感觉不如其他人强烈，但我也看得出妈妈很为原来的房子感到惋惜。

五岁的年纪，这些小小的物质上的困扰对我没有什么影响。相反，我很喜欢这栋坐落在克吕维耶大街的房子，环境优美，临近乡村。房子的窗户朝向一座俄国教堂，该教堂是值沙皇访问法国之时，完全按照莫斯科的教堂仿建的。在躲避十月革命的难民到来之前，整个街区就受到了俄国文化的影响。在我家附近有几个网球场，也是沙皇来的时候建的。再远一点，有一条街，名叫沙皇太子大街。

我回想起我们的卧室，贴着带有图案的蓝色壁纸，卧室有一个阳台，阳台上养了许多盆栽。阳台外是一个园艺家种的大花园。乡村离我们家很近，几栋楼房过去就是了，那边有一个小金合欢树林，长满了堇菜。星期天我们常去那里散步。长大一些后，会在星期四和童子军一起去。现在，这个街区已经认不出了，我曾回去过一两次。曾经的绿地都建起了房子，融入了城市。我勉强找到了哥哥读书的男子中学，这个中学曾经坐落在一个大公园的中央，今天却被成群的楼房包围了。那时候，这个有海、有阳光、有乡村的环境是我童年的天堂。

两个姐姐和我组成了一个紧密的三人团。我还记得我们一起在卧室里做作业的情形。即使父亲不要求我们在学校里出类拔萃，在家里，我们也有许多作业要做。当然，我们一级一级地升学，没有障碍，但是学业不是我们的强项。感兴趣的科目我们会获奖,其他的科目我们只满足于按部就班。但是老师都很优秀,他们都有教师职衔。我不是个好学生,却常常是老师们的宠儿。一些同学都说:"你,老师什么都原谅你;可我们呢?就算错误比你小得多,也不会被放过。"这不全是假的。我想起了一些曾经保护过我的老师。其中有一对没有孩子的年轻教师夫妇在我初一或者初二的时候,放学后常常带我去吃东西,我曾对此感到骄傲。除此之外,正如妈妈的朋友经常对她说的那样,和哥哥姐姐们比,妈妈更疼爱我。因为是家里最小的孩子,长久以来,我感觉自己得到了过分的保护。她们甚至还对我的母亲说:"伊冯娜,你太溺爱西蒙娜,她想做什么就做什么,她把自己的意愿强加给全家人,她会被宠坏的。"等我再大一点,我会自主地查字典来解决单词意义的分歧。

其实没什么好担心的,爸爸盯得很紧。吃饭的时候,他总是让我坐在他的右边,好监督我。他认为我总是一意孤行,举止粗俗,必须加强对我的教育,而且只有他才能纠正母亲对我的溺爱。很快,他就不喜欢我的反抗精神了。令我惊讶的是,他并不了解母亲独特的性格,我不得不说,他的许多决定和禁令都让我觉得是对母亲的刁难。

可是,我并没觉得自己行为特别。我最喜欢和妈妈待在家里,我曾觉得和她一起生活是我最大的幸福。那时我会靠着她,握着她的手,依偎在她的膝盖上,不放开她。我应该是很愿意独享她的爱,但家里的兄弟姐妹还是很团结。我们接受米卢的权威,因为她非常理智,连母亲都很愿意把事情托付给她。晚上,如果他们之中有人没来拥抱我,我就会睡不着觉。哥哥让亲切地照顾我;丹尼斯也一样关心我,尽管她已经很独立。

如此受宠甚至有些任性的童年生活影像,久久留在我的脑海中。以至于我们从集中营回来时,姐姐见到的一个朋友无意中抛出了这么一句话:"我希望集中营的生活至少能让西蒙娜变得成熟一点了!"当米卢带给我这话时,我感到很震惊。那些年是多么奇怪的年代,人们不是总能注意自己说话的影响。况且,这个朋友不可能不知道我们在集中营的经历。她是否想和很多人一样,因为事实不堪忍受就否认它?或许吧,尽管我可以很大度,但是这类话我忘不了。

每当我想起战前的幸福时光,总是十分怀念。安静的氛围,微不足道的小事,互相信任,共同的欢笑,永远逝去的时光,这样一种幸福实在难以用言语来描述。这是童年飘逝的芳香,因为接下来发生的事情是那么可怕,所以每当忆及就更感痛苦。我们的娱乐活动非常简单,因为除了阅读,只有用特别的方式,爸爸才会允许我们听收音机中的音乐或者去看电影。对于在那个时代看到的稀少的几部电影,我没有任何记忆。我们大部分的空闲时间都是在家中度过,后来当我们长大一点,就跟所在的童子军团的人一起玩。事实上,我并没有觉得家庭生活和我在外面的生活——在高中或是在童子军团——有脱节。大家一起构成一个同样的环境,让人有一种安全感。我觉得一切都像在家里一样。父母经常去拜访我的老师,也在家里接待他们,有时还跟他们一起去滑雪。童子军团的人都是高中同学,家庭之间常有来往,相互帮忙,比如妈妈帮童子军做领带。所以我觉得自己生活在一个外表并不正式的团体中,但是内部交流多样而且热情。到今天还有一些时刻让人无法忘怀。我还记得一个愉快的圣诞节,父母让姐姐们与朋友一起去山里滑雪,只有我们三个人留在家里,我非常高兴,因为妈妈只是我一个人的了。

夏天,我们全家一起去拉西约塔度假,住在父亲建的房子里。活动安排是去海边,在花园里玩耍,和堂兄弟们一起出去玩。在尼斯，自四年级起，就有一个好朋友与我为伴。她很不幸，与父母相处得不好，他们是波兰籍的犹太人，在1935年公民投票决定德国收回萨尔①之后来到法国。我们关系很亲密，妈妈也很欢迎她。和另外两个童子军一起，我们组成了不可分割的四人组。癌症过早地夺去了这三个朋友的生命，她们的离去至今还让我难过。

其中一个姓雷纳克的女孩和她的姐姐，在战争刚开始时来到蓝色海岸。她们的父亲朱利安是国会议员，在贝当②政府出台反犹太法之初就被逐出国会。她们住在波利耶的凯里罗斯别墅里。这幢特别的别墅是她们的祖父——研究希腊的学者——泰奥多尔·雷纳克在世纪初建造的，他想要仿建古希腊的一个庞大豪华的宏伟建筑。这栋"希腊别墅"让我们着迷。它奢华得令人难以置信，甚至连吃饭的盘子都是仿照古希腊的餐具制作的。

那个年代，政治悄悄进入了我的高中生活。1936年人民战线在选举中获胜时，我在读七年级。高年级的学生积极参与，她们佩戴政治徽章，热烈讨论并评论时事、游行和罢工。其中有个女孩子在房间张贴了红十字领袖拉罗克上校的画像。后来，这

---

① 萨尔(Sarre)是国际联盟委托下，1920—1935年间被法国和英国占领及管制的德国地区。
② 亨利·菲利浦·贝当(Henri Philippe Pétain, 1856—1951)，法国元帅，维希法国首脑，一生颇为坎坷，民族英雄和叛徒集于一身。1878年毕业于圣西尔军校。第一次世界大战期间因领导1916年凡尔登保卫战出名，成为当时的英雄。在法军索姆河惨败后，他在最黑暗的时候重振了法军的士气。"二战"法国战败后，出任维希政府总理，1940年7月至1944年8月任维希政府元首，成为希特勒德国的傀儡。1945年4月被捕，同年8月因叛国罪被最高法院判处死刑，后改判终身监禁。

个女孩参加游击队的抵抗运动,几年后,被流放到拉文斯布吕克①。

这种骚动于我而言是完全新鲜的。一方面,我们家里不谈政治;另一方面,我父母亲政见不同,我也是后来才知道的。爸爸买右派的日报《尖兵》,妈妈则瞒着爸爸读有社会主义倾向的《小尼斯人》,还有左派或者中间偏左的杂志,例如《启蒙》《杰作》《玛莉亚娜》。妈妈的姐姐和姐夫都在巴黎行医,他们从不掩饰左派观点,赞同共产主义。但是1934年到苏联的旅行改变了他们的观点。像安德烈·纪德②一样,他们回来后感到沮丧,但是他们也并未因此而转向右派。

我清楚记得国家社会主义德国和反犹太主义上升的最初几年。法国人都记得第一次世界大战,记得那次殃及无数家庭的大屠杀。当时战争无处不在,而且摆脱不掉德国人。父亲一提到"德国鬼子"——他从来不说德国人——就生气,他痛恨他们。例如,当妈妈说:"如果听了白里安和施特雷泽曼的建议,两个国家可能就和解了,也不会有希特勒。"爸爸反驳道:"无论如何,我们永远都不可能和德国鬼子友好相处。"

几个月,甚至几年里,没有几个人明白莱茵河对岸到底发生了什么。1934年夏天,我们在拉西约塔度假时,妈妈和一个在德国住了几年后回来的年轻人打网球,这个人就是雷蒙·阿隆③。他和妈妈讲了在柏林的见闻,街头暴力、大学生组织的焚书,总之一句话,就是纳粹主义上升。可是没有人愿意相信他。

---

① 拉文斯布吕克妇女集中营建于1938至1939年间,位于柏林以北五十英里。"二战"期间,共关押过十三多万名妇女、儿童和青年。在1945年苏联红军解放这里之前,有近五万人被迫害致死。
② 安德烈·纪德(André Gide,1869—1951),法国作家,1947年获得诺贝尔文学奖。
③ 雷蒙·阿隆(Raymond Aron,1905—1983),法国重要思想家。

之后不久,就有德国的犹太人到尼斯避难,犹太团体立即组织接待了他们。从20世纪20年代末,妈妈就有这样一个习惯,在照顾丈夫和四个孩子之余,照顾那些父母有困难的婴儿,为他们织衣服。那个年代,几乎没有社会救助,就像那时人们所说的,"穷人"的命运仅仅从属于民众的慈悲。自1934年起,她照顾来自德国和奥地利的避难者。后来,我们还让他们住在家里。

难民数量不断增加。弗洛伊德的一个儿子来到尼斯定居,他是个摄影师。我们和他的女儿埃娃成了好朋友,她是个又聪明又可爱的同学。她常来我们学校,在童子军和我们一组。她年龄比我大一点,命运很悲惨,不久就死了,当时她的父母去了英国,不在她身边。

纳粹主义的上升,打破了我们家不谈政治的禁忌。从那以后,难民潮和他们的见闻成了我们谈论的话题。一些逃离国家社会主义德国的人说,政治上的反对派都被关在位于慕尼黑郊区的达豪集中营①。他们还提起商店的橱窗上贴着大卫之星②。人们还没谈论关押犹太人,但所有人都明白德国的局势已经越来越让人恐慌。

总之,这就是我的感受。我清楚地记得那些时事电影带给我的恐惧,虽然是关于西班牙战争和中国形势的,跟德国无关,但还是让我惧怕战争,这是一种有着强烈预感的直觉。这是对将来危险的幻觉吗?米卢姐姐经常这样说:"对形势最忧虑又最清醒的人是你,你曾是唯一能预感未来的人。"

1938年春天,德国吞并奥地利,局势更加紧张。秋天,《慕尼黑协定》也没能消除人们的不安。家里所有人都反对《慕尼黑

---

① 纳粹德国三大中心集中营之一,建于1933年3月,系纳粹德国最早建立的集中营。
② 大卫之星是犹太教和犹太文化的标志。

协定》,妈妈当然也反对,因为她明白这种和平下掩盖着危险,爸爸也一样,他关心的是尽快报复我们的宿敌德国。至于做医生的姨妈和姨父,他们既惊讶又愤慨,他们支持西班牙共和人士,姨夫已经打算加入国际纵队,他不赞成法国的不干预政策。

1939年夏天,法国参战让一些人松了一口气。接下来的几个月,我们经常拿"奇怪战争"①开玩笑。我却并没有感到放松,我记得曾对姐姐说:"我们确信自己会胜利,可是德国人也坚信自己会赢。"不是我悲观,而是因为我的性格特点,强烈地感觉到事情未必会遂人愿。

然而,我们远远没有料到等待我们的是什么。首先是在漫长的几个月中等待战斗;然后是战败、停战、贝当政府;最后是种族法的颁布和暴力迫害犹太人局面的失控。

总之,在这个刚刚庆祝了我十一岁生日,还将庆祝我十二岁生日的幸福家庭里,我们并没有意识到童年的天堂正在沉没。

---

① 指"二战"全面爆发初期英法在西线对德国"宣而不战"的状态。法国人称之为"奇怪战争",德国人称它为"静坐战",英国人称它为"假战争"。

第二章

罗　网

这是预兆吗？事情偏偏就这样发生了：1939年9月1日战争爆发了，这场战争在我的记忆里和假期紧密相连，那年的假期因为一种很晚才确诊的疾病而中断。

那年我刚刚十二岁，像每年夏天一样，课程结束后，姐姐们和我都参加了童子军，驻扎在埃固阿勒山。

一天晚上，当我抱怨喉咙痛的时候，一个伙伴说："你说这话是不想去拾柴禾生火。"我没有作声，但是很快，其他女孩也感到喉咙痛。十来天后，医生诊断出是猩红热。为了抑制传染，我们每个人都得回家。我和姐姐们去了当医生的姨父姨妈那里，住在他们巴黎地区的家中，和他们的孩子玩，在那里继续我们的假期。一天，我伸出手给姨父看，两只手严重脱皮，这是这种病的症状之一。他根据日期判断应该是我把猩红热传染给了大家，但这种病往后就结束了。的确，很不公平：两个姐姐的病比我严重得多。9月1日，我们三个人和哥哥回到了尼斯，刚到那里我们就得知战争爆发了，这给我们这个没能好好享受的假期画上了一个悲伤的句号。1939年的夏天就这样糟糕地结束了。

尽管人们对战争议论纷纷，但尼斯一切如旧，人人都忙于自己的工作。当然，除了那些被动员到前线的人。电车照常跑着，我们也按时开学了。在我们女子中学，全体老师——基本上都是女教师——都到齐了。雅各布家的孩子们每个星期四和星期天都照常参加童子军活动。总而言之,除了附近的小型冲突会传来几声沉闷的回声,这场没有引发任何战役的战争,对于我们来说还是抽象而遥远的。家里的生活几乎没有受到影响。爸爸已经过了应征入伍的年纪,也不怎么工作。时间长了,他就会到拉西约塔的工地上转转,但是生意已经做不下去了。按照当时的形势,前景不容乐观。母亲在一所小学教书,她一直保持着善良的秉性,还照顾一个得了癌症的女性朋友。

不知是否被"专家"言中,德国在1940年5月10日对法国展开了攻势,犹如闪电一般,结束了几个月以来我们耳边虚幻的轰隆声。形势急剧发展。在闪电战开始刚好一个月的那天,我父亲带我去拜访一个住在戛纳的老姑妈。在到达昂蒂布车站的时候,我们就听见一个报童在站台上喊着:"意大利在我们背后放冷枪了!"他说的是墨索里尼对法国宣战的消息。爸爸当即的反应,表现出这个消息是多么让他感到震撼。一回到家,他就给我们解释说,意大利将要吞并整个阿尔卑斯滨海省。他还肯定地说:"尼斯有从法国脱离出去的危险。而我们,我们就再也不能回归法国了。"我觉得这些话未免有些悲观,但谁知道呢?意大利人觊觎尼斯郡已经是众所周知的事情了。

爸爸立刻想保障我们的安全,就让我们四个孩子去找叔叔和婶婶。他们一知道德军进入法国的消息,就躲避在图卢兹附近了。第二天,爸爸就把我们塞进了火车,我们顺利到了那边。那时所有人都竖着耳朵听广播,想捕捉哪怕是一丝的消息。就是这样,6月18日我们听到一个叫戴高乐的将军的号召……叔叔和婶婶立刻前往伦敦。带我们去是不可能的,所以我们只能像来时一样,又匆匆地赶回家。我又看到了在马赛站台上翘首以盼的母亲。重逢真让人激动;我们又团聚在一起。

那个时候，大家都昏了头，巴黎的恐慌也蔓延到了外省的大城市。接连几个星期里，逃难的人流规模之大，前所未有。整个国家的氛围正如伊雷娜·内米洛夫斯基①在她的著作《法兰西组曲》中所描述的那样。而这种动荡并没有延续多久。随着法德停战，接踵而至的是沮丧和沉默。因为再没什么事情发生，所以我们在回尼斯之前就在拉西约塔度过了夏天。回到尼斯，我们的生活又步入了正轨。

我们正常开学了：白天上学，晚上在家，假日去童子军。然而，我们的物质条件却急剧下降。冬天很冷，我们却很难找到煤。食物短缺的问题也突然袭来。众所周知，尼斯地区盛产花卉，而不是蔬菜和乳制品。所以，人们的生活很艰苦，我们也一样。在这种环境下，我们时刻注意着维希政府发布的消息。从10月开始，第一条针对犹太人的法令开始颁布，我们被惊得目瞪口呆。我们的父亲，这个"老兵"，也不得不承认这些条款是贝当元帅的魔爪。我们都明白这意味着什么。从此以后，犹太人将成为行政上被隔离的对象，这对于一个人权国家来说真是一大丑闻：任何人，只要其祖父母一辈有三位犹太人，即被定为犹太人；若本人的配偶是犹太人，有两名祖父母为犹太人的就被认定为犹太人！除了如此的定义外，犹太人还将被禁止参加一切公共活动和传媒活动，同时犹太人从事工作的配额也受到严格限制。正是因为这样，1940年12月，我的两位老师被迫离职。至于我父亲，虽然已经多年没有什么工作可做，同样还是被剥夺了工作的权利。碰巧地，父亲的一些建筑师朋友分些活给他干，

---

① 伊雷娜·内米洛夫斯基(Irène Némirovsky, 1903—1942)，俄裔法国犹太女作家，十月革命后，移居巴黎。"二战"爆发后，她躲在法国南部的一个小镇里，但仍然没有幸免于难，1942年夏天被杀害于奥斯维辛集中营。遗作《法兰西组曲》于2004年出版。

但是因为这些朋友自己也没什么工程，父亲能做的事就更少了，因而我们家经济上也就雪上加霜。生活必需品非常匮乏，物资储备持续下降：尽管父母平常对于钱的问题都绝口不提，但我们并不难猜出他们面对的困难。此后，情况越来越糟。我记得一两年后，姐姐从银行回来，说账上一分钱也没有了。

很明显，那是荒年。父亲的确很爱母亲，他甚至不愿与他疼爱的孩子们分享。然而，他是个有原则的人，一直严格地把持着日常的花费。在战前，妈妈喜欢给我们一点甜食，如巧克力面包，不用入账。然而严峻的时刻到来，一切都变得更困难，我们四个小孩对此印象深刻。我们觉得妈妈过于依赖爸爸，我们真不喜欢她那样。她没有工作，也没有半点经济独立，因此要报开支明细账。她多次警告我们，我们对此深有感触，我一直保留着一个感人的记忆和一个难忘的教训："不仅要工作，还得要有自己真正的职业。"因此，在许多年以后，当我的丈夫尝试建议我放弃工作教育孩子时，我断然拒绝。

在这期间，从1941年开始，犹太人被要求表明犹太身份。首先是外国籍的，尼斯有很多外国犹太人，然后是法国籍的。这是什么意思呢？难道我们不和其他人一样，都是法国人吗？可是，和几乎所有的犹太家庭一样，我们屈服于这个程序，我们习惯了遵守法律，也并不想过多自问这个程序的后果：现状已经如此的艰苦，以至于我们根本不问未来。我们不必为当时的状况感到脸红，难道我需要说我比其他人表现得更有所保留吗？

在这个时期，从法国北部逃来的犹太人不断到达尼斯这个自由区。1942年底，意大利军队占领了法国南部后，这一现象更加严重。此后，盟军在北非登陆时，德军占领了自由区。应该指出的是，意大利人对法国犹太人持宽容的态度。他们对我们反而比我们国家的当局更加开明。而德国人在他们占领的土地上，已经开始肆意抓捕犹太人，并立刻谴责意大利人的这种相对的仁慈，可是谴责是徒劳的。以至于直到1943年夏天，法国东南部成了犹太人的庇护所，起初是因为这里位于自由区，之后是因为这里是意大利人的占领区。就这样，尼斯的人口仅仅在几个月里就增加了三万。

我们家族也有五人来到尼斯，住在我们家附近，这更是加重了我们的经济负担，而我们自己还正在为了生计而拼搏。爸爸的哥哥，是个工程师，在1941年12月巴黎大搜捕中被抓，那次搜捕被称为医生和工程师大搜捕。他被关押在贡比涅①集中营时，患了重病，当局不得不决定把他送到医院去。痊愈后，他就被释放了。两年之后，他和妻子以及三个孩子就来尼斯定居了。他给我们描述的事件让我们担忧，我们越来越为将来发愁，心思也已经不在学习上了。我的哥哥让突然决定停学，开始在尼斯的电影工作室当摄影师。米卢刚刚拿到高中毕业证，找了个秘书的工作，以缓解家庭经济困难。丹尼斯决定教一些数学特别辅导课程。我们总算在这样的环境中艰难地活下来。一连几个月，仍然有大量难民源源不断地涌向尼斯。我们遇到了越来越多悲惨的犹太家庭，也经常收容他们几日。说实话，他们对宗教的虔诚真让我们惊讶：我们第一次看到崇尚安息日的人，他们戴着无边圆帽，整整一天什么都不做，只看着时间流过，这一切都在黑暗中进行，直到我们这些不受禁

---

① 法国城市，从1941年6月至1944年8月纳粹在此设立了一座集中营。

的人为他们送去迟到的光明。

1943年夏天,墨索里尼下台之后,意大利人签署了一份停战协议并退出了这一地区,我们就陷入了悲剧。1943年9月9日,盖世太保强行占领了尼斯,甚至比德军都快。他们把行政部门设在位于市中心的埃克赛尔西奥酒店,并轻而易举地搜捕此前意大利人拒绝抓捕的犹太人。就这样,由阿洛伊斯·布鲁纳①指挥的大规模的抓捕立刻开始了,此人在管理德朗西②集中营之前,在维也纳、柏林和萨洛尼卡就出名了。我最好的朋友,我的一个中学同学——也是童子军——还有他的父母,正是在9月9日这天被逮捕了。我后来得知,他们一到奥斯维辛-比克瑙集中营③就被纳粹用毒气杀死了。

从这天起,法国犹太人的生活被彻底改变,在这之前几乎没有发生过逮捕事件。从此以后,我们的身份证上都要印上字母J。我比家中其他人更早地感觉到了这个举措的危险性,想要反对盖这个印章。但是,这无疑是和当局叫板,我们怀着复杂的心情服从了这个举措,这其中有忍受,有守法,我甚至可以说,还有自豪。我们并不知道,我们将会为自己的这种坦诚付出怎样的代价。从第一次大搜捕开始,我们终于明白了,时代已经容不下我们的存在。我们本应该在人群中隐姓埋

---

① 阿洛伊斯·布鲁纳,奥地利人,从1938年到1944年底,他追随纳粹高官艾希曼或亲自到被占领各国驱逐犹太人,送往奥斯维辛等集中营。
② 德朗西,位于巴黎郊区,1941年法西斯德国占领后曾在此建立集中营,从1941年到1944年有十二万法国人和犹太人在此囚禁后被杀。
③ 最大的纳粹灭绝营和集中营,位于波兰小镇奥斯维辛。在纳粹谋杀的所有犹太人中,有六分之一是在这里被毒气杀害。

名,尽量成为无形的人。

1943年9月初,我的两个姐姐还参加了一个童子军女领队训练营。我们的父亲忧心忡忡,他恰如其分地分析了当时的形势,建议姐姐们不要回尼斯。丹尼斯听从了父亲的建议,很快就加入了里昂地区的抵抗运动。但是米卢却回来了,她不想丢掉可以帮着养家糊口的工作。确信有危险之后,父母决定做假身份证来对付这种情况。接着我们就分散开了,父母到以前雇用的一个制图员家住,他们家人很淳朴慷慨,立刻热情接待了我的父母。后来在我们被关押期间,他们又收留了前来投奔我们的祖母。米卢和我住在同一栋大楼里,都住在以前的老师家。她住在她的化学老师家里,我住在一个教文学的老师家里。我哥哥让住在别处另一对夫妻那里。带着假身份证,我们分开住着,自以为躲藏起来了。我姐姐仍旧在工作,我继续在学校上课,坦然自若地和同学去城里。说老实话,我们那时真是太轻率了。

我寄宿的那个家庭很特别也很热情。女主人是一个优秀的中学老师,男主人是威乐霍伊家族——有名的瓷器商——的继承人,是个元帅的后裔。他们住在西密耶的一栋漂亮的房子里。他们有三个孩子,但仍毫不犹豫地在他们四五岁大的女儿房里给我加了张床。他们的生活简单而不拘礼仪。他们在大门上贴了一张名片,上面写着:"无合适理由,请勿打扰。"威乐霍伊先生酷爱天文学,经常一连几个小时在那里观察星星,全然不顾外面发生了什么。而他妻子忙于上课,去学校,改作业。他们两个都把我完全融入了他们的家庭生活。

开学刚刚两个月,我就被迫不能去上学了,所以他们的同情和支持对我来说更显得弥足珍贵。刚进入11月,校长就把我叫到她的办公室,告诉我她不能继续留我在这里上学,因为已经有一两个犹太学生被逮捕,她不愿意承担如此重大的责任。从今往后,我只能待在家里自己准备中学毕业会考。她的态度让我感到意外,但我什么都没有说。幸好,还有同学给我补课,老师给我改作业,我得到了有效的学习帮助。尽管发生了些事情,尽管校长做出了这样的决定,这所学校,我一直把它当作第二个家的学校,还是对我尽到了职责。就这样,我在威乐霍伊家和附近的市立图书馆里学习,准备毕业会考。

每次出门,我都自我安慰,认为我的假身份证足以保护我自己。然而,在尼斯的大街上比在其他地方更危险,因为大部分人就是突然检查时在大街上被抓的。尽管盖世太保在眼线的帮助下使出浑身解数,却也没能像在其他城市一样,在尼斯开展有效的大抓捕。一方面,是因为尼斯人非常团结;另一方面,法国警察对大搜捕越来越不配合。确实,到了1944年初,越来越多的民众认为力量的对比开始扭转,总有一天盟军会登陆,敲响德军统治的丧钟,就像西西里岛的军队推翻了意大利的统治一样。但同时,盖世太保看着东边的军事形势如同意大利一样,他们只能抓住最后一丝希望,变本加厉地开始搜查和逮捕。我们中的很多人都遭了殃。

开学几个星期后,我们就被告知,按规定应在6月开始的会考将提前至3月底,而且只进行笔试。由于担心盟军登陆以及因此带来的麻烦,尼斯当局事实上很想早点结束这一学年。当局甚至考虑到在必要时撤离城市。沿着海边都竖起了碉堡,还有其他的一些防御保护措施。于是,我就在3月29日用真名参加了考试,没有遇到一点麻烦。

第二天,我和朋友们约好了去庆祝考试结束。当我和一名同学一同前往的时候,两个穿便服的德国人突然拦住我们,要检查身份证。他们旁边还有一个俄罗斯人。当时尼斯有很多俄罗斯人,他们当中有些人毫无顾虑地为德国人服务。他们只快速扫了一眼我的身份证,说道:"这是假的。"我非常镇定地反驳道:"这不可能!"而他们不由分说地直接把我们带到了埃克赛尔西奥酒店,盖世太保就是在那里审讯捕来的人。他们没盘问我多久。当我一直反复强调身份证上的确就是我真名的时候,一个德国人指了指放在桌上的一叠没动过的身份证,上面绿色墨水的签名和我的笔迹一样,很容易辨认。他说话很客气,却带几分嘲讽:"您这样的身份证,您想要多少我们就有多少。"我无言以对。他们是收缴了一叠假身份证,还是成功地使这种身份证在犹太人中流传?没有什么是不可能的。我寻思着:"我们家每个人的身份证都和我的一样,我得通知他们。"于是我给了德国人一个错误的地址,然后又请求那个和我一起被抓的同学去通知我的家人,因为他不是犹太人,已经准备释放了。

然后就出现了悲剧性的巧合。那天,哥哥让和妈妈约好见面。由于错过了对方,他们俩都各自前往我的住处,而姐姐米卢也住在那栋楼里。这三个人就这样第一次在同一时刻出现在大楼的楼梯上。由于给他们送信的男孩被盖世太保跟踪了,所以他们被一网打尽,这要多荒唐有多荒唐。像两三个小时之前的我一样,妈妈、米卢和让也相信他们的假身份证会保护他们。看着他们到了埃克赛尔西奥酒店,我马上感觉一张罗网把我们都罩住了,我们的生命将从此走向悲剧。从今以后,斗争是没什么用了。尽管我哥哥没受过割礼,但是我们的假身份证足以暴露我们是犹太人。然而我们还是不断地告诉自己,事情还没到最坏的地步。妈妈在不幸中仍然怀着希望,她很高兴我们能团聚在一起。

在埃克赛尔西奥酒店度过的这个星期里,我们并没有受到虐待,甚至比在外面吃得更好。我记得在看守我们的党卫军中有一个阿尔萨斯人,很同情我们这些被关押的人。他知道等待我们的是什么吗?我很怀疑。我们可以随时给朋友写信,也可以让人带些个人用品来,比如书或棉衣。同样不寻常的是,这六天虽然是在不安和担心中度过的,但并不像我们先前想象的那样焦虑。

每个周末都会有一批被捕的人被运离尼斯,人数大概是根据车厢的座位数和普通乘客车厢来定的。我们登上火车,内心如钳夹一般忐忑不安,却完全没有去想等待我们的会是什么。我们周围的一切看起来似乎都还算文明。党卫军没有看不起我们或是对我们使用暴力。只有两个士兵,分别站在车厢的两头监视。4月7日,我们被运到德朗西,我们后来才知道,那里汇集了从全法国运来的犹太人。一到那个地方,我们立刻就明白了,我们又往悲惨和无情的深渊迈进了一步。

集中营的精神生活条件让人难以忍受,物质条件也非常艰苦。我们吃不好睡不好,而且这些是相对而言的,因为除非是百万富翁,那个时候法国到处都吃不好。德朗西到处都弥漫着焦虑,尽管有些人还是拼命抓住一丝希望,认为盟军很快会登陆。他们是如此希望能尽快解放,以至于尽一切可能争取时间,延迟出发。对大多数人来说,这种希望非常渺茫。只有少数几个最先被抓进来的人,才知道怎样使自己成为不可缺少的角色。这些人有医生、记账员,还有我们可以称之为行政机构的人员,尽管和他们的实际工作相比,这些名称言过其实。集中营的负责人非常冷漠,一件小事就会突然惹怒盖世太保或党卫军,让已经成功待了一年或更长时间的人离开。另外,还有一些被隔离的人,配偶不是犹太人,所以他们留了下来,保住了性命。

被关押的人们整天都沮丧无语。至于那些犹太负责人,我并不知道他们是否晓得等待我们的是什么。在我看来,他们的直觉比知道的消息要多。可是,就算他们知道什么,也不可能泄露半点,这是可以理解的。我想就算他们对我们将来的命运有什么怀疑或是有什么消息,也绝不会说,因为这样集中营就会失控,招致残忍的报复。所以,我在德朗西从来没有听说过毒气室、焚尸炉或是其他灭绝手段。所有人都在说,我们会被运往德国,去做"非常艰苦"的工作。但是目的地到底是哪儿?没人知道。有人说是一个叫"佩迟波伊"的地方,这个不认识的字眼只是一个想象的目的地而已。每个家庭都不希望被分开,仅仅这样就足够了。

战争过后,大家经常讨论犹太人到底对当时的形势了解多少。事实上,他们知道的比人们想象的要少得多。最先被捕的外国犹太人比法国犹太人更快知道今后可能的情况,占领区的人比自由区的要知道得多。弗朗索瓦·密特朗[①]逃脱后,在蓝

[①] 弗朗索瓦·密特朗(François Mitterrand,1916—1996),法兰西第五共和国总统(1981—1995)。第二次世界大战爆发后入伍,1940年被俘,拘留在德国集中营后脱逃回国,参加抵抗运动。战后长期任国民议会议员(1946—1958)。1965年参加总统选举,被戴高乐击败。1974年参加总统选举,以45%选票再次失利。1981年在左翼各党支持下击败吉斯卡尔·德斯坦,出任总统。1988年5月在总统选举中获胜,蝉联总统。1995年5月,任期届满退任,次年去世。

色海岸一些突尼斯籍犹太人家里恢复了健康。可是很难相信他对反犹太人的措施一无所知。在这个团体中,所有的家庭都受到了迫害。没经历困难就等到了解放的家庭数量应该不是很多。

再接着说阴沉暗淡的德朗西,这里偶尔也会透过一缕阳光。我记得在那里遇到了雷纳克的父母,我们在凯里罗斯别墅的朋友。雷纳克夫人总是很有活力,负责监督集中营餐饮的一个部门。我走到她身边,高兴地对她说:"上个星期我收到您女儿维奥莱纳的一封信,说您家人都好,也没什么危险。"显然,对于雷纳克夫妇来说,这样的消息就是一件礼物。他们前一阵子就被捕了,所以一直不知道五个孩子的情况。这对夫妻很晚才被关到集中营,和其他重要人士一样,他们被直接押送贝尔根-贝尔森集中营,这或许是因为雷纳克夫人原是意大利人。

日子一天天过去,妈妈、米卢姐姐、哥哥还有我,我们四个人一直等着去德国,尽管我们既不知道什么时候去,也不知道去哪里,我们只是希望不被分开。大家都没有听说过奥斯维辛,这个名字闻所未闻。我们对于纳粹分子怎样对待我们一无所知。如今,人们很难想象,在占领区内消息被封锁和隔离到何种程度。这都是因为有警察和审核。现在,人们很难相信,当时除了相关街区,没有人听说过1942年7月的冬季赛车场大搜捕事件[①],虽然事件一发生就有人描述并引发了人们的论战。很久以后,当巴黎警方的行为被揭露时,我也和众人一样惊讶得目瞪口呆。

[①] 法国警察根据纳粹的命令在巴黎市内及其近郊对犹太人进行大搜捕,将上万名犹太人关押在巴黎城内的冬季赛车场,后来这些人大部分被送进了奥斯维辛集中营。

这次法国警方与德军的同谋行为,在我看来是法国官员名誉上的一个永远擦不去的污点。今天,绝大多数同胞和我持同样的观点。我的观点很明确,我认为说他们在制造耻辱应当更为恰当。我们永远永远不能把维希领导人的责任一笔勾销,他们居然让法国警察和民兵与德军合作,特别是在巴黎地区,协助进行"最终解决方案"①。不过警察的功绩并没有因此而黯然失色,例如,在1942年7月的冬季赛车场大搜捕之前,警察就曾报信,巴黎在册的两万五千名犹太人中的一半因此得救。

一般来讲,如果说生活在法国的四分之三的犹太人逃过了被关押在集中营的命运的话,那么,首先是因为有自由区存在(直到1942年11月)和意大利的占领(直到1943年9月)。

再者,很多法国人在行动上做出了表率,尽管《悲哀和怜悯》②的作者们并不高兴这么说。幸亏有各种解救渠道,例如被疏散人员内部行动委员会③,大多数小孩都得救了。我特别怀念利尼翁河畔勒尚邦④的新教徒,还有众多悉数收留犹太家庭的修道院。总之,在所有被纳粹占领的国家中,法国的抓捕在百分比上远远低于其他国家。在荷兰,超过百分之八十的犹太人被残害。希腊的情况也是如此。去年,在雅典旅游的时候,我发现已经看不到萨洛尼卡犹太人团体的痕迹了。有人向我描述过,那里的纳粹分子疯狂到这种地步:他们为了追捕两名逃到一

---

① 纳粹委婉地在德语中把大屠杀称为"最终解决方案"。
② 法国纪录片,大量内容是采访当事人,包括抵抗者、法奸、政客、普通百姓等,对当时向纳粹低头的法国人的心理状态进行了极为深刻的探索,在法国引起轰动。
③ 法国青年运动组织的机构。
④ 因第二次世界大战时,当地村民收留躲避纳粹的犹太人而闻名。

个希腊小岛上的犹太人,出动了一整支党卫队。

没有任何一个历史事件或是当权者的政策选择,会导致全黑或全白的后果,特别是在如此混乱的时代。不可否认的是,当时贝当元帅接受的合作,引诱我们不少同胞犯了错误。很多年后的一天,当我满怀崇敬地提及 1940 年,威廉明娜女王①和她的政府在国家被入侵之后逃往伦敦的情景时,贝娅特丽克丝女王②的话令我惊讶。她对我说:"不要把这件事想得那么简单。人们一直强烈谴责威廉明娜女王的态度,很遗憾她'抛弃了她的人民'。今天在我们国家还是这么说。"在法国,人们一般不知道,当时由于荷兰的政治空白,那里的犹太人经常被检举揭发。这就是安妮·弗兰克③所经历的情况。

再回过头来说德朗西的事。几天之后,集中营的负责人——我不知道他是盖世太保的成员还是法国人——来通知说,年满十六岁或以上的年轻人,如果愿意留在德朗西,将可以留在法国为托特组织工作。妈妈、姐姐和我都对让说:"如果你有机会留在法国,一定得抓住它。我们都不知道在德国等待我们的是什么,我们或许会被分开。但是你,得留在法国。"一番犹豫之后,让决定自愿报名留下,不和我们一起走。

在德朗西度过的这个星期里,我们完全不知道父亲的命运如何。实际上,在我们被捕后的几天他也被捕了,而且在我们

---

① Wilhelmine(1880—1962),荷兰女王,1890 年至 1948 年在位。
② Beatrix(1938—),荷兰女王,1980 年至 2013 年在位。
③ 《安妮日记》的作者(Anne Frank,1929—1945),犹太人,生于法兰克福,犹太人大屠杀中最著名的受害者之一,卒年 15 岁。她的日记成为第二次世界大战期间纳粹德国灭绝犹太人的著名见证。

离开集中营后没多久也被关了进来。我们回来的时候就知道了事情的真相。爸爸到了德朗西后找到了让,他还一直等着人家承诺他的工作。当然,这一切都只是谎言。负责人从来没有想过把犹太人送到托特组织工作。几天以后,父亲和哥哥就被塞进了火车,和其他几百人一起,被运往考纳斯,这是立陶宛最重要的港口之一,当时被德国人占领。为什么是去这个地方?从没有人真正能对此做出解释。或许纳粹分子害怕年轻力壮的男子在押送的火车里煽动骚乱,甚至逃跑。除掉这些壮汉,也就是在减少风险。或者,根据戴布瓦神父的观点(他现在正在白俄罗斯和乌克兰进行万人坑研究),那些人被派到波罗的海国家去挖掘尸体,这样人们就永远找不到尸体,也永远无法知道事情的真相。今天已经证实,列车上有几个幸存者被派去做这个阴森的工作。纳粹当局没有用波罗的海人,因为他们可能会把大屠杀传出去,所以让法国人来做,然后再杀掉他们。

可以确定的是,父亲和哥哥一起去了考纳斯,因为他们的名字出现在名单上。我们还知道其中一些人被派到了爱沙尼亚的首都塔林,去修复被轰炸的机场。好像所有人都在刚到目的地的时候就被杀害,至少十五名幸存者的证词是这样。那我父亲和我哥哥的命运是怎样的呢?我们从来都不知道。幸存者中没有一个认识爸爸和让。有些曾经被关押过的人组成了一个协会,进行了一些调查,可是没有任何结果。所以我们一直都不知道我父亲和哥哥怎么样了。今天,我仍然不敢触碰那些记忆,我最后一次看着让,最后一次和他交谈的记忆。我们三个人曾经为了说服让不跟我们一起走而做过努力,但我们说的理由非但没能救他,反而可能把他推向了死亡。想起这些,我就悲痛欲绝。让当时十八岁。

当我们在德朗西的时候,我的二姐丹尼斯参加抵抗运动已经好几个月了。1944年6月她被捕后被押送到拉文斯布吕克,她成功掩盖了犹太人身份,救了自己的命。而我们,米卢和我,回到巴黎之前,对这一切一无所知。在我们被关押的日子里,我们一直认为,至少她可以躲过搜捕。然而,在德国和荷兰交界的一个遣返中心的时候,我们知道了她的事情,有人说在拉文斯布吕克见到过她,这让我们非常不安。这就是我父亲、让还有丹尼斯的命运。我1944年4月7日离开尼斯,1945年5月回到法国,在此期间,对他们的遭遇毫不知情。

4月13日,我们早上五点就被装上车,又向这个看上去没有尽头的地狱更进了一步。公共汽车把我们运到博比尼火车站,在那里我们被赶上牲畜车厢,组成一个车队,立刻运往东部。由于当时天气不冷不热,我们的噩梦并没有变成悲剧,我们三个所在的那节车厢在途中无人死亡。车厢里异常拥挤,男女老少总共有六十来个人,却没有一个生病的。大家推推搡搡,都想赢得一点空间。我们得轮流才能坐下来或是稍微躺会儿。车厢上面没有士兵把守,车队的安全仅由每个车站的党卫军来负责。他们沿车厢走着,告知我们如果有谁想试图逃跑,车厢里的所有人都会被枪毙。我们的顺从表现出我们的无知。如果我们能想到等待我们的是什么,我们一定会请求年轻人冒险跳车,无论怎样都比我们将要受的罪要好。

路程持续了两天半;4月13日凌晨出发,15日晚上我们就到了奥斯维辛-比克瑙集中营,这是一个我永远都不会忘记的日子。不会忘记1945年1月18日,我们离开奥斯维辛的日子,也不会忘记1945年5月23日,我回到法国的那一天。这些日期构成我生命中的里程碑。我可以忘记很多事情,但这些日子却无论如何也忘不了,它们和文在我左臂上的"78651"一样,附着在我灵魂的最深处,成为生命中永远不可磨灭的印记。

第三章
地　狱

　　火车在深夜的时候停了。车门还没打开,我们就听见了党卫军士兵的叫喊声和狗吠声。然后是刺眼的探照灯,下车出站的坡道,这场景显得是那么的不真实。他们让我们从可怕的旅行中走出来,为的是让我们赶快走进噩梦。旅程结束了,我们到了奥斯维辛-比克瑙集中营。

　　纳粹不冒任何风险。接待我们的是一些苦役犯,我们一下子就认出他们是法国集中营囚犯。他们在站台上不停地喊着:"把你们的行李留在车里,排好队,往前走。"片刻的迟疑之后,所有人都行动起来。几个女人把手提包带在身上,也没有人阻止她们。快,快,得快点。突然,我听见耳边有个陌生的声音问道:"你多大了?"我回答说十六岁半了,我刚说完,耳边就有人命令我说:"一定要说你十八岁了。"后来当我问了和我一般大的一些同学时,才知道她们也听从了耳边的这条建议,"说你十八岁了",才得以保全自己的小命。

　　队伍到了党卫军面前,他们正在快速选人。有些人说:"如果你们累了,或者是不想走了,就上卡车。"我们回答道:"不,我们宁可活动一下腿脚。"很多人却把这话当成了好意,特别是那些带着小孩子的妇女。卡车一装满人就开走了。一个党卫军士兵问我年龄的时候,我很自然地回答:"十八岁。"就是这样,我们三个才没有被分开,一起留在妇女队伍里。尽管不久前妈妈做了胆囊手术,而且还有点后遗症,但是四十四岁的母亲看起来却还是那么年轻、漂亮而端庄。米卢当时是二十一岁。

我们和其他妇女——"优良队伍"里的妇女——一起走,一直来到很远的一座混凝土建筑前,那里只有一扇窗户,我们在那里等管理我们的囚犯头儿,她们是和我们一样被关押的人,不是党卫军。她们咄咄逼人,对我们大吼大叫,发号施令,以至于我们会寻思:"这里出什么事了?"她们粗暴地压迫我们:"把你们的东西都交出来,不管怎样,你们什么都不能带。"我们交出了所有的东西,首饰,手表,结婚戒指。一起的还有和我同一天被捕的一个尼斯朋友。她自己留了一小瓶浪凡香水。她对我说:"她们肯定会把我的香水搜去,我可不想给。"于是,我们三四个女孩身上都撒了香水,这是爱俏少女们最后的打扮。

这之后,我们一直挤在这栋楼里,几个小时都没说话,也没动,就这样一直到拂晓。那些和亲人分开的人开始担心,在想他们的父母或是孩子去哪儿了。我还记得,只要有人问这个问题,监工们就指指窗外冒着烟的焚尸炉。我们不明白,我们也不会明白,离我们几十米外的地方正在发生什么事,它是如此不可想象,以致我们的思想无法接受。外面,焚尸炉的烟囱不停地冒烟,到处散发着恶臭。

那天晚上我们没有睡。我们就坐在地上,越来越焦虑地等待着将会发生的事情。有些人随意地躺在地上,但是她们睡不着。就这样三四个小时过去了。站在房子一角的监工不时地叫喊,或是用她的鞭子威胁我们当中的一些人:"你们吵什么吵,别老动来动去,别以为我不知道。"于是我们自发地组成了几个小组,年轻女孩围在一边,年纪最大的聚在一起,大家都低声讨论着,对我们完全未知的命运做着各种假设。后来,监工让我们站起来，按照字母顺序排成一行，我们就一个个走到那些囚犯面前去文身。我马上意识到我们现在的情况不可逆转了："我们再也出不去了，没有任何希望了，我们不再是人，只是牲畜。文身是去不掉的。"这一切是恐怖的，但却是真实的。从这一刻开始，我们每个人都变成刻在肉体上的单纯号码，这个号码我们必须记住，因为我们已经没有任何身份。在集中营的登记簿上面，每个妇女都按号登记，名字都是萨拉！

然后，我们去了蒸汽浴室。德国人正被细菌所困扰，因此所有外来的东西在他们眼里都是可疑的，他们对卫生的要求已近乎疯狂。可是，我们当中做苦工的幸存者生活在寄生虫和恶劣的卫生条件中，德国人却并不在意。我们到了以后，无论如何都是要进行消毒的。于是我们脱光衣服，走到时冷时热的淋浴下面，然后一直光着身子，被安置在一间很大的带台阶的房子里，这其实是一种蒸气浴。这次洗浴好像永远都不会结束。在那里，妈妈们得第一次忍受自己女儿看着她们赤身裸体的样子，这是非常痛苦的。监工们的窥淫癖，实在让人难以承受。她们靠近我们，抚摸我们，好像我们是案板上的肉。她们好像把我们当成了奴隶。我能感觉得到她们落在我身上的目光。我很年轻，棕色的皮肤，身体健康；总之就是新鲜的肉。一个十六岁半的女孩，来自阳光明媚的地区，所有这一切都刺激着那些监工，激起她们的流言蜚语。从那以后，我再也不能忍受身体拥挤的场面。

之后，我们来到另一个房间，有人扔给我们一些乱七八糟的衣服，有破烂的外套，不成双、不合脚的鞋子。他们不把衣服还给大家的借口，还是和洁癖有关：我们的衣服没有消毒。而他们给的这些所谓干净的衣服，里面全是虱子。短短几个小时，我们发现已经被剥夺了所有原本属于我们自己的东西。我们唯一没有受的凌辱是剃光头。在奥斯维辛—比克瑙集中营有一条规矩,所有的女人进来就要剃头,这可以让她们情绪低落。当头发再长出来时,监工们再把它剃掉。为了好看一点,大部分人被迫在头上戴一块方巾。我们一直不明白为什么会有这次例外,这不可能是偶然,因为集中营的生活里从来都没有偶然。有些人猜可能是因为红十字会要来参观,但我们从没有得到任何确认的消息。当然,没有人曾在奥斯维辛看见过任何红十字会的视察员。六十年后,我一想到国际红十字会极力宣称自己当年的行为是合法的,我就……至少感到很困惑。

除了这个头发事件,还有一些完全不合逻辑的事情也会在集中营发生,我们很快就遇到了。例如,当我们三个人在一个派遣小队——那里的生活条件稍好一些——干活时,妈妈得了重病。她不能再工作,但看守的党卫军睁一只眼闭一只眼,甚至做些必要的工作让她逃过士官的检查。不久之后,有个比我稍大一点的波兰女孩得了败血病,一个党卫军士兵去找磺酰胺为她治病,一直找到奥斯维辛村里。女孩最后痊愈了。我们就是在这种卡夫卡式的荒诞中活了下来。为什么会这样?为什么会那样?我们一直弄不明白。为什么怀孕的妇女可以得到饮食上的优待,但在生产以后又会被毒杀?这些新生儿也就自然而然地活不下来。最近,一个曾经的集中营囚犯对我说了一件事,让我非常吃惊。在疾病预防上,集中营严格执行德国标准,干油漆工作的囚犯每天都有一份牛奶供应,哪怕第二天就被处死。

宽广的比克瑙集中营的主营边上有一个隔离营,那是专门为新来的人准备的,他们得在那里住一段时间。尽管在那里更容易逃避工作,但是却遭受着最粗暴的拘禁。1944年春天,集中营当局决定加长火车下客用的坡道,使它靠近毒气室。主集中营的人手不够,所以我们所在的隔离营被征调参与火车下客坡道延长工程,这样就可以加快火车运送犯人的速度。就这样,隔离营的大部分囚犯都被发动起来,我们每天搬运石头,干挖土填方的工作。但是,由于我们没有被正式编入这个或那个派遣小队,所以早上点名的时候,我们可以偷偷躲起来。我们的这种态度让年长者很生气,她们这些人害怕党卫军的报复,不敢违抗命令。在我们当中,只有几个人不用工作。会跳舞的人被调去给喜爱舞蹈的党卫军女长官取乐,懂音乐的人通常也享有同样的特权。在我们队里,有一个年轻的舞蹈家就利用了这个身份,她甚至还能带上她妈妈,因此这两个人都活下来了。

我们一到集中营,就发现这里和外面一样有代沟。在年长者的眼里,年轻人不负责任,轻率鲁莽。不干活的时候我们就待在房子里,闲聊时也反映出有代沟。少妇们没完没了地回忆她们的爱情,这让年轻的女孩子感到可笑。我很快就交了两个朋友,一个叫马塞利娜·洛里丹,她和我是同一队的,比我小十八个月,活泼开朗;另一个叫吉内特,和我同岁。我们三个都没有谈过恋爱,所以,当其他人开始谈论她们的心事的时候,我们就只能两眼望天。她们不厌其烦地对我们说:"啊,你们不知道什么是生活!你们不知道失去的是什么!"为了保持礼貌,我们还得忍受年长者给我们上的教育课:"你们什么都得吃,不然的话会生病的。"有些人和妈妈差不多年纪,但妈妈从来不会那样做,她从来不招我这个年龄的女孩讨厌,相反只会招她们喜欢。直到今日,当马塞利娜,我的其他同学,还有最后在集中营认识妈妈的人,回忆起她时,总是对她怀有真挚的感情。她们会谈起她的温柔,她的高尚,还有她的爱。的确,那几个月里,妈妈成了所有这些女孩的保护和安慰。她们中的大部分人很早就失去了母亲,或是在刚进集中营的几个星期里就失去了母亲。几个月后,即1945年1月,我们得知要离开集中营,去另一个不知名的地方，我们可能和其他几千名囚犯一起踏上可怕的死亡之旅。这个时候还是妈妈鼓舞大家："别担心，这么多困难我们都挺过来了，我们不能失去勇气。"

起初，我们住的监狱里几乎全是法国人。渐渐地，随着我们所在小队的发展，也发生了一些变化，但是那里主要还是法国人。我们管那些负责监视和检查的人叫"斯都保娃"，和我们一样，她们也是犹太人，通常是波兰人。一般只有党卫队才有特权实施残酷的虐待，但这些"斯都保娃"扇我们耳光或打我们一点都不含糊。在我被关押期间，她们对我还算客气，对其他年轻女孩也是如此。但我们又碰到了另一个问题：当她们胆大妄为、厚颜无耻的时候，我们就得当心了。我们中的大部分人都天真无知，这是没用的，要十分警觉才行。我们知道，如果一个监工给我们一块抹糖的面包片，她们接下来肯定会说："啊，如果我们俩能一起去那边睡觉该多好。"这时就必须鼓起勇气回答她："谢谢，我很好，我还不困。"这种性暧昧在这些女人和年轻女孩之间一直存在。今天，一提到这种情景，那些当年的囚犯就感到愤慨。他们忘记了一些女孩就是靠这种有偿或无偿的保护活了下来。至于我，我拒绝在这方面做任何评论。

不管怎样，我们还是习惯了集中营的恐怖气氛，焚烧尸体的恶臭，一直熏黑天空的烟尘，随处可见的跳蚤，沼泽里刺骨的潮湿。今天，当我们到这个地方的时候，尽管还有一些木棚、瞭望台和铁丝网点缀，但是几乎所有奥斯维辛集中营的东西都消失了。人们看不见，也无法想象在这里曾经发生的事。没有任何东西能让人感觉到，从欧洲各地押送来的几百万人被灭绝在这里。对于我们——比克瑙集中营的女孩——来说，可能是匈牙利人的到来让我们陷入了名副其实的噩梦。这时的大屠杀已经达到了顶峰：在不到三个月的时间里，有四十多万人被屠杀。为了收容犯人,所有的监狱都被腾出来,但是大部分人马上就被毒杀了。就是因为这个,我们曾去干活,把集中营里面的火车下客坡道一直延长到毒气室。从5月初开始,满载着匈牙利囚犯的火车一辆接着一辆,昼夜不停,上面装满了男女老少。我是看着他们来的,因为我住的监狱离下车坡道很近。几个星期前,我看到几百个不幸的人下了火车,和我们曾经那样穷困惊恐。他们大部分人被直接送到毒气室。活下来的人中,很多迅速去了卑尔根—贝尔森集中营,在这个集中营里死得慢些,但最终也难逃一死。那些留在奥斯维辛—比克瑙集中营的人则陷入了孤独,他们除了匈牙利语外,不会讲其他任何语言。在他们国家,搜捕事件没有预兆就突然发生了。在很长时间里,那里的战争都不激烈。近期德军的出现和其他欧洲国家被占领完全不是一码事,以至于纳粹得和匈牙利民兵相处好,才使抓捕犹太人的行动得以顺利进行。

集中营里的逻辑是无法改变的:一部分人的痛苦会减轻另一部分人的痛苦。大批的匈牙利人来到比克瑙集中营,创造了某种意义上的繁荣。他们中很多人来自乡下,他们带着食物,有肉酱、香肠、蜂蜜,还有黑面包,和我们的掺木屑的面包完全不同。他们下车时也带着装满衣服的箱子。看到刚刚被毒气杀害的人的衣服散落在地上,我就伤心欲绝。所有这些物品都会被集中起来,然后送到别名为"加拿大"的囚犯小队(那是分拣行李的地方)去。在被押往德国之前,囚犯就是在那里分拣行李的。运到集中营的东西越多,偷盗行为就越多。我记得有一次从"加拿大"的女孩们住的地方经过,看到她们成功地布置了木棚,即使是睡在床架上,她们的舒适也是我们不能企及的。她们穿的睡衣很精致。

与到处弥漫的极端痛苦相比,"加拿大"在集中营内部形成了一块神奇领地,首先因为它表现出的富足景象,其次因为"加拿大"为各种非法交易提供货源。要做这样的交易就得有可以交换的东西,这只是极少数人的情况。我们一无所有,不属于这类人。在这不合规则的交易中,可以找到一些值钱的东西,它们或是私下在流通或是被藏起来了,希望以后还可以拿回来。没藏起来的首饰就用于交换,一枚金戒指换一个面包,这可以让我们了解集中营里的价值等级。如果需要一个吃饭的勺子,按照惯用的字眼来说,就要"筹划";要用两天的面包才能买到勺子。这种交易也在"加拿大"之外进行着,只是规模更小一些。比如,如果有人需要一双鞋子,那他就要省下面包去跟别人换鞋。偷窃行为无处不有,已经司空见惯。即使一直穿着鞋子不脱,夜里也可能会被偷走。

我到集中营两个月时,遇见了一个从华沙犹太人区活下来的波兰建筑师。在被捕之前,她曾参与通过下水道逃跑。后来她被押到罗兹的犹太人区,最后被关押在奥斯维辛。这个年轻女人出身于华沙的资产阶级,讲法语,我们彼此合得来。看到我穿得破烂(到了集中营,我们只能穿得破破烂烂;为了更好地侮辱我们,党卫军会毫不犹豫地撕破我们的衣服),她坚持要送我两条合身的漂亮裙子,这很可能是她在"加拿大"里"筹划"来的。这样我就穿上了一条真正的裙子,这是一种说不出的幸福。我把另外一条送给了一个我经常遇到的朋友,她直到今天还感叹:"在集中营时你竟然送了我一条裙子!"

下车坡道延伸工程结束的时候,党卫军又强迫我们去干一些没用的活,其结果——或者说是目的——是让我们更加虚弱:搬路轨、挖洞、运石头。我们知道,隔离期后,我们会被分配到一个囚犯小队去。哪一个呢?有可能被派到"加拿大"去分拣衣物,也有可能被迫继续高强度的工作:掘土、搬钢轨、挖壕沟。没有人知道等待我们的是什么,这些事情完全由囚犯头和党卫队的意愿和心情决定。

在这期间,我们得知盟军刚刚登陆了,我想应该是从6月7日开始,类似的消息经常传来。那天,我从地上捡到一片报纸,上面印着诺曼底海岸的地图并且标明了盟军登陆的位置。我一直坚信,是监视我们的女党卫队员故意丢在地上的。

一天早上,当我们走出集中营去干活的时候,集中营头头斯泰尼阿——她以前是妓女,对其他关押者很冷酷——把我从队伍中叫出来说:"你的确太漂亮了,不能死在这里,我要为你做点什么,把你派到别的地方去。"我回答她:"好的,但是我妈妈和我姐姐也在这里,如果她们不能跟我一起,我就不能接受去别的地方。"让我非常惊讶的是,她答应了:"行,她们会跟你一起去。"后来,所有听我讲过这件事的人都惊呆了。然而,事情就是这样发生的,让人无法相信。这个女人我后来又在集中营遇到过两三次,她从没有向我索要任何东西做交换。因此所有发生的事情,就像是驻在我身上的青春和生存欲望保护了我,冥冥之中,我身上的似乎属于另一个世界的东西,通过这个波兰女人把我从厄运中拉出来。不知道为什么竟有这样的运气,这个粗暴的女人成了我妈妈、姐姐和我的天使。

果然,她没有食言,几天以后,我们三个被运到博布雷克①一个比其他囚犯小队条件稍好一点的队里,为西门子公司干活。出发前,我们做了体检,如果不是斯泰尼阿一再坚持,在集中营被认定为罪人的门格勒医生②,肯定会把妈妈和我们分开,因为

---

① 奥斯维辛集中营的一个下属集中营。
② 约瑟夫·门格勒(Josef Mengele,1911—1979),德国纳粹党卫队军官和奥斯维辛集中营的"医师",外号"死亡天使"。

妈妈的健康状况已经不好。从1944年7月到1945年1月，我们一直待在距离比克瑙集中营四五公里远的博布雷克。和我们一起去的有三个女共产主义者，一个波兰人，两个法国人，因为是犹太人而被关押。这三个人首先被分配到医学实验营，在那里，她们只是被做了一些对健康没太大影响的抽样。在共产党女医生们的保护下，她们接下来才能去博布雷克。这些医生告诉她们："现在当局要求我们用你们做实验，我们无法预料这些实验的结果，所以我们将会尽全力让你们走，因为我们实在不知道事情将会变成什么样。"于是，这三个女人和我们一起出发了。

我们是在我生日前的两三天到达博布雷克的。我记得生日那天，集中营的党卫队给了我一个补助，也就是一片面包。这是刺杀希特勒事件的前几天，我们是从在办公室工作的人的口中得知这个事件的，在那一两天里，我们都希望希特勒死了。

这个囚犯小队大约有二百五十人，包括三十七个女人。我们被分配去做各种与西门子工厂活动有关的工作。工厂生产飞机配件，我却没有见过一个零件，因为我和姐姐被派去干那些永无休止的挖土填方的活。这和在比克瑙集中营一样，干的是无用的活。我们要把一块萝卜地里的石头拣走。目的是什么？这是个谜。这儿的监视没有比克瑙集中营那么严。后来我又被派去干泥水工程，因为要建一堵墙，但我一直都不知道这墙有什么用。我时常会想起，我垒最初几块石头时学习使用瓦刀的情景。

在这一时期，妈妈、米卢和我没有被分开。即使妈妈开始变得虚弱，她仍坚持干活，我们尽一切可能去保护她。我们的口粮一点也不比在奥斯维辛多，但是因为工作没有那么累人，这也足够让我们活命了。有时候，食物也并不是那么恶劣，可能是因为西门子公司需要能带来最起码效益的劳动者。有时还会给我们提供加了干蔬菜或者土豆的汤。然而，在奥斯维辛，汤里从来都只有荨麻，从来没有肉。在博布雷克，党卫队的厨师是个德国籍犹太人，他用稍微浓稠一点的汤来帮助法国人维持生命，这可能是他从党卫队的口粮里扣下来的。他是在法国被捕的，他乐意讲述的那些关于他的故事有点英雄史诗的味道。战前，他曾和卢森堡籍的妻子离开德国去巴基斯坦生活，但是夫妇相处并不和睦。他1939年又回到德国，之后逃往法国并在那里被捕。他竭尽全力想要逃脱的命运还是抓住了他。在博布雷克，他尽心帮助年纪小的人，和很多人一样，见证了发自内心的团结能够把被监禁的人维系在一起。例如，在布痕瓦尔德集中营①，常常是一些共产主义者，利用他们在管理机构中占据的有利职位救孩子。要是在别的集中营，孩子可能刚到就会被全部毒杀。

在博布雷克，到处都很安静，因为谁都有可能因为一丁点错误就被遣回比克瑙集中营。可是，除了这个永恒的威胁，这里的生活和工作制度与比克瑙集中营大不相同，博布雷克甚至被冠以"疗养院"的外号。所有被监禁的人都梦想去那里，而且，我们在的那段时间，没有死人。我们女人被安置在工厂车间上面的阁楼里。由于我们人数不多，所以就没有外面的点名制，只有一个党卫队士兵来检查我们是不是都在，我想他只是希望撞见我们在梳洗，而不是为了真正的安全理由。逃跑是不可能的，再说了，我们又能逃到哪里去呢？这个地区的集中营每隔几公里就有一个。冒险离开比留下来等待命运摆布的死亡可能性更大。在比克瑙集中营，更加没人逃跑。唯一一个女的试图从工作的办公室逃跑，但是很快就被抓住绞死了。

---

① 布痕瓦尔德集中营位于德国东部城市魏玛附近，是建立最早和最臭名昭著的集中营之一。

突然,苏维埃军队的挺进使德国当局感到了恐慌,在奥斯维辛地区,空中轰炸越来越频繁。从年底开始,在囚犯小队前的公路上,就能看到撤退的德军,一片混乱。1945年1月18日,博布雷克的囚犯小队接到了出发的命令,于是我们都徒步赶往位于奥斯维辛—比克瑙集中营内部的合成橡胶工厂,我们在那里与其他奥斯维辛集中营的所有囚犯汇合,大约四万人,然后开始了这场值得纪念的死亡跋涉,这是幸存者真正的噩梦。当时的气温大约零下三十多度,那是一段尤其残酷的经历,那些倒下的人立刻被枪杀。党卫队员及编入党卫军的德意志国防军老兵在玩命,他们都知道这一点。他们要不惜一切代价逃避苏联人的进攻,不惜任何代价摆脱追随他们的死亡命运。最后,我们到达了西边七十多公里的格莱维茨,七十公里啊!所有活下来的囚犯都在那里重新集合。苏军的节节逼近使德军如此恐慌,我们都在想他们会不会把我们全部杀掉。我们在这个男女混杂的集中营里等待着我们的命运。这个可怕的集中营里什么都没有了,没有组织,没有食物,也没有照明。有些男人对女人进行可怕的要挟:"理解理解我们吧,我们已经几年没有见过女人了。"那是但丁笔下的地狱。我记得一个温顺的十三岁匈牙利小男孩非常慌乱,我们看他可怜就让他待在我们中间。他说:"那些男人抛弃了我,我就自己一个人,不知道去哪里,也不知道怎么找吃的。当没有女人的时候,他们找到我们也还是会很开心。"真叫人心碎。我在内心深处问自己:"如果能成功地逃离这个地狱,这些年轻人会变成什么样呢?"我认识的另一个男孩,当时也处在这种屈服于男人的可怕环境下;战后,他学业出众,并走上了卓越的职业道路,他给予那些重逢的老朋友很多帮助,组建了一个幸福的家庭。当我们谈及那个时期时,他的妻子只是简单地说:

"他从不提集中营的事。"

从格莱维茨出发，火车开始开往好几个方向。很多人被运往柏林，那里的轰炸造成了巨大损坏，清理工作需要大量人手；其他人去了兵工厂。至于我们这些女人，党卫队把我们堆到平板车厢的平台上。我们先被运到茅特豪森，那里的集中营已经没有地方接纳我们了。我们就又坐了一个星期的火车，暴露在风里，没吃的没喝的，只能用带出来的几个饭盒接雪水喝。当车队穿过布拉格市郊，当地居民看到成堆的奄奄一息的人时，都很惊讶，他们从窗户里向我们扔面包。我们张开手去接任何能接到的东西，但是大部面包都掉到了地上。

为什么纳粹没有把犹太人就地处死，而在逃跑的时候还带着他们？答案很简单：为了不在身后留下痕迹。他们并没有把我们留着用于将来交换的想法，只是想用最秘密的办法让我们消失。幸运的是，奥斯维辛集中营人太多了，不能实施完全、快速、秘密的屠杀。

我们的车队一直到了多拉集中营，即布痕瓦尔德集中营的附属营。因为饥寒交迫，我们当中的很多人在途中死去。我们是仅存的几个到达多拉集中营的女人。那是一个严酷的男囚集中营，他们在一个地道深处工作，制造著名的V－2号导弹。到处弥漫着恐怖气息，后来没有几个人从那里脱险。经过两天的彷徨和焦虑后，我们所在的那一小队女人被发配到贝尔根－贝尔森集中营，位于汉堡和汉诺威之间，在德国的北部。盟军很晚才抵达那个地区。纳粹又给我们队增加了几个刚刚抓到的吉卜赛人，因为尽管到处是溃败的气氛，德国人的疯狂抓捕仍然继续。考虑到地理因素，来自东部的所有集中营的囚犯，包括一些抵抗运动成员，都向贝尔根－贝尔森集中营汇集。那里也有关押在吕贝克①集中营的法国女人,她们是犹太军官和副官的太太。我们于1月30日到达贝尔根－贝尔森集中营。

在贝尔根－贝尔森集中营,被关押的人不干活。为了收留特殊身份的囚犯,集中营不久前开放,从此以后就被来自各地的如潮的囚犯塞得水泄不通。那里的生活条件——如果还可以用这个词的话——十分恶劣。那里没有管理,几乎没有食物,没有最起码的医疗,连水都很缺乏,大部分水管都破裂了。似乎所有的这些对于已经瘦骨嶙峋、到处寻找食物的不幸的人来说还不够,一种传染病——斑疹伤寒病——爆发了。饥饿再加上这种病,导致大量的死亡。死者的尸体没有得到清理,以至于死人与活人混杂在一起。最后几个星期里,竟然出现了吃人肉的情况。党卫队惧怕被感染,就如惧怕整个德国的溃败气氛一样,他们只是看住集中营,这里不断有从德国各地涌来的犹太人。除了这几个党卫队队员外,德国人不再管集中营。贝尔根－贝尔森集中营成了关押的恐怖和德国没落的双重象征。那些梦想主宰世界的人变得和受害者一样脆弱。

在贝尔根－贝尔森集中营,一个偶然的机会,我遇到了斯泰尼阿,就是以前在比克瑙集中营救了我们的那个妓女。她随集中营撤退,并且成了贝尔根－贝尔森集中营的头儿。她马上认出了我,并让我第二天早上去找她。第二天天还没亮我就去了,她立刻把我安排在党卫队的厨房工作,这或许又让我们避免像其他那么多人一样饿死。这个女人对我的态度对我来说一直是一个谜。集中营解放后的几天里,我得知她被英国人处以绞刑了。

每天我都要做把土豆擦成丝的工作,手都弄出血来。我用

---

① 位于德国北部,是著名的旅游城市,曾是欧洲最富有和最强大的城市之一,有许多古老而美丽的建筑。

仅存的最后一点精力来干这个活,最害怕被赶出这个厨房。因为在这里,尽管很害怕又不机灵,我还是能给妈妈和米卢偷到一点食物。有一次,我拿了一点糖被一个党卫队队员逮到,他严厉惩罚我之后,就让我带着糖走了。

在厨房的工作和集中营其他地方的工作一样艰辛。最后那段时间,警报不停,我一个晚上几乎只睡两三个小时。我们很晚才能离开厨房,以至于我走路都能睡着。轰炸越来越频繁,经常使我们不能回木棚,在那里我们没地方躺,甚至连个坐的地方也没有。早上,我们天不亮就起来,准备黎明出发,困得要命却要用尽全力不被发现,因为在党卫队的厨房工作起码可以保证不被饿死。

妈妈因为被关押,因为辛苦的劳动和疲惫不堪的长途跋涉——穿过波兰、捷克斯洛伐克、德国——身体已经很虚弱,很快就染上伤寒。她用一贯的勇气和克制抗争着,她依然保持着对事物清晰的看法,对人有着同样的评价,她依然对一些人对另一些人施以痛苦感到惊愕。尽管有我和米卢的照顾,尽管有我为了让她坚持下去而偷来的一点食物,妈妈的身体情况还是迅速恶化。没有药也没有医生,我们没有办法给她治疗。我们只能眼睁睁地看着她一天比一天虚弱,无可奈何地看着世界上我们最亲爱的人慢慢地,无可挽回地走向生命的尽头,这让我们无法承受。

3月15日,妈妈去世了,那时我正在厨房工作。当我晚上回去米卢告诉我时,我对她说:"妈妈是死于伤寒,但她全身都已衰竭。"直到今天,六十多年过去了,我知道我还是不能接受她的离去。某种意义上,我没有接受这个事实。每天,妈妈都在我身边,我知道因为有她才有我生命中完成的那些事情。是她激励我并给我行动的意志。或许我没有像她一样宽容。在很多方面,她对我很严格,她觉得我不随和,对别人不够温柔,她说的没错。所有这些原因,都让她成为我的榜样,因为她总能适度地表现出强烈的信仰。我知道,这种智慧,我并不是总能达到。

4月初,我们感觉到结局临近,轰炸一天比一天近。米卢身体不好,她也感染了伤寒。我尽最大努力鼓励她:"听着,一定要坚持住,不能放弃,因为我们很快就要自由了。"每次我干完活儿回来,都会对她说:"你看,就是明天了,坚持,坚持。"每天晚上,因为有警报,照明被切断,我不能回到木棚时,就感到害怕:我还能不能见到活着的米卢?继妈妈之后,我姐姐也有可能不能和我一起活着回到法国了,这个想法让我非常沮丧。我强迫自己坚持,保持强壮,尽管我感觉到了伤寒的症状,集中营解放后医生也证实我的确得了伤寒。不过,我还是很快就恢复了健康。

4月17日,贝尔根—贝尔森集中营解放了。尽管还有残余的党卫队队员,但没有遭遇任何抵抗,英国军队就占领了集中营。事实上,德国人和英国人两三天前就签署了一个协定,伤寒病让德国人感到是那么恐怖。然而,对于我来说,解放集中营这天也是这漫长时期中最难过的一天。我在厨房里干活,在分开的一座楼里。英国人一到就用铁丝网把集中营隔离起来了,无法穿越,我就无法去找姐姐。不能与她分享快乐和慰藉又平添了痛苦。我们相当幸运,一起待了十三个月,从未被分开。但当噩梦结束这天我们却不在一起,等到第二天我们才见面,拥抱在一起。

我们解放了,但是还不自由。英国人进入集中营时,对他们的发现感到惊愕:尸体摞成了堆,骨瘦如柴的人奄奄一息,传染病风险加剧了这种灾难。集中营立刻被隔离,战争还没结束,盟军不想冒任何卫生方面的风险。

为了控制疫情,英国人烧掉木棚后把我们安置在党卫队的兵营。为了让大家都住下,还在地上放了一些床垫。我们睡觉盖的床单是德国人用过的,我们对此毫不介意,在我们眼里,那是多么奢侈的东西!相反,和这一样让人不敢相信的是,我们还要继续挨饿,因为英国人有命令,食物只能提供军用量,这让我们饿病了。负责这里的英国将军惊慌失措,很快就要求重新出征,不再负责这个令他毫无办法的集中营。尽管有禁令不准出去,但我还是有几次违反命令,去周围农场寻找食物,用那些刚被释放的法国战俘带给我们的香烟作为交换。

我们被按国籍集中起来,一个法国联络官收集并核实我们的身份证。这是多个月以来我们第一次用自己的名字,我们不再只是一些号码。慢慢地,我们重新找回自己的身份,但是我们感觉法国当局并不急于让我们回去,于是我们在那里待了一个月。可是大部分被释放的法国士兵都被飞机送回国,他们为我们的这种状况感到失望,一名医生坚持留下来照顾我们的健康。几天又过去了,还是没人来通知我们回法国。后来,有人告诉我们将乘卡车回去,我们立刻觉得这就是个丑闻。当局能为士兵找到飞机却不管我们,况且我们这些幸存的犹太人并不多。这件事很容易令人想到,在我们自己国家的眼里,被监禁者的命运轻如鸿毛,我的很多同伴都这么认为。

我们到达位于德国和荷兰边境的收容所用了五天时间。我的病好了,身体恢复健康。然而,米卢已经病得相当严重,所有人都毫无异议地让她坐驾驶员旁边的位置。到达这个收容所的时候,我们遇到了在奥斯维辛的几个同伴。离开集中营时,她们中有一部分没被押往贝尔根-贝尔森集中营,而是去了拉文斯布吕克。一个女孩这样对我说:"你还好吗,西蒙娜·雅各布?

我在拉文斯布吕克看到你姐姐丹尼斯了。"看到我听到这消息时的脸色,她立刻就明白我对此一无所知。这个消息太残酷,我们一直都希望姐姐没有被关押。那一瞬间,我突然觉得自己浑身无力,哭了起来。关于解放集中营时发生在拉文斯布吕克的事情,我们听到一些极坏的消息。据说在最后时刻,很多囚犯被杀。这些谣言是没有根据的,在拉文斯布吕克并没有发生任何比其他地方更糟糕的事情。

最后,我们总算回到法国。米卢被救护车送上火车,人们把她平放在救护车厢里。我们先到瓦朗谢纳,然后到巴黎。第二天,5月23日,也就是贝尔根-贝尔森集中营解放一个多月后,我们最终到达鲁特西亚旅馆,所有曾被监禁的人都被集中在这里。我们立即去打听丹尼斯的消息。有人告诉我们,她已经回到法国。她最后一段时间没有在拉文斯布吕克,而是被转到毛特豪森[①]。集中营解放之后,火车将幸存者和生病的人送到瑞士,又从那里送到巴黎。她很幸运,除了最后几天,她经受的关押比我们所经受的还人道一些。拉文斯布吕克的生活状况即便严酷,却也没有我们所经历过的那么恐怖,因为它虽是集中营,但不是死亡集中营。因此,丹尼斯在拉文斯布吕克还能看报纸,可是米卢和我已经一年多没见过纸、笔和书,以至于我们被释放之后,我都怀疑自己还识不识字,还能不能再学习。

盟军应该轰炸集中营吗?战争结束后,人们讨论了这个问题。很奇怪,这被当成了趣闻。顺便提一下,我有时会感到,比起揭露纳粹集中营的恐怖,某些思想的领导者更热衷于指责罗斯福和丘吉尔的不作为是"有罪的"。

[①] 位于奥地利上奥州首府林茨附近,1938年8月至1945年5月,先后囚禁过二十多万人,有十余万人被夺去生命。

对盟军战略选择的评判需要更多审慎的判断而不是果断的指定。尽管人们提出了很多理由,赞成用轰炸的办法摧毁毒气室,然而,在这方面,我是有很多顾虑的。当盟军在奥斯维辛这样做时,并没有收到什么效果。在战争结束前的一个星期,我的姐姐丹尼斯在茅特豪森经受了一次突然空袭。那天,她和七个同伴正在清理被前面一次轰炸毁坏的铁道,警报响的时候,由于来不及躲避,她们中有五个在炸弹下丧生。这些轰炸既无效又造成伤害。无效是因为它从来没有真正使集中营的负责人感到不安,造成伤害是因为最终炸死的囚犯比纳粹还多。总之,在我眼里,关于这个问题的辩论,只是滋长了错误的讨论,很多人在事件发生后喜欢这样的讨论,不费什么力气,也没有风险。

至于我,我认为盟军让结束战争成为绝对要务是对的。如果当时有人开始泄露关于集中营的信息,公众舆论肯定会施压要求解放集中营,致使其他本就艰难的战线有被推迟的危险。情报部门得知德国正在进行新式武器研究,任何一个领导层都不能去冒险延迟第三帝国的没落。因此,盟军当局选择沉默和效率。确实,在美国,消息灵通的人还是知道集中营的情况,但非常具备保护意识的美国犹太组织几乎没有什么表现,可能是害怕难民的突然涌入。

我不赞成关于盟军保持沉默的一些负面评价,同样也不赞成知识分子(那个汉娜·阿伦特①)的受虐主义,即关于集体责任和平庸的恶。这样的悲观主义让我不快,我甚至从中看到一个小花招:说所有人都有罪等于说没有人有罪。这是一个德国女人不顾一切想要拯救国家的绝望办法,把纳粹的责任淹没在

---

① 汉娜·阿伦特(Hannah Arendt,1906—1975),原籍德国,20世纪最伟大、最具原创性的思想家、政治理论家之一,著有《极权主义的起源》。1933年纳粹上台后流亡巴黎,1941年到美国。

更为模糊的责任之中,如此普遍以至于责任最后毫无意义。这个不好的普遍认识使每个人都满足于一个好的个体认识:负责任的不是我,因为大家都有责任。有人在整篇文章中宣称所有人都处在历史的悲剧中,所有人都既有罪又有责任,任何人都可以做任何事,对于人类野蛮的可能性不存在例外。是不是应该把这个人当作偶像呢?我对此表示怀疑,尤其是当我想到艾希曼①诉讼案中他们的那些评论时。

导致相信平庸的恶的人的悲观主义破灭的,是他们自己展示的懦弱,还有正义者巨大的冒险。这群正义者不企求什么,也不知道将会发生什么,但是他们却没少经历各种风险,去救多数情况下并不认识的犹太人。他们的行动证明"平庸的恶"是不存在的。他们的功劳是巨大的,就如同我们对他们欠下的债一样。他们通过解救别人,证明了人类的伟大。

当我在这里或那里读到一些文字,说在集中营里人们的行为都很恶劣,我火冒三丈。上帝知道我们在什么条件下生活(事实上,没有恶意地说,我认为他并不知道),上帝知道我们的日常生活恐怖到什么程度!想保全自己的性命,不使自己被身边倒下再也起不来的躯体带走,这不是行为恶劣。相反,共产主义者围绕紧密团结可使痛苦中的人联合起来的演说,在我看来言过其实。这种团结固然存在,但主要存在于共产主义者中,而且还有差别。被关押在奥斯维辛的著名共产主义者队伍里,有一个女共产党员留下了有关这个主题的有趣证明。她在书里提到,在共产党眼里,先救干部是何等重要,而她自己对此是何等震

---

① 阿道夫·艾希曼(Adolf Eichmann,1906—1962),纳粹德国高官,在犹太人大屠杀中执行"最终方案"的主要负责人。

惊。一天,马塞利娜·洛里丹①和我在比克瑙集中营里闲逛,我们试图跟几个法国女共产党员说话时,竟被当作"肮脏的犹太人"对待!

从集中营一回来,我们就听到一些不礼貌,甚至是令人不快的话和一些尖刻的评论,还有一些武断又空洞的地缘政治分析。但是,还不只是这些我们永远都不想听见的话,我们还要躲避把我们看作空气的不可捉摸的目光。接着,我又多少次听见有些人惊讶地说:"什么?他们回来了?这证明那里没有所说的那么恐怖。"几年以后,不记得是1950年还是1951年,在一个大使馆的招待会上,一个法国高级公务员——我必须指出这点——指着我的前臂和我的监禁号,微笑着问我这是不是我的衣物寄存处的号码!此后的几年时间,我都只穿长袖衣服。

更为普遍的是,在战后的这些年里,人们总是说着可怕的事情。我们已经忘记反犹太主义,可是有人偏要把它摆出来。因此,从1945年起,我变得虽然不算是愤世嫉俗(因为这不是我本性),但是失去了任何幻想。尽管有这么多关于纳粹屠杀犹太人的电影、纪录片和陈述,这个灾难却始终是一个绝对特殊的,完全无法理解的事情。

1959年,我是司法部的法官,供职于监狱管理部门。一天,有个退休的法官来请我的上司主持一个有关假释人员的委员会。上司答应了,但是后来因为没有时间去,就通知那位退休法官,说负责这些相关问题的法官会代表他去。那个人就是我。可是,普瓦捷法院的前院长却回答说:"什么?一个女人,还是犹太人?那我不会接待她!"还有一个例子。几年以后,当我在民事局供职时,又知道了一个让人惊愕的裁决。一个法国男人和

---

① 法国电影艺术家,生于1928年。"二战"期间,曾与西蒙娜·韦伊被关押在同一集中营。

一个波兰籍犹太女人被宣判离婚,男人得到了他们的孩子的抚养权,一个十五六岁的女孩,判决书上这样说:"由于妻子是波兰籍犹太人而丈夫是天主教……"带着这个理由的判决上,有司法界著名法官的签名。让·富瓦耶①,当时的司法部长,知道这件"杰作"时很震惊,对此作了处罚。

这就是被囚禁者回来的几年里遭遇的几个事件。很长时间里,他们的生活都受到干扰。很多同胞都想竭力忘记那些我们不能摆脱的事情;但是他们老是对我们说,那些事会终身铭记。我们想说,但是人们不愿听。这就是米卢和我回来后的感觉:没有人关心我们经历的事情。相反的,丹尼斯带着抵抗运动的荣耀,比我们稍早一点回来,还被邀请去作了些报告。

不过,战后头几年就出版了大量重要的书籍。它们应该会让每个人都理解事实,并分析其意义。要明确的是,我自己读了很多,这里不能一一列举。在这些书中,引人注目的当然是普里莫·莱维②的《如果这是一个人》,1947年一出版我就读了,立刻就想:"他怎么这么快就能写出这样一本书?"对我来说,这一出色的成就是神秘的。这个男人很快就进入一个完全清醒的状态,这种清醒也是悲剧的,因为最终导致了他自杀。还有罗贝尔·安泰尔姆③同年出版的巨著《人类》;热尔梅娜·蒂利翁④的

---

① 让·富瓦耶(Jean Foyer,1921—2008),法国政治家,法学家。1958年宪法负责人之一,曾任戴高乐执政时期的司法部长。
② 普里莫·莱维(Primo Levi,1919—1987),意大利作家,化学家,曾是奥斯维辛集中营囚犯。
③ 罗贝尔·安泰尔姆(Robert Antelme,1917—1990),法国诗人,抵抗运动成员,1939年与玛格丽特·杜拉斯结婚,1946年离婚。
④ 热尔梅娜·蒂利翁(Germaine Tillion,1907—2008),法国抵抗运动成员,集中营囚犯,人种学家。1947年获普利策奖,骨灰置于先贤祠。

《拉文斯布吕克》,这本书写得非常棒,以及大卫·鲁塞①的两部主要著作:《集中营的世界》和《我们死亡的日子》,两部都同样好。后来,快到1948年的时候,大卫·鲁塞出版了另一部让我印象极深的书:《小丑不笑》。这些作家中的每个人都以自己的方式感受那些事情,经历一种特别的命运。他们的证明是重要的,他们的著作也取得了巨大成功。然而,我们感到周围有一种莫名的排斥,让我们经受无尽的痛苦。

我也想到了很多关于波兰犹太人区的记述。人们从中感受到那好几个月的焦虑,重重地压在波兰居民的身上,感受到他们恶劣的生活条件,还有必然在他们身上滋生的悲观主义,但是这种悲观主义也伴随着博爱互助的深远意义。悲剧《出埃及记》②和之后根据此书拍的电影,对很多人来说都是一种发泄,因为这一部面向大众的作品详细讲述了拘押、集中营以及西方民主大国面对犹太人问题时的窘迫。我读这本书就像读流行小说一样,但是很感兴趣。作品中没有任何叫人不舒服的东西,感情很强烈。我还记得当初读这本书时的疑问:英国人很可能会射杀的那些不被允许登陆的人怎么样了呢?那个时候,我对以色列几乎一无所知,但是我的同学会谈论。特别是,很多波兰人和斯洛伐克人希望到那里生活,这很令人感动。

好的尺度难以把握:人们对拘禁的事要么谈论得过多,要么太少。很多人都被深深伤害,从而对此绝口不提。我儿子告诉我说,有一天,当他和一个朋友谈起他们的母亲被拘禁的命运

---

① 大卫·鲁塞(David Rousset,1912—1997),法国作家,政治家,抵抗运动成员,集中营囚犯。
② 里昂·尤里斯(Leon Uris,1924—2003,犹太裔美国人)著。这是一部曾经风靡西方世界的小说,作者从犹太人的角度,以讲故事的形式,从历史、宗教、法律等方面,描述犹太人在巴勒斯坦的存在,向读者呈现出一幅自19世纪末叶以来,特别是第二次世界大战前后,犹太人大批移民巴勒斯坦的画卷。

时，他惊讶地看到朋友哭了，并告诉他："我妈妈从来没和我说过这个。"这种沉默对我来说是不可理解的。的确，我的公公婆婆从来不能忍受谈论拘禁的事，我丈夫和我的一个儿子也对此表示赞同。例如，我前面提到的那些书，我丈夫对它们的内容不感兴趣，他甚至连我自己读这些书都不能忍受。在我们婚后的头几年，每当我和这个或那个姐姐谈起共同的记忆时，他会打断我们，谈论别的事情。这是他自我保护的方式。但是，对我来说，这种方式不总是那么容易忍受。

如果要谈纳粹对犹太人的屠杀灾难，怎么谈？如果不谈论，那又为什么？这是个永恒的话题。以色列小说家阿哈龙·阿佩尔费尔德①写了几部好书，尤其是《生命的故事》，讲述了他十岁时从集中营逃跑，在乌克兰的森林里藏匿了三年的故事。他在以色列发表的三场演讲也刚出版。那是一部震撼人心的书，他在书中分析屠杀灾难，说受害者永远都无法从中走出来。在读这本书时，我意识到在内心深处，我们一直都带着这个记忆生活。有些人厌恶去回忆它，有些人需要谈论它，但是所有人都带着它生活。

阿佩尔费尔德陈述了我们不能释怀的原因。理由很残酷，表明了和抵抗运动者的情况有性质上的不同。他们是英雄的身份，他们的斗争给他们带来了光荣，这种光荣因为他们被囚禁而增长；他们选择了自己的命运。但是我们，我们没得选择，我们只是可耻的受害者，只是被烙印的动物，我们只能带着这些生活，并且需要其他人的接受。

所有人们能说、能写、能拍成电影的关于大屠杀的一切，都驱散不了大屠杀带给我们的痛苦。灾难无处不在，什么都没有

---

① 阿哈龙·阿佩尔费尔德（Abaron Appelfeld, 1932—   ），以色列小说家，诗人，被誉为20世纪末最伟大的希伯来语作家。

被拭去。车队、劳动、监禁、木棚、疾病、寒冷、困乏、饥饿、羞辱、堕落、击打、叫喊……不，没有任何事情能被忘记，没有任何事情应该被忘记。但是，在这些恐怖之外，唯有死者重要。毒气室让孩子、女人、老人、染疥疮的人、体弱的人和面色不好的人迅速死亡；剩下的其他人则慢慢走向死亡。被关押的七万八千名法国犹太人只有两千五百名生还。到处都是灾难，比克瑙集中营的焚尸炉、烟雾和恶臭的氛围，我永远不会忘记。那边，德国和波兰的平原上，从此延伸着几片光秃的空地，一片沉寂；这是空白的可怕分量，这种空白，遗忘没有权利将它填补，唯有生者的记忆可以永驻其间。

第四章

新　生

战争结束了,我和姐姐们还活着,但像其他许多人一样,雅各布一家为纳粹的疯狂付出了沉重代价。很快,我们就意识到再也见不到爸爸和让了。妈妈没有熬过疾病;米卢骨瘦如柴,受着疖子的折磨,并且因为斑疹伤寒而极其衰弱;只有丹尼斯和我几乎毫发无损地回到法国。我们的家毁了,可是我们还年轻,需要重建生活。

很快魏斯曼姨父和姨妈接我们去了他们家。他们自己也是在解放时从瑞士回来,住在一个被德国人抢掠过的房子里。他们二十岁的儿子安德烈,是巴黎综合工科学校①的学生,在复活节假期时志愿参军,刚刚在卡尔斯鲁厄前线牺牲。这一切营造出一种极度悲伤的氛围。我们尽可能地相互鼓励,特别是在挽救米卢这件事上。姨父和姨妈犹豫是否要将她送入医院。我姨父自己是医院的一名医生,负责内科。他完全有资格判断哪种类型的治疗适合他的侄女。为了让她获得良好的后续治疗和营养,也为了避免让她陷入被隔离的气馁境地,他认为最好是在家中照料她。他慷慨地给予她尽可能完善的治疗,我的姐姐慢慢恢复了健康。这一时期,很多集中营囚犯都死于斑疹伤寒。在

---

① 巴黎综合工科学校,法文名称是 l'École Polytechnique,又译综合工科学校、巴黎综合理工大学,是法国历史悠久、名声显赫的工程师学校。

接下来仍然食物紧缺的一整年里,我们的一位朋友帮忙从布里的农场为米卢提供新鲜食品、牛奶、黄油和蔬菜。

丹尼斯以其一贯的独立很快开拓了一片天地。她找回联络网中的一些同学并与安纳西和里昂重新建立联系。至于我,要照看米卢并且很少出门。这首先是因为我对社交并不上心,也因为我从少量参与的谈话中观察到,人们并不愿意过多了解我们的遭遇。倘若有些人对我们能够回来并不惊讶,甚至暗示我们为了离开集中营一定干了不少卑劣勾当,这完全合乎情理。这种带有谴责意味的误会让生活变得痛苦。其次是因为魏斯曼家的气氛并不愉快。我的姨妈还没有走出失去挚爱的姐姐和寄予厚望的儿子的阴影。因此她倾向于将感情转移到我身上。我的外祖母以前在尼斯和我们一起生活,她成功地避开了逮捕,我们在巴黎团聚。她通过爱抚重孙女——我的一位表姐刚刚生下这个小女孩——从中得到安慰。

于我而言,我们回来后的几个星期给我留下一段模糊的回忆。即使是在物质方面,我的生活也很难回到正常节奏。例如,我失去了睡在床上的习惯,以至于整整一个月我只能在地上入睡。与他人的关系尤其给我造成困扰。6月初我回尼斯去见一些朋友,但我立刻感觉到我的生活已经不再属于那儿,我很快返回。在巴黎,我有难得几次被邀请去某地,可我觉得自己很多余。我记得自己藏在窗帘后的窗洞里,只是为了不与任何人交谈。人们所说的一切,对我来说是那么不真实……这种感觉持续了很多年。在刚结婚时,我仍然能感受到。

我与一些同伴重逢,在她们中有两个朋友是博布雷克的共产党人。后来她们住在德朗西,她们的故事引人注目。其中一位朋友的丈夫在德国占领法国期间被枪杀,她自己则和另外一位共产党朋友一同被捕。她在贝尔根—贝尔森集中营认识了一位原籍波兰的首饰匠,他也是坚定的共产党人,同时有巴黎街头顽童的一面。这是一个有趣、善良的男人,尽管他的妻子和四个孩子均失踪于奥斯维辛。战争过后,他在德朗西接待了这两位朋友。那名寡妇有一个女儿,另一位共产党朋友和她在成衣店工作的丈夫以及三个孩子重逢。所有这些人住在首饰匠两层楼的工作房里。在那儿,他们以共同团体的方式生活了许多年,因为共同的共产主义信仰和共同的回忆团结在一起。这是些优秀的人,我经常去拜访他们。我需要谈论集中营,但只有和他们在一起时才行。等到孩子们长大,这个家园也随之解散。但我这两个共产主义朋友中的一个继续住在德朗西,直至几年前去世。她比我年长得多,但我们的友谊从未减退。

夏天到了,我的姐姐丹尼斯建议我来瑞士的尼永度过8月。她从拉文斯布吕克集中营回来后,与热纳维耶芙·戴高乐[①]交往甚密。这样我就可以在湖边的一座别墅——供前集中营囚犯使用——疗养。热纳维耶芙·戴高乐的讲座可以支付日常开支。我毫不犹豫地接受了这个慷慨的邀请。这对我来说真是一场不幸!对我们的遭遇瑞士人比法国人了解得更少。气氛让我难以忍受。此外,由于我是年纪最小的,几天前才刚满十八岁,我发现自己被大量抵抗运动成员包围。矛盾的是,他们似乎比我更能忍受萦绕在周围的寄宿学校式的氛围。一些人向我们提出荒诞的问题:"党卫队指使狗让女人怀孕是真的吗?"大量日常生活细节令我目瞪口呆。例如房子被新教徒占据,他们强迫我们在饭前做祷告。一些"博学"的慈善事业女施主告诉我们在经历所有这些事后,我们的生存将十分艰难,为了维持生计我们必

[①] 热纳维耶芙·戴高乐(Geneviève de Gaulle,1920—2002),戴高乐的侄女,抵抗运动成员,集中营囚犯。

须工作,例如学习打字技术或英语等,做这做那。他们的建议针对所有年龄段的女人,这些人通常生活安定且刚从地狱出来,因此这些建议显得特别不合时宜,甚至可以说是可笑的。一天晚上,我和几个同伴一起去跳舞。房子在22点关门,因为我们回来时晚了一刻钟,我们像十二岁的孩子一样被训斥。可别说我有多讨厌这种刻板幼稚的说教癖。

有一天,我去挂衣间,那里有供寄宿人员使用的衣服,我们没有合适的衣服可穿。一个女人走近我,观察着我打算穿的那条裙子,说出一番没有比这更微妙的话来:"啊,我认出了我女儿的裙子!"这是一种奇怪的赈济观。我一言不发地放下裙子,同时想起罗曼·罗兰作品里的一段:资产阶级家庭的孩子嘲笑女仆家的小男孩,因为他穿着主人儿子的旧短裤。这一切是如此荒唐、恼火、耻辱。人们让我们感觉到,恩人宽厚地将我们庇护在其巨大的羽翼下,我们应对他们感恩戴德。

一天,我们得到"许可"——这是当时的用词——去洛桑,当然不是独自去。一些洛桑的家庭来接我们,我们经历了一次由商人带领的艰难旅行。他们中的许多人提出一些关于过往经历的冒失问题,这使我们感到厌烦。有一次,我们当中的一位女士,叫奥黛特·莫罗,是知名律师,也是被关押在集中营的抵抗运动成员,她发现商店橱窗里有一个时髦的红色手提包,表示很想要买下它。这时她听到陪伴我们的一位老妇人生硬地答道:"您有必要买第二个手提包吗?"

幸运的是,一些住在日内瓦的表亲邀请了我。史派尔一家的友善与其他人形成鲜明的对比。在这一家四个女儿的陪伴下,我们将日内瓦的商店抢购一空。多亏他们慷慨解囊,我得以为我的姐姐和自己置办一些衣服,这一时期在法国,人们找不到任何东西。不幸的是,这一插曲的后续并不尽如人意。几天后当我穿越边境时,我因这些新衣惹上不少麻烦。因为我佩戴的一块小型名牌手表和穿着的新鞋,我必须支付五百法郎的进口税。我徒劳地向他们解释我身无长物,并且出示我的集中营犯人证,试图让这些海关官员对我们姊妹的命运心生怜悯。这些勤勉的官员立场坚定:法规就是法规。从开始到结束,在瑞士的这次旅居成为一段相当糟糕的回忆。

从集中营回来,我得知通过了 1944 年 3 月在被捕前夕参加的中学毕业会考。尽管这一切在我看来颇为不现实,我还是欣喜地接受了这个消息。它为盘踞在米卢和我脑海里的问题作了初步解答:我们应该怎么做?是去上学还是去谋生?丹尼斯已经解决了这个问题。她二十二岁那年不愿再依赖姨父和姨妈,在伦敦找到工作并从此独立。在那儿,她住在朋友家。对我们来说,问题依旧存在,因为我们的母亲让我们坚信拥有一份真正的职业十分必要。我们见过因不能完成学业和在经济上依赖丈夫给她带来多大的伤害,我们不想经历同样的命运。她的训令仍然回荡在我们耳边:"为了能够从事一份真正的职业,一定要学习。"此外,魏斯曼一家在保证我们安身之处的同时也鼓励我们学习,这些人是多么善良,我们因而成功获得奖学金,并进入了学校学习。

一直以来,我头脑中有一个目标:学习法律并成为律师。从瑞士回来,我顺利在法律学院注册。听到周围的人谈论全新的巴黎政治学院是古老的国家政治科学基金会的继承者,我就去看看圣纪尧姆街上是怎么回事。我同时具有对学习的渴望和充实自我的需要。有人通知我针对女生的入学考试已经举行过,但考虑到我的情形,我被纳入一个集合了战争期间经历麻烦的学生的讲座班。我的一位同窗目睹过他的父母被关入集中营,另一位同窗曾经是战俘,还有一部分人在英国或法国参加过抵抗运动。所有人都有特殊的、刺激的故事。但这并不妨碍有些人像看不明飞行物一样看我:不仅仅是因为我曾经被关押在集中营,更多的是因为……我是女孩!

很快我在巴黎政治学院开始学习,但很少去法律学院。对于法律,我就像那一时期所有人一样,仅限于学习复印讲义。在巴黎政治学院,最令我着迷的是来自各界的经历丰富的大人物主持的演讲。他们中的许多人刚刚恢复战争期间由于各种原因失去的行政职位。米歇尔·德布瓦西厄就是他们之中杰出的一个,我马上对他产生了浓厚兴趣,去听这些讲座,其中不乏精妙之言。他在战争前参加了巴黎高等师范学校的考试,之后进入审计法院。停战后,他退到蒙彼利埃,就在犹太人身份被宣布合法的这一天,他迎娶了一位叫卡昂①的小姐,并通过报纸向全世界宣布。他参加了抵抗运动并站在皮埃尔-亨利·泰让②这一边,后者被这个年轻人的态度所吸引。这一生活经历极大地丰富了他的教学,使他赢得大学生们的崇拜。这些学生绝大部分和我一样,并不是从高中直接升上来的。他的讲座的课后作业引起我的极大兴趣,我人生的这一阶段因此成为幸福而充实的时刻。此外,对我和我丈夫来说,米歇尔·德布瓦西厄有着更加重要的意义。他为我们职业生涯的开启提供了帮助。碰巧,他和妻子这两位头脑敏捷的智者与我们住在同一幢大楼里。他们是我们交往最久也是最忠诚的朋友。

在圣纪尧姆街之外,我始终与巴黎政治学院的学生们保持距离。他们经常外出欢聚,频繁光顾圣日耳曼德佩的咖啡馆和

---

① Cahen,犹太人姓氏。
② 皮埃尔-亨利·泰让(Pierre-Henri Teitgen,1908—1997),法学家,教授,政治家。

"地下室"①。我经常与一个小团体来往,克洛德·皮埃尔-布罗索莱特②是其中一员,此人深受其父悲剧命运的影响;还有其他几个同伴,特别是米歇尔·戈尔代、让·弗朗索瓦-蓬塞、马克·亚历山大。除他们外,我没有任何意愿想要融入那些不敢与我交谈的人,这些人对我的过往满腹疑问。仅仅因为我在课堂开始后才到,所有人便都知道我曾经被关押在集中营。我对诸如我在瑞士遭遇的此类关注充满恐惧。

我并不热衷于讨论政治。在这所学校中,这类讨论比人们想象的要少。大体上来说,除了一些讲座会在我的同学间引起争论之外,这些人一点也不会表露他们的意见,有太多的伤口还未愈合。我们的老师也同样谨慎。以前的贝当派和经典右派支持者装聋作哑。因此,所有人都知道我们的历史学教授皮埃尔·勒努万,是一个才华横溢的知识分子和严格的教育家,并非左派。这是我们能说的最起码的事,但每个人都尊重他作为历史学家的严格。法国被划分成通敌一方和抵抗一方,这太令人忧心,以至于人们回避一些无用的论战。对这一时期的争论,我的记忆不多,其中之一是关于政教分离。无论教授们的宗教观是什么,在共和国重建期,他们坚持向我们灌输这一崇高观点的力度让我惊讶。至少与现在相比,当时的观点更为严厉。例如近来对1905年法律所作的修改,在当时任何人都不被允许作此设想。法国摆脱了贝当主义,第三共和国的"世俗原则"重拾了其完整的意义。

总而言之,我对大学学习的开始怀有美好的回忆。至于其他,生活按照既定轨道前行。晚上,我经常阅读,这既是出于兴

---

① 指地下室中的舞厅或酒吧。
② 克洛德·皮埃尔-布罗索莱特(Claude Pierre-Brossolette,1928—),财政稽查员,1974—1976年任法国总统府秘书长。

趣也是为了学业。我与很少的人来往,因为我在集中营的同伴们已经分别走上不同的道路。一些人非常热衷于政治,致力于共产党或其他党派;其他人去了外省生活。有些人,特别是男人,一边学习一边工作,因为他们中的大多数人失去了家庭。许多人不得不迅速精力充沛地投身职场。和所有在灾难中幸存下来的人一样,他们想要向曾经虐待过他们的社会索取补偿。

尽管那一时期我并未接触犹太人团体,仍有这样一种感觉:犹太人团体很少直接提供道德和物质援助,这种援助通常是来自外国并遭遇纳粹大屠杀迫害的家庭所指望的。然而,在德国占领法国时期表现活跃高效的"犹太儿童救济机构"积极开展后续工作,负责照顾集中营犯人留下的一些孤儿或是从布痕瓦尔德集中营自己逃脱的孩子。对很多从集中营活下来的年轻人来说,这是一段万分艰巨和极度孤独的时期。对成人而言,他们面临着工作和住宅问题,并且无亲人可依赖,他们很难在社会中重新立足。我并不认为团体有向他们伸出援手。很多人处于孤独、被忽略和贫困的境地。

当我从集中营返回时,我听说刚刚成立了一个奥斯维辛联谊会。我想在那儿也许能见到几个朋友,因此我去了那儿。我很快发现联谊会被共产党人控制。此外它一直存在到大约十年之前,和玛丽-克洛德·瓦扬-库蒂里耶[①]的寿命一样长。联谊会的负责人注意吸收非共产党人,以期塑造一个团结友爱的形象,这种形象只为愿意信仰它的人存在。这一时期,我并没有坚定的政治观,但我知道自己不是共产主义者。因此,我只参加了一次联谊会,没有第二次。

---

① 玛丽-克洛德·瓦扬-库蒂里耶(Marie-Claude Vaillant-Couturier, 1912—1996),抵抗运动成员,法国女政治家。

实际上，我的第一次政治经历就是拒绝共产主义。和别人不同，这一拒绝并非源自家庭传统。除了我父亲，我所处的环境整体上偏左。我妈妈和她的姐姐不同，从没有接近过共产党人。战争期间，我对共产党人的看法并不比对抵抗派的看法多。从集中营回来后，即使我与在博布雷克相识并在德朗西的小房子团聚的两个女人友情深厚，我还是注意到共产党人的斯大林式宗派主义。这令我难以忍受，这种感觉延续至今。

"封斋前星期二"这一假期临近，米歇尔·戈尔代提议我和他以及巴黎政治学院的另一个朋友安托万·韦伊一块去滑雪。我愉快地接受了，因为这是我多年以来第一次度假。我们来到格勒诺布尔，安托万的父母就住在那儿。我发现这是一个非凡的家庭，许多方面都让我想起失去的家庭。韦伊家有和雅各布家的社会、文化情况一致的地方。他们都是不信教的犹太人，很有教养，热爱法国，因为融入法国满怀感恩。他们家比我家富裕得多，但他们也和我的父母一样热爱艺术，特别是音乐。这家的四个孩子——三个女孩一个男孩——带来的热情和活力让我回想起我在童年和青少年时期曾经历和热爱的气氛。我即刻爱上了他们所有的人。他们盛情款待我，我们很快就很亲密了。

安托万和我一样在巴黎政治学院学习，然而之前很少见面。自从复员后，他便住在巴黎祖母家。从我们在格勒诺布尔重逢的一刻起，事情进展迅速，几个星期后我们订婚，并于1946年秋结婚。我那时十九岁，安托万二十岁。我们的长子让在1947年底出生，二儿子尼古拉在十三个月后出生，皮埃尔-弗朗索瓦时间隔得长一些，他生于1954年。我们现在结婚六十年，有十二个孙子和几个重孙，这就是年纪轻轻生孩子的好处。

很久以来，我丈夫一家住在默尔特－摩泽尔省的布拉蒙，他们在那儿拥有一家生产棉纺织品的工厂。他父亲和我父亲一样爱国,并在"一战"结束后获得上校军衔。第二次世界大战期间,韦伊一家在去瑞士前想在格勒诺布尔寻找一个庇护所,安托万比他的家人先到那儿。法国解放战争时,他加入军队,战争结束后复员,进入巴黎政治学院。而他的家人去了洛林并在南锡定居。我的公公婆婆是严肃的人,但他们有崇高的品质和丰富的情感。或许是出于尴尬也或许是出于谨慎,他们难以忍受关于集中营的谈论,尽管他们被关押在奥斯维辛的一个女儿刚刚回来。除去这一点,我们深爱着彼此。和他们在一起,让我找回了家庭。我崇拜我公公对道德的恪守和充满智慧的好奇心,他也从我俩的交流中找到乐趣,他对我的分析和见解显得很好奇。我感觉和我丈夫的祖母也很亲近,爱她甚至胜过爱我自己的祖母。这种爱是相互的,因为她住在巴黎,当我有烦恼时就去看她,向她倾诉心事。

我们在巴黎政治学院的老师米歇尔·德布瓦西厄当时担任皮埃尔-亨利·泰让内阁的主任,泰让在战后很有影响,担任过信息部长和司法部长,后来又成为1947年拉马迪埃[①]政府的议会副主席。为了帮助我们这对年轻夫妇,也是因为欣赏我们,米歇尔·德布瓦西厄向我丈夫推荐了一个共和国议会专员的职位。这个机构就是后来的参议院。安托万立刻答应。就这样,这个二十岁的来自外省的新婚男人以意外又突然的方式进入政界,为议会副主席服务,走遍了卢森堡宫[②]的走廊。安托万十分崇拜皮埃尔-亨利·泰让,这人以前是宪法学教授,最早的抵抗运动成员,也是今天被人们称作"左派天主教教徒"的完美代表。

---

① 保罗·拉马迪埃(Paul Ramadier,1888—1961),社会党人,第二次世界大战期间拒绝支持维希政府,为抵抗运动工作,1947年当选为法兰西第四共和国第一任总理。
② 法国参议院所在地,位于巴黎第六区。

泰让家的人热情开放,生活简单。那个时期,共和国国会议员和部长的薪水很低,这些人过着朴素的生活,与近几十年我们所习惯的待遇不可同日而语。此外,无论是掌权者还是普通百姓,人们的餐盘里没有多少好吃的东西,但这都无关紧要。

我们的生活节奏迅速加快。我们经常出门,这个巴黎人的世界仍然令我有些畏怯,可我丈夫的发展毫无困难。人们的讨论内容丰富,人人都希望建设一个新的法国。

1947年初,政治生活节奏紧张。几个月前得到巩固的法兰西第四共和国在寻找她的标志。一年前,戴高乐将军突然离职,由三大主要组织——共产党、源自基督教民主党的人民共和党和社会党——构成的三党联合政府在勉强管理国家。第二轮公投,采纳议会制,明显遭到戴高乐及其信徒的强烈反对。

1947年是"净化"的一年。一方面,三党联合政府制即将破裂,这是国际格局因"铁幕"而东西决裂给法国带来的影响。另一方面,戴高乐派使反对"党政"的思想扎根并巩固。因此,第四共和国只有顶住共产党人和戴高乐派的交错进攻才能得以维持,这两派为推翻第四共和国反常地团结在一起。

和我们的很多同胞相反,我认为,即使有这些混乱,戴高乐在1946年1月的辞职并不是一场全国性的灾难。他是如此的希望调和法国人民,可在我眼里德国占领法国的旧账还未偿清。无论是审判赖伐尔①还是贝当,人们对集中营关押只字未提。犹太人的问题被完全掩盖。国家从上到下,我们看到的是同样的态度:没有人觉得犹太人的遭遇和自己有关。我们可以想象,

---

① 皮埃尔·赖伐尔(Pierre Laval,1883—1945),法国政治家,社会党人,1931—1932年和1935—1936年两度担任法国总理。第二次世界大战期间,支持贝当上台。法国沦亡后,在希特勒支持下,1942年4月出任总理,此后一直左右贝当政府。法国光复后,1945年10月9日被巴黎高等法院以叛国罪判处死刑。

对那些被大屠杀颠覆命运的人而言,这是多么可怕。

稍后,我意识到戴高乐的政治意愿不只是这一"遗忘"。他希望放缓解决的不仅仅是犹太问题,还有所有在本质上分裂法国人的事物:"自由法国人"和阴影中的抵抗派的对立,政治组织间的争执。然而没有它们,民主生活也不复存在。这一切让他看到一个他并不热爱的共和国。他越来越怀疑和拒绝别人,即使是对他的拥护者。例如勒内·普利文①,曾于1940年6月到伦敦追随他,后来却走上没有效忠于他的政治道路;还有雷蒙·阿隆,他拥有完全的自由精神,戴高乐一度与他们关系紧张。他想要一切都团结在他周围。议会生活在他眼里是一种不可避免的仪式,但只要沾边就够了。

1948年夏,安托万获得一个新的工作机会,和上一个机会一样好。皮埃尔-亨利·泰让离开政府时,阿兰·波埃②成为主管预算的国务秘书。我丈夫任国会专员的时候与他相识,当时他担任共和国议会预算总报告人一职。阿兰·波埃邀他到他的部门工作,安托万很高兴地加入了。一年后,波埃成为德国和奥地利事务总委员,他派安托万去德国。这对安托万来说是一个绝佳的机遇。波埃向他允诺领事馆的一个职位,这使他有时间准备面貌一新的国家行政学院的入学考试,我丈夫对这个学校很感兴趣。至于我,在德国生活没有任何问题。尽管我的一些亲人很惊讶,很难理解我的选择,但我在那里看到了筹备我们未来的机遇。

---

① 勒内·普利文(René Pleven,1901—1993),法国政治家,战时抵抗运动活动家,战后两次任法国总理(1950—1951,1951—1952)。
② 阿兰·波埃(Alain Poher,1909—1996),法国国务活动家,1968年至1992年任参议院主席。

1950年1月1日,我们动身去莱茵河沿岸的温泉疗养地威斯巴登,它位于美国占领区,是黑森州首府,我们在那儿待了两年。第三年我们来到斯图加特,在那儿,我丈夫仍然被任命在领事馆工作。接着他考上了国家行政学院,于是我们于1953年回到法国。

阿兰·波埃是继皮埃尔-亨利·泰让之后我们的第二个保护人。我记忆中的他是一个既关心他人又忠于职守的人。

在德国度过的三年颇为惬意。在那儿我一点也不感到拘束,理由很简单:我们像美国人一样生活,经济上完全自给自足。游泳池是美式的,商店也是。我们生活舒适,感到自由。为听音乐会跑远路到斯图加特或者杜塞尔多夫,对我们来说也不是难事。我们经常去杜塞尔多夫拜访阿兰·波埃,他在那里拥有一座小城堡,这令我们印象深刻,但也没有更多想法。我记得我曾从主楼梯上下来,有几个人对此感到吃惊……

我们很快结交了一些朋友,特别是不时来德国短期居住的罗歇·斯特凡娜①、《世界报》的驻外记者阿兰·克莱芒,还有其他许多来我家小住的人。有时候我们会自问,在度过这段附带的黄金时光后,我们的生活会是什么样子。安托万在准备他的国家行政学院考试,我自己则继续糊里糊涂地参加法律考试,也没有在这上面花太多时间:我得照顾两个年幼的孩子和打理一幢大房子。此外,我还帮助安托万写笔记和文件摘要。我剪一些《世界报》——在当时《世界报》被认为是有关文献资料的《圣经》——的文章,当我们行车时,我读给他听。

不幸的是,我们的旅居因一场悲剧而蒙上阴影。在我姨父的精心照料下,米卢重新过上正常生活并学习心理学。在我结

---

① 罗歇·斯特凡娜(Roger Stéphane,1919—1994),法国作家,记者,抵抗运动成员,《观察家》创办人之一。

婚后，我俩非常亲近，继续频繁见面。对我来说，米卢就像第二个母亲，她是联结我和我们三人共同过去的情感纽带。这就是为什么，即使她鼓励我这次离乡，当我启程去威斯巴登时，离别仍显痛苦。我们每周都写信，拒绝空间距离把我们分开。后来，她嫁给一个朋友，也是心理学家。他们生下一个小男孩，叫吕克。他们1951年夏来威斯巴登探望我们，我非常高兴。我们俩的丈夫即刻十分投合，米卢和我则有说不完的话。第二年夏天又有新的幸福：他们一家三口来到我们在斯图加特的家过了十五天。这次停留是如此美妙，一岁多的吕克在我们家的花园学会了走路。8月中旬，他们一家三口乘坐姐夫新买的令他无比自豪的雷诺4CV小车离开。第二天当他们快到巴黎时，遭遇一场严重的车祸。米卢当场死亡，她开车的丈夫安然无恙。我们接到通知立刻赶过去。在医院，看起来并未受伤的吕克，死在我的怀里，他死于未诊断出的颅骨断裂。这一双重打击使我无比颓丧。我感到深深的不公，感到命运继续对我们穷追猛打。我徒然拥有丈夫和两个漂亮的孩子，我徒然在这全面重建的欧洲过着舒适的生活，我徒然经常接触一些年轻热情的朋友。死亡似乎无法在我周围停下它的脚步。从那之后，失去米卢的痛苦和她儿子突然死亡的惨象从未离开我的记忆。

接下来，生活循着无法改变又逐渐平息的节奏回到正常轨道。安托万被国家行政学院录取后，我们回到法国。1953年的上学期，他在摩洛哥第一次实习，我和他来到萨非。从7月起，这一实习在安德尔省继续进行。我来沙托鲁陪他，我们全家在那儿住了两个月。沙托鲁的日常生活既平静又无聊，尽管我们结识了后来一直是朋友的人：年轻的伊苏丹专区区长安德烈·鲁斯莱。晚上我们打桥牌，有时候本省的秘书长也会来。白天，安德烈和我有时会逛逛古董店……这真是一段可笑的时光，共和国的高级官员享受着空闲时间！白天，我带着孩子们在专区的公园散步。我深知这种生活不会太久，一旦我丈夫完成学业，我将进入职场。在此期间，我粗略地看了一下我的法律课程。

我们的三儿子皮埃尔-弗朗索瓦出生时，安托万还在国家行政学院学习。我告诉我丈夫"我要注册当律师"。"绝无可能。"他这么回答，令我惊诧不已。我没有屈服，我问："凭什么？我们早就说好，等你走上轨道我就去工作。现在你得到了你想要的，你在国家行政学院，你一帆风顺。没有什么事能阻碍我工作了。"我没料到他有如此消极的回应。就像以前父亲对母亲一样，我发现我丈夫不愿看到我进入职场。此外，即使欣赏法律的严谨和权力，他也并没有对律师界人士怀有很高敬意。在他们身上我看到的是对被告人和受害者的尊重，他却只能看到为有钱顾客的诉讼而变通和依附。我认为这一切都使他不快，这起码是个正义的工作，可他仍无法妥协。他说："我们很少去拜访律师，这个职业不是女人干的。"争论很激烈，但最后我们找到一个双方都接受的折中。走运的是，他通过重重政治关系找到一位高级法官，后者断言："今后妇女在司法界会有其地位，西蒙娜应该考虑一下。"事实上，从1946年起妇女就被允许参加司法考试。我们达成了一致：我放弃当律师的志愿，转向付出时间精力可能少一些的法官职业。他同意我不再待在家中抚养孩子和准备晚餐。

为了达到这一目标，我需要参加两年实习，准备考试，还得抚养三个孩子和打理房子……这条路困难重重，但只有不了解我的人才会认为我一面对障碍就放弃了专业。可是，困难必不可少，皮埃尔-弗朗索瓦染上了百日咳。我的婆婆从南锡过来照顾他，她时刻关注我们的困难并且乐于施以援手。婆婆为困境中的孩子排忧解难,这对女人来说是幸福时期!我必须说我的公公婆婆,特别是我的公公,在我渴望工作时有力地支持了我。他们和我都无法接受小儿百日咳横挡在我的道路上。

1954年5月,在新一轮充满论据并试图劝阻我的讨论之后,我终于以实习专员的身份在检察院注册。巴黎检察院秘书长和他的助理在接待我后无法保持镇定。他们问:"但您结婚了!您有三个孩子,有一个还是婴儿!此外,您的丈夫即将从国家行政学院毕业!您为什么想要工作?"我向他们解释说这是我自己的事情。这些友善却坚持的人仍然试图用各种方式劝阻我,他们说:"您想象一下有一天您被迫带一个死囚去断头台。"我回答道:"你们知道,如果有这样一件事,并且我是判决他的审判官之一,我会承担我的职责。"面对我不可撼动的决心,他们最终接受了我的候选资格,并补充说:"您是如此坚定,既然要干,就来我们身边实习吧。"

我马上接受。那时我二十七岁,有几张文凭,有丈夫,有三个孩子,有一份工作。我的人生终于扬帆起航。

第五章

法官生涯

1954年,国立法官学校还不存在。要从事法官职业,必须得经过一次考试。在检察院实习之后,准备两年才能参加考试。我按照这样的程序走,这个过程让我接触了法官行业,并且很好地学习了法官行业。我很幸运,指导我实习的两个法官担任要职,他们协助巴黎检察院的总检察长工作,为其准备公诉文件。为此,他们必须写很多文件。这些具体而又能培养人的任务通常都落到我的肩上。两位法官对我彬彬有礼,生活中也很好相处,他们都十分认真地对待我提出的所有问题。实习的这个时期,给我留下了最美好的一段回忆。然而在家庭方面,我那时却是不堪重负。工作日非常忙碌,只有晚上回到家里的时候,才能见到我的丈夫和三个孩子。

另外,我们不是非常有钱,也不能像在德国时那样寻求帮助。安托万有一份国立行政学院的学生薪水,我也领取一份实习生的工资。总体上来说我们并不宽裕。所以,像许多法国人一样,我们只能在西班牙度过我们的家庭假期。这比起在法国租什么东西来度假,更经济划算。后来,当安托万在一个政府办公室工作后,由于公事繁忙,他经常缩短假期。在假期结束时,我常常一个人开车带孩子们回家。到现在我的儿子们还能回忆起,当时我们在途中住宿的酒店连三星级都不是。孩子们利用父亲不在的机会,肆无忌惮地嬉戏。有一天,一个孩子竟把车钥匙扔到井里,并且还认为这件事很明智。在我眼里,这些都不算是很严重的事情,在生活中有更重要的事:工作、孩子们的未来以及在没完没了的困难中挣扎的国家——但却没有几个具有远见卓识的政治人物尝试去解决这些困难。

这样的人确实不多。然而,在来来往往许多届暗淡的政府当中,孟戴斯①政府虽然只是昙花一现,却曾经让我激动。我比我丈夫对这个非凡的人物更有好感,我丈夫和人民共和党联系更紧密。就我个人来说,我更倾向左翼,我还给社会党一些个人或组织投过几次票。尽管有这些分歧,在面对现实中的利益时,我和安托万的意见又会达成一致。像许多非戴高乐主义者一样,我们观察着创办《快报》和希望出现第三种力量所代表的观点争鸣。在我们看来,出现第三种力量的政治图景过于善恶分明。所以我们感觉自己很接近雷蒙·阿隆的观点。他发展了一种独立自主的思想,用智慧和清醒的头脑去摆脱极端,既摆脱严守教规、君权至上、谨小慎微、有时又充满仇恨的右翼,又摆脱对马克思主义着迷,视让-保罗·萨特②为最佳思想支持者的左翼。在那个时期的格局中,雷蒙·阿隆通过他对问题的分析能力和对改革的开放性意愿,一直游离于各种习惯的势力划分之外。比如在去殖民化的问题上,他不惧怕表达一些触犯《费加罗报》③读者而拥护法属阿尔及利亚的观点。他成功地吸引了一些社会党的边缘人士,社会党当时并未迈出与共产党缔结选举

---

① 皮埃尔·孟戴斯-弗朗斯(Pierre Mendès-France,1907—1982),犹太人,法国政治家,1954年至1955年曾任总理。
② 让-保罗·萨特(Jean-Paul Sartre,1905—1980),法国20世纪最重要的哲学家之一,法国无神论存在主义的主要代表人物,西方社会主义最积极的鼓吹者之一,一生中拒绝接受任何奖项,包括1964年的诺贝尔文学奖。
③ 《费加罗报》曾为右翼政党所操控,成为右派言论阵地。

联盟这一步,大约十五年后,弗朗索瓦·密特朗强制结盟,使自己得到了一直梦寐以求的政权。

欧洲防卫共同体计划,也就是 CED,是我们最强烈的信念之一。法国没有批准该项条约,这对我们来说,是犯了严重的失误。我丈夫对此感到非常震惊,非常怨恨孟戴斯。从我个人来说,我感觉这项计划还未成熟。不管是谁,我们毫不掩饰,这对欧洲建设是有利的,我们认为这与稳固的大西洋关系并不相矛盾。我们可以确信的一点是,如果1945年的战胜国不和德国迅速而完全地和解,已经分裂成东西方的欧洲将不会再愈合,世界将走向另一个新的冲突,这个冲突将比之前的冲突更具破坏性。这也是许多战争的直接受害者、以前的囚徒和关押在集中营里的犯人都赞同的观点,他们认为法德重修旧好是把过去可怕的一页翻过去的唯一方式。这种分析在国家内部却一直没有达成共识。一道很深的分界线把政治阵营一分为二。一方面,戴高乐主义者和共产主义者都对欧洲怀有敌意——前者通过主权主义,后者通过对莫斯科的屈服;另一方面,人民共和党阵营和社会主义者是赞同欧洲一体化建设的。几年之后,戴高乐恢复权力,也接受《罗马条约》①,但几乎可以说是将其作用最小化,没有真正预想欧洲主权。这样一种对欧洲的畏惧,或者说对欧洲一体化的拒绝,构成阻止我给戴高乐派投票的主要障碍。

另一个争论的核心问题是殖民地问题。对我们来说,毋庸置疑,法国应该尽可能快地离开越南;在奠边府的灾难②发生之

---

① 1957年3月25日,在欧洲煤钢共同体的基础上,法国、联邦德国、意大利、荷兰、比利时和卢森堡六国政府首脑和外长在罗马签署《欧洲经济合作条约》和《欧洲原子能共同体条约》,后来人们称这两个条约为《罗马条约》。

② 指奠边府战役,印度支那人民抗法战争后期,越军对法军实施的战略性进攻战役。从1954年3月19日至5月7日,共歼法军1.6万余人,击落、击毁法军飞机62架。

前,我们就意识到这一点。在我眼里,只有孟戴斯时期的法国能执行好这条政治路线。但不幸的是,刚从这个困境走出来,法国又深陷另一个更大的困境。我们感觉到地中海对岸引起的那场冲突,相当于或甚于一场传统的殖民冲突,险些等同于一场法国内战的规模。所以,对于阿尔及利亚问题我们首先是持观望和保留态度。像我们大部分同胞一样,比起我们表现出的确定性,我们感到更多的是怀疑和忧虑。的确,阿尔及利亚的地位是其他法属海外省无可比拟的,至少在理论上,它是由三个仿照法国本土的省份组成的。

然而,自从1954年11月在欧雷斯山第一批谋杀发动之后,我对于法国在战场上的持久性抱有很大怀疑。我很了解热尔梅娜·蒂利翁,在她认识深刻的问题上,我会认真倾听她的观点。关于殖民地问题的现实和阿尔及利亚人要求的合理性上,她打开了我的视野。这不论是对阿尔及利亚还是对别的地方都意义深远。而就在1957年的这个时候,我的丈夫,当时财政部年轻的检察员,被派去阿尔及利亚视察。他带来的一些信息向我证实了那条隔在宗主国和阿尔及利亚之间的鸿沟。很快,我们得出结论:法国不应该再重蹈印度支那的覆辙,更何况在我们看来,政府所提出的一些连续性整治措施太含蓄,并不能满足阿尔及利亚的期待。

当军队向频繁更迭的政府施压,并策划阴谋诡计使戴高乐重新获得权力时,我们跟许多法国人一样,有同样多的恐惧和犹豫。在1958年春天,法国处在内战的边缘。许多人觉得法国不能解决阿尔及利亚问题,我们正逐步走向军事政变的危险。不过,戴高乐将军重拾政权可能是一个机会。此外,我们对于戴高乐的亲近者的论调也很敏感。比如,罗歇·斯特凡,尽管有戴高乐将军那句著名的话"我理解你们",他很快向我们保证将军将要引导阿尔及利亚走向独立。但我反驳了罗歇·斯特凡:"如果这真是他所想的话,他也用错了这句话。"但他并不松口,我也对此并不信任:"这样的话说出来,是冒着欺骗人的风险的。我们至少能这样说。"今天,戴高乐主义者们容易认为他们的领袖一上台就掌握局势并作出迅速而全面的决定,尽管有许多亲近者——如米歇尔·德勃雷①一样的法属阿尔及利亚的狂热拥护者——向他施加压力。这些人忘记了那段时间的残酷现实。在戴高乐将军重掌政权之后,为了重获和平,经历了漫长的四年。人们为和平付出了沉重的代价:人员的伤亡,突如其来的背井离乡,命运前途的中断,尤其是无尽的伤痛,在这些悲惨事件过去近半个世纪之后,这伤痛看起来还没有完全消退。

两年的实习结束后,我通过了考试,被分配到监狱行政部门管理处任职。从1957年到1964年,我在那里度过七年时间,工作并不清闲,而我也十分热爱这份工作。

我花费大量时间巡查狱所,走遍了整个狱所,我发现了令人失望的现实,这是我从来不曾想象的。一开始,我认为监狱的现状是由于短时间内有过多的犯人造成的。事实证明我错了,如果说许多人是在解放②以后被逮捕的,那么大部分在十年以后就已经被释放了。所以监狱的现状不能用特殊情况来解释,它完全归结于深深烙在行政人员习惯当中的无知和漫不经心。这使得我在参观监狱时,竟有种穿越到中世纪的感觉。犯人的物

---

① 米歇尔·德勃雷(Michel Debrè,1912—1996),抵抗运动成员,国务活动家,1959年至1962年任总理,因与戴高乐在阿尔及利亚问题上意见不一致辞职。后任经济和财政部长、外交部长、国防部长等职。
② 1944年8月26日,法国宣告解放。

质条件简直无法形容,令人难以容忍。我回想起在凡尔赛宫的矫正室,犯人被集中在一间名为"热室"的房间,这样命名是因为这是唯一拥有暖气系统的房间。犯人晚上被安顿在单人房间之前,白天都要在那里度过。这个热室的中间是用来作厕所的,马拉小车有时就来这里运走残渣和粪便。这真是很可怕的情况。

为了解决这样的问题,只有良好的愿望是不够的。我们遇到了严重缺乏资金的难题。为了动员舆论,同时也希望这些舆论可以动员当选人,监狱的行政领导有了想法:让一位伟大的司法编年史作者针对监狱的情况写一份报告,我们授予他所有必要的权力,而他也能参观监狱的一些机构。最后他的报告得出这样的结论:在一个人权国家,拘押犯们的生活条件却是令人感到可耻的。但不幸的是,我们没有预料到舆论竟带来跟我们的期望相反的效果。许多听闻这件事的人提出抗议,他们认为犯人已享有舒适的生活条件。一句话,他们认为,比起囚徒们来说,共和国还是照顾正直善良的人比较好。我明白了:要使法国监狱系统达到合理而让人尊敬的水平,需要一个漫长的过程。现在,良好的愿望遭遇了一个比预算限制更难跨越的障碍,那就是舆论的态度。我对此是感到震惊的,接下来一系列的事件也证明这一点:每一次的改革愿望都掀起我们所知的抗议。我们等待着,看今天法国人是否能够接受为了改善监狱的条件而征税。

可能是因为我自己在关押中遭了罪,在人际关系中,对那些引起别人羞辱和贬低的东西,我总是十分敏感。我既厌恶身体上的拥挤不堪,又讨厌精神上的疯癫,我只能把自己当成一个监狱的斗争分子。在职的法官大都赞同我的观念。虽然级别很低,但我并不吝惜自己的时间和力气。我对被拘押的妇女们的命运尤其担忧。尽管比起男性来,她们在人数上少很多,她们也更加守纪律,但她们却在特别艰苦的拘押环境中遭受痛苦。就像是社会通过她们的监视人,不仅竭尽全力地惩罚她们,而且还侮辱她们。在雷恩的各级女子监狱当中,我惊讶地发现了非常反常的做法:女拘押犯们生活在各自单独的小房间里,条件的确还不错。但她们那位女看守却热衷于用超乎规定的条件来毒害她们。她认为,这些女拘押犯,有许多是大的刑事犯,她们得对社会偿还她们的债务。而且,由于她自身受到同性恋的困扰,她只要抓住哪怕最微不足道的细节上的借口,就可以变着法子来侮辱她们。一个囚犯给她的同伴递颗糖就足以遭到惩罚。

在这样的背景下,拘押犯们的健康成为一个真正令人担忧的问题。从1959年起,一个咨询医生接受了任命——也就是乔治·菲利医生,以前的抵抗运动成员,曾在达豪被关押,在那里他和埃德蒙·米舍莱结交,后者后来成为司法部长——医生以拘押犯们悲惨的健康状况和犯结核病的风险警醒了司法部门的注意。于是他们决定派一辆放射科卡车开往所有的监狱驻地,并批准我们在拘捕室建立医学心理中心。

同时,领导机构获得了一些必要的贷款,用来开办并管理一些图书馆,以及一些针对未成年人开设的学校机构。但这有损于狭隘者们的利益,可能他们在这之后会站出来反对所谓的"三星级监狱"。

在我写下这些话——参照的时代是半个世纪之前——时,司法现状表现出了某些问题的永久性。我想谈谈性犯罪。那时候,我除了跟踪了解拘押的物质条件,每星期向几个部门的联合委员会呈交关于释放条件的公文。他们负责对公文中的一些要求作出裁定。顺便说一句,鉴于委员的评估差距被允许在如此小的范围内,我不确信这种诉讼程序上的权力分散是一个进步。不论怎样,释放条件中包含的一项内容就是,要把拘押犯们的生平经历和行为举止都"扫描"(如果我能这么说的话)一遍。通过做这件事,首先我惊讶地发现性犯罪率比例非常高。其中乱伦是我们所说的最常见最普遍的情况。其次,重犯率高。最后,在法官和医生们宽宏大量、纵容甚至是顺从的处理下,一些明显对社会还很危险的犯人重获自由。从以前情节严重的恋童癖到猥亵罪,再到最严重的强奸罪,很少有被拘捕的。今天看到网络有可能成为这些罪行传播的主要媒介,我感到担忧。

一些新的更适时的事情,委托到我的手上。在我到这个部门几个月以后,人们开始高度关注阿尔及利亚囚犯的命运问题。正在那个时候,各种言论开始解禁,一些书籍和文章也开始揭露当这些费拉加[①]们落到当权者手里的时候,遭受的军人的残暴、酷刑以及最后的下场。米歇尔·德勃雷总理对热尔梅娜·蒂利翁提出的一些建议只被看作反对者们的一些有组织的骚乱。尽管受到米歇尔·德勃雷含蓄的反对,埃德蒙·米舍莱仍抓住机会,派部门的一个成员约瑟夫·罗旺组织一次对阿尔及利亚监狱的总体视察。某个人提到我的名字:"有个年轻女人曾被关押,她是监狱的法官,负责很多监狱事务。您只要把她派去那里即可。"于是为了向上级官员报告那里所发生的事,我一个人去了阿尔及利亚。我撒谎说自己受到热烈欢迎。其实,不管到哪里,我都没有得到负责人很好的接待,以至于我宁愿自己写报告也不想让一个当地监狱的人员为我打字。

我遇到的一个特别艰难的问题是,是否继续让阿尔及利亚

---

① 原意是"拦路强盗",法国殖民者用来诬称突尼斯和阿尔及利亚反抗殖民统治的武装部队。

监狱中的五六百名死刑犯保持原状,而在1958年戴高乐将军已中止对他们执行死刑。外界流传一些极端主义军人为了"创造公平",打算对监狱武力渗透。考虑到思想言论的骚动,最糟的情况就是会引起恐慌,我对此非常重视。因此,囚犯们很快被带到宗主国,关于他们命运的各种担忧也随之产生。其他令人感到痛苦的记忆则是,遇见一些被合法关押在极度肮脏和不公平环境中的年轻的恐怖主义者。在这一方面上看,虽然对人性的尊重和考虑在我的态度当中是占决定性的,但这并不是唯一决定因素。因为,或早或晚,这些恐怖主义者终将出狱,因此最好不要让他们成为受难者,对他们施以类似的残酷待遇对我来说就是一种政治上的自杀。① 最终,我获准将其中的一些死刑犯转移到宗主国去,在那里他们可以在更正常的条件下服刑。

回国后,我负责这些转移到宗主国的阿尔及利亚囚犯,特别是女囚犯。任务很艰巨,我尽可能好地完成,并去改善一切可以改善的,这也在领导层和看管人员中间引起强烈反响。尤其是,我获准将这些女囚犯集中在同一处,使她们可以继续学习。在这次任务中,我得到一位执行刑罚的副主任的信任。他就是安德烈·佩德里奥,一位有着良好职业素养和独特个性的法官。我们对此持有相同的观点:在我们看来,监狱应该是用来提高拘押犯的知识水平,而不仅仅是用来处罚他们的地方。

我不打算听之任之。如果政府提出不了改善监狱制度的方法,它至少也阻止不了我去了解监狱的功能和机能障碍。但公干的费用几乎可以说是非常吝啬,因此我只能自己来安排。比如说,当我们去西班牙度假时,我就利用从尼姆路过的机会来视

---

① 法国是人权国家,犯人在监狱受到非人待遇,出狱后告之于众,人民就会为之抗议。作者认为不该虐待恐怖主义者,以免他们出狱后反而成为人民拥护的对象。

察监狱,这是用来关押长期刑犯的非常破旧的总监狱。我的丈夫和孩子们抗议要在那儿等我好几小时,我却认为很好。到了第二年在莫札克总监狱,我又故伎重演。

我遇到的最令人感到悲痛的人道事件,发生在阿尔及利亚战争结束之后。我们部门接到一种求救式的呼喊。根据《埃维昂协定》①,阿尔及利亚囚徒被赦免并获得释放,其中包括一些本该长期服刑的囚犯。然而,三个让松网②成员、两个年轻女人和一个男人,仍旧被拘押在里昂蒙吕克的监狱。政府以他们是法国人而不是阿尔及利亚人,不能享受赦免权为由,没有释放他们。我们可以想象他们的精神状况,我认为他们急需得到安慰。他们曾希望让-保罗·萨特——他们的精神之父——能被批准去看望他们。权力机构对此亮了绿灯,但这位哲学家却没有来。

总体说来,监狱机构的不幸跟我们司法系统的不幸是一致的。米歇尔·德勃雷——1958年秋天短期任司法部长——的确曾试图改善法官们的条件,使司法证明更符合现实的需要,并让惩处的程序更加现代化。如果我们希望这样一种属于国家权力的,尤其是公平的职能及时被履行,那么这些改进政策就必须继续进行,并得到适当的财政扶持。然而现实并非如此。一方面,米歇尔·德勃雷的接班人要么缺乏意愿,要么缺乏政治影响,要么缺乏调动必要手段的任期长度。另一方面,法官们组织反对聘用财政预算人员。然而如果没有这些人员的话,司法部

---

① 法国承认阿尔及利亚独立的协议。法国政府和阿尔及利亚共和国临时政府为结束阿尔及利亚战争于1962年3月7日至18日在法国埃维昂谈判,3月18日签署法阿协议的"总声明",即《埃维昂协定》。
② 让松是一位哲学专业出身的编辑,他讨厌暴力,但是对于阿尔及利亚人选择暴力,他表示理解,确信在那里没有别的选择。他和阿尔及利亚民族解放阵线在法国的成员成立了"让松联络网",为民解组织人员提供会议地点,提供住房和交通工具,接待和转移民族解放阵线的地下工作者。

门只能是继续闭门造车。总之,得势的当权者不希望法院的证明受到质疑,然而,名副其实的司法权应当需要一定量的可被人接受的有成本的代价,可像这样的观念却不被认同。五十年后,我都不确定这些障碍是否能被消除。

关于我自己,七年后我仍然对工作充满激情,我的精力也仍然充沛。有机构已经向我发出过多次邀请,特别是司法部长办公室,我总是拒绝这些邀请。但我丈夫不乐意了,他总抱怨看着我为了改变犯人的命运在全法国四处奔波。"听着,你的那些监狱,已经开始变好了,没必要老把这些事情带到家里来,我受够了这些监狱,我不想再听你提起它们。"我的孩子们也在抱怨。由于听到不同人对此提出的抗议,我想是该结束这种生活的时候了,但是只有在别的地方找到同样有趣的工作时,我才愿意放弃监狱方面的工作。

终于有一天,一个真正的选择出现了。主持国民议会法律委员会的勒内·普莱文,想要成立两个研究委员会,一个针对精神病人的成文法规,一个针对领养事宜。他推荐我做这两个委员会的秘书。我的丈夫不惜一切代价说服我接受这个邀请,并认为这能给我提供转换视野的机会。我推托了很长时间,觉得我不能就此和监狱事业说再见。

不管怎样,在我停止这一犹豫时,新任司法部长让·富瓦耶派我去民事管理处。他曾经是一位保守党党员,虽然他没有埃德蒙·米舍莱的威望,但他是一位优秀的法学家。自他在旺多姆①上任以来,扎根于议会委员会的基本工作,不管是在商业财

---

① 旺多姆广场 11—13 号为法国司法部所在地。

产、不动产还是在家庭财产方面,他都对民事法典进行了很大的改革。针对自拿破仑法典以来男女之间地位都没怎么改变的情况,他引入了在权利上男女完全平等的观点,同时他的改革也涉及儿童权力、财产管理权等方面的问题。这些复杂的工作都是在卓越的法学兼社会学教授让·卡尔博尼耶的指导下进行的。在他身边工作让我更好地理解了,法律重视现实社会的利益是多么必要。不过,卡尔博尼耶教授却并不赞同领养儿童这一做法。为了避免孩子从一个家庭颠簸流浪到另一个家庭这类悲惨事件频繁发生,我撰写了一份相关法规的草案,这个法规在该领域不可或缺。

除了这些由司法部指导的改革,我们通过司法协助还接触到别的部门。因为牵涉精神病人的权利、关入精神病院以及对他们的保护等方面的问题,我与卫生部的高级官员建立了联系,这种关系在之后对我来说很宝贵。就像在别的领域一样,在这个领域,自19世纪以来,法律在很大程度上止步不前。那时候有一种不协调:想要在陈旧的背景下将法律现代化。当时我在一间小办公室工作,旁边的一位同事亮泽的衣袖不禁让人想起库特利纳,而我用的是遗留下的信纸,抬头仍然是"法国,维希,……"

但在这里,我度过了颇有收获而且丰富多彩的五年,我有一种触碰到社会脉搏的感觉。我更好地理解了人们的期待并且参与了重要的、必要的改革。但这种改革同时又是滞后的,它给我的感觉是,必须奔跑得更快,才能挽回社会演变过程中法律累积的落后态势。这就是为什么1968年五月风暴带给我更多的是激动而不是惊讶。他们代表对等级的质疑,不过不是质疑智慧和能力的等级,而是质疑职能的等级。与别人相反,我不认为年轻的人们会弄错：我们完全生活在一个停滞的社会。1968年五月风暴很大程度上是一次大学导师、医学界人物、政府官员、企业领导，以及所有知识阶层认为他们要掌握一种神圣权力并对现实提出抗议的运动。这个运动首先表达了一种需要，一种自我肯定的需要，一种在索邦大学、奥得翁大剧院或别的地方发言的需要。与一些右翼大人物反复说的相反，所有这些并不能总结为一些左翼分子的狂热表现，而是在年轻人当中的一股真正要发起反抗的渴望，这种渴望终于大白于天下。

那时，我们住在丹东街与圣·安德烈艺术广场拐角处的一栋公寓里，阳台围绕着房子伸展开来，那是孩子们和他们的朋友们玩乐的胜地。当孩子们不在街上对着共和国安全部队喝倒彩时，他们便会聚集在这里像演出一样嬉戏。而实际上，警察并不应该受到此等的待遇：他们提前一天从外省赶来，尽全力遏制那些庞大的学生游行组织。后来，在我的三个孩子中，尼古拉跟这些活动关系最密切，他不断参加示威游行，对学术权威提出质疑，甚至跑到弗兰的工厂，直至被警察逮捕。

起初，我很感兴趣地看待这一切。更何况，在司法部这个向来不倾向于争议的地方，谈论已像其他地方一样掀起了狂热。一种职业招人难，待遇差，因为习惯和害怕改变而按部就班，难道这不是该开启新时代的时候了吗？面对很多这样思考的人，保守派站了出来，他们一边持着对法官职业的过时观念，一边等待时机，这种态度令我很反感。这就是为什么从一开始我就加入法官工会。作为一个庞大的群体，我们在等待一个恰当的时机，使司法制度适用于我们当下生活的社会。这不是纸上谈兵，而是在这个不断变革的社会中，构思法官应该扮演的角色。

不幸的是，最佳的方针并不总是达到我们预期的结果。我

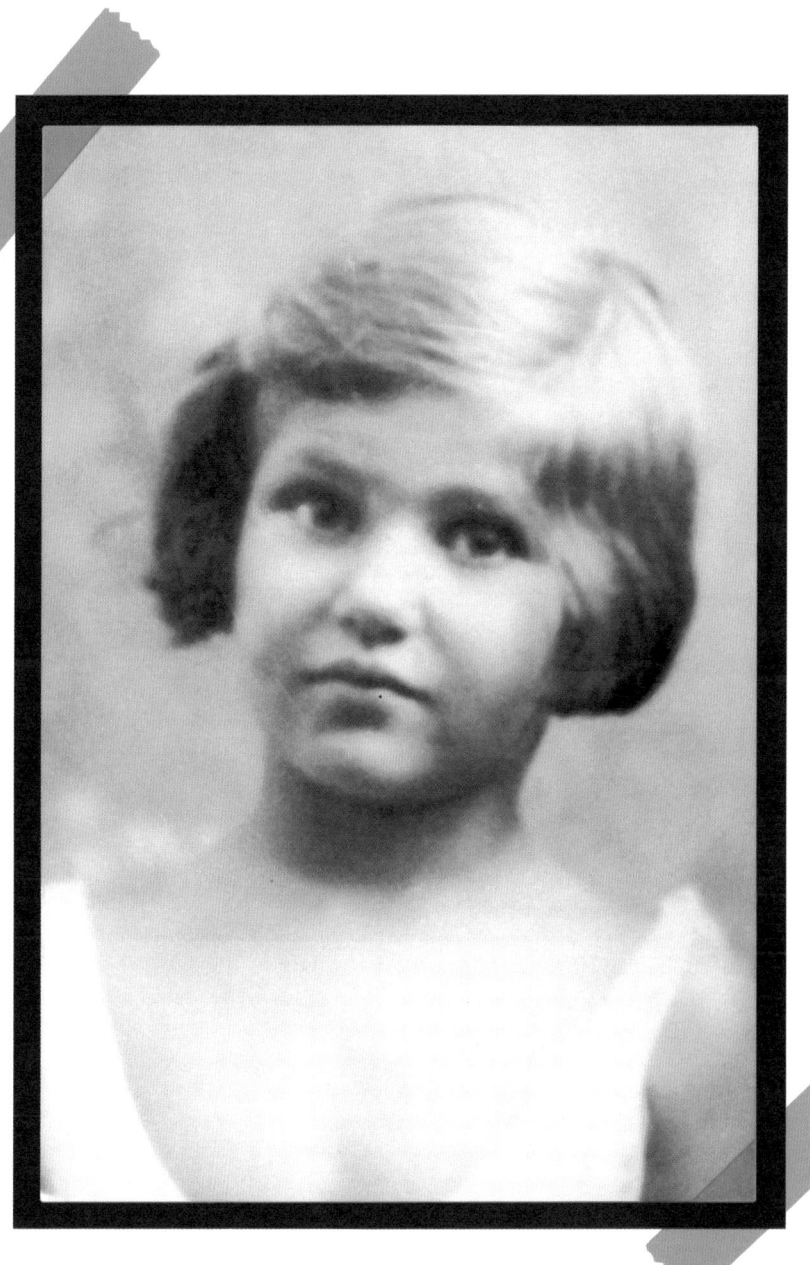

四岁的西蒙娜·雅各布

她的母亲

她的父亲

西蒙娜和母亲在尼斯

1930年雅各布家的四个孩子和母亲在尼斯

1932年的米卢、西蒙娜、让和丹尼斯

1934 年的米卢、丹尼斯、让和西蒙娜

1939年战争前夕鲁吉耶小姐的四年级班

1946年春天,西蒙娜和安托万

1946年,西蒙娜

1948年,西蒙娜和让

1952年，西蒙娜、让和尼古拉

1957年,让、皮埃尔-弗朗索瓦和尼古拉

1964年,西蒙娜和三个儿子皮埃尔-弗朗索瓦、让和尼古拉在丹东街

2006年夏，韦伊家的四代人

很快便认识到工会在努力接受政治立场而不考虑司法革新,懒洋洋地躺在行会主义的温水中无所事事,对司法改革漠不关心。看到一些法官命令工会处理这样或那样的事情,我感到非常失望。可耻的宗派态度与许多人的期待恰恰相反。总之,改革的精神几乎只产生了一个有影响力的集团,左派保守主义继续着右派保守主义的老路,实质上什么都没有改变,这种意见适用于其他众多行业。在1968年5月的大动荡中保守党并没有被削弱,领导者们能够控制大局并有效地推动形势发展。

引用戴高乐将军的原词"混乱"很快占据了街道。慢慢地,那些原本有改革出路的事情陷入了政治问题的清算,破坏分子却无法无天。相对于在圣·米歇尔大道野蛮砍伐法国梧桐,或是愈演愈烈的两极对抗,我更不喜欢"共和国安全部队＝党卫军"这种口号,年轻人对治安部队越来越挑衅,不安的情绪与日俱增。因此,不像大部分如同生活在世界末日的人一样,我们并没有被恐吓威胁的感觉,工作和社会生活与过去并无两样。多亏我的法官证,让我能够在治安部队包围街区的时候自如地穿越阻碍。当我来到住在拉丁区外的朋友家时,我会惊愕地听到他们说:"你们那儿局势这么紧张?这太恐怖了!"

此后,罢工不断发生,国家日益瘫痪,政府漂泊不定,失业问题严重,不安与日俱增。即使秩序回归让我们松了一口气,我们也没有加入香榭丽舍大街支持当局政府的游行队伍。游行有着报复的余味。我们不能因为学生们做得太过分,而矫枉过正。

当戴高乐次年离开爱丽舍宫时,我没有感到遗憾。此外,在全民公决的投票中,我投了反对票,这并不是因为参议院的改革,而是因为戴高乐把全民公决当成了对其合法性的投票测验。

在他离开后的那次总统选举中,我毫不犹豫地把票投给乔治·蓬皮杜①。对于他在当总理期间所采取的政策,我完全没有异议。此外,他在1968年5月危机中完美地抽身,以至戴高乐将他辞退,担心蓬皮社会给自己留下阴影。

蓬皮杜当选成为我人生的转折点。曾经与我一起工作的勒内·普莱文,成为了司法部长,他给我提供一份在他手下当技术顾问的工作。年近七十的他,一直保持着崇高的境界,在第四共和国期间担任过许多政府职务,其中包括议会主席,他懂得如何很好地融入这个时代。作为国民议会法律委员会主席,对于那些被中断的事情来说,他的态度产生了积极的影响。同样,他的态度对诉讼代理人及律师这两种职业的改革也产生了积极的影响,他把所有精力都放在部门管理上,因此,他在办公室从不休息。我只在那儿待了一年,担任着一个永远忙得不可开交的职位。的确,我的位置是个实在活儿,但是,即使在部门内部,政治角色从来都是留给部长扮演的;我的职位还是使我必须经常和国会的人打交道,而我对他们几乎还一无所知。

这一时期,三个孩子仍然在家中,我很快就发现,我的工作安排把仅有的留给孩子们的一点自由时间也牺牲了,我很少能够在晚上十点或十一点前赶回家中。

一年后,为了缓口气,不再想过每天如此疲惫不堪的生活,我接受了蓬皮杜总统的任命,成为最高司法委员会的秘书,这份工作不是那么劳累。

---

① 乔治·蓬皮杜(Georges Pompidou,1911—1974),法国总理(1962—1968)和总统(任期1969年至1974年,于任内去世)。他是第一位访问中国的法国国家元首,也是西方国家元首访华第一人。

我非常欣赏蓬皮杜总统,他目光温柔,为人谦恭并懂得关心他人,这都增加了他的个人魅力,并且他也不掩盖自己对当代艺术的热爱。在业内,在工作方面,他对合作者要求严格是众所周知的,但他却能同时与他们保持融洽的关系。

在蓬皮杜当选后,他的夫人很快邀请我担任她刚刚创办的残疾人与老年人基金会的秘书长。我十分荣幸地接受了,并且在四十年后的今天,我仍然热爱这份工作。说到蓬皮杜夫人,直到她生命最后的那段日子,这位杰出的女性仍在主持大局,召开会议,孜孜不倦,继续为基金会寻找资金支持。

在高等司法委员会任职期间,我经常碰到总统先生,我们交流的观点并不是一些场面话,例如,某一项死刑判决宣布后,总统在使用特赦权这个问题上的态度。

当时,高等司法委员会已不负责特赦上诉程序,不久之后,由于死刑的废除,这一程序也失效了;高等司法委员会的功能就仅限于对在职审判官的管理。这是一种忏悔室,在这里,法官们倾诉晋升的愿望,展示他们的才华,当愿望无法达成时,也毫不掩饰内心的沮丧。可以称得上是诉苦办公室。人们不断指控司法体系中的政治保护带来的影响。在这种权力竞赛中,我什么都不敢说。说实话,在这个机构度过的三年里,我经常有这样的想法:惰性并不是政治因素引起的,行会才是罪魁祸首。法庭的领导者培育他们的侍从,就像后来我在医院的医务人员身上所观察到的一样。

我并不认为在高等司法委员会的这段时间是我人生中最重要的时期。尽管这个职位享有无可否认的威望,我认为比起司法部其他职务来说,这个职务用处并不大。我这个人是这样的:在我看来,别人委派给我的任务只有在我能够改变什么的情况下才有意义。带着一丝内疚,外加一点诙谐,我承认,我过着非常轻松的日常生活,我还好几次在下午有时间去看电影。委员会的司机们,作为部队中享受特权的军人,他们的工作时间如此没有约束,以至于派车——这么轻松的活——也特别难。想要他们在工作中付出辛劳就更难求了。他们中有一个出身律师家庭,应该还能回忆起正值家家户户过圣诞节的时候,他的过分放肆招来为期一个月的额外服役期。千真万确。后来,我不再把时间花在电影上,我利用这几年有点空闲的时间,代表司法部在欧洲委员会协调国家公民权等一些令人兴奋的事务。

在蓬皮杜的要求下,我同时被任命为法国广播电视局的理事,理事们代表国家。和同一时期我在法国基金会的任职一样,我是第一个进入这个理事会的女性。有人曾向我说总统先生希望减少男性垄断地位,在短短几个星期内划去了提交名单中的两位男性,把我的名字加上去。从总统的处事方式看,这事是有可能发生的,我欣赏这样的态度。他表面的淳朴背后是对心头事务的坚决态度。

法国广播电视局当时经历了一段艰难时期。紧张的状态使理事会和总经理让·雅克·德·布雷松对立起来,作为保守党的典范,死板的条条框框在他的心中根深蒂固,他非常想插手理事会的工作。他马上被文雅而充满活力的阿蒂尔·孔特取代,接着是杰出的高级公务员马索·朗任此职务。这个职位不如他之后在政府秘书处或是在国家委员会办公室的职位舒适。不管怎样,在那时的法国,为这样一艘船掌舵,并不是最轻松的工作。公共视听领域还没有从1968年的事件中脱身,它在履行公众服务职责和当局试图控制的独立愿望之间左右为难。在这一时期,社会内部冲突不断,示威游行此起彼伏。我们都知道几年之后，瓦莱里·吉斯卡尔·德斯坦①是怎样解决这个问题的，这让法国广播电视局爆发了，这个无法控制的怪兽，成为一系列独立的公司。理事会着手处理各种实际问题：薪酬问题、雇佣问题以及人员身份等问题。正如人们所料想的，国家的代表应当总是在受到铁腕威胁的工会之间充当裁判的角色。我依然记得超负荷安排的会议，都是在大家的疲惫中结束的。

也是在同一时期，即1970年初，我完成了人生中第一次以色列之旅。接下来，在我担任一些政府部门职务时，因为参加会晤或者研讨会，我又去过好几次，包括参加由希蒙·佩雷斯②主持的中东和平联盟的活动。第一次访问标示了我人生中的一个重要阶段。

我的小儿子皮埃尔·弗朗索瓦当时也在以色列。几个月以来，他生活在一个集体农场，他很喜欢这里，甚至考虑是否延长居留时间的问题。这种想法并没有让我欣喜，让我们的一个孩子与家人分开，这并不是我想要的生活。幸运的是，在皮埃尔返回农场前，他暂住在我的一个以色列朋友家中，我的朋友对皮埃尔的决定没有表示半点儿支持，除了情感上的尊重，我很难理解皮埃尔的想法。我拥有浓厚的法国情怀，从来没有想过定居以色列，这个假设对我来说难以想象。

我并不是对这个国家或这个国家人民的命运漠不关心，在

---

① 瓦莱里·吉斯卡尔·德斯坦（Valéry Giscard d'Estaing，1926— ），1974年至1981年任法国总统，2003年当选法兰西学院院士。因主持起草《欧盟宪法条约》，又被誉为"欧盟宪法之父"。
② 希蒙·佩雷斯（Shimon Peres），1923年出生于波兰，在以色列政坛有"常青树"之称。从政已有50多年，担任过以色列总理、财政部长、外交部长、国防部长等重要职务，并获得1994年诺贝尔和平奖。2007年就任以色列第9任总统，2014年结束总统任期，正式卸任。

我被关押时,甚至在以色列成立之前,我就已经明白巴勒斯坦所代表的希望。由此我想到那些波兰女人和斯洛伐克女人,她们整日忧心忡忡,不知道假若哪天从集中营逃出去后,会怎么样。有些人的家人在美国,她们希望和家人团聚,但这只是极少数人。除了极少数梦想着美好共产主义的女战士,其他人都不愿意回到她们来的地方。她们一点也不想再生活到反犹太主义肆虐的国家。因此对她们来说,巴勒斯坦代表着希望。战争结束以后,好些人留在外国流亡人员的军营中,直至她们从那里搭上经由意大利,秘密开往中东的船只。她们想象不到有一天会存在犹太国家,她们真正想去的是那里。像其他人一样,我在1947年追随《出埃及记》中一连串惊险离奇的经历。起初充满希望,接着惶恐不安,因为英国人拒绝船只在巴勒斯坦靠岸。我们明白,对于那些成千上万的旅客来说,回到他们祖先的土地上是重新过上正常生活的唯一希望。

然而,尽管我同情他们,也不能回避一种奇怪的念头,这些梦想与冒险不管多么强烈都不能直接感动我。毕竟那些把眼睛盯在遥远的巴勒斯坦的男男女女的命运不是我们的命运。我不会从宗教的观点来看待这些事情,从这个角度来说,我并不关心未来以色列国家的假设。对我来说,重要的是能为那些失去家人,失去房屋,失去工作的人重建家园,为他们提供一个和平的避风港,给他们一块土地,让他们能够从此安居乐业。

这就是为什么,面对从以色列诞生之日就没消停的人类悲剧,并在英国人承认他们对难民犯的错误后,以色列与阿拉伯之间的突然冲突让我讶异。我天真地认为,他们双方会欣然接受联合国关于土地的划分处理办法。自1948年第一次战争爆发,我就非常担心。接下来,在1956年的苏伊士危机时,我意识到了阿拉伯民族主义的分量。一件明显的事情大白于天下:埃及是以色列的主要威胁。那个时代,巴勒斯坦人没有能力进行战斗,只有埃及人看上去能够战胜犹太政权。很久之后,在我任欧洲议会主席时,埃及总统萨达特①曾来访问,我们进行了深入的交谈,我明白埃及与以色列的关系已经发生了深刻变化。在他看来,两年前签订的《戴维营协议》②是一纸空文。唉,可惜在那之后的几个星期,他被暗杀了,这些事件与我们对和平的期望大相径庭。

在我去以色列的时候,这些悲剧事件还在上演。这一时期,每个人的脑子里都记着戴高乐针对犹太人所说的令人震惊的话。尤其因为1967年以色列的进攻属于正当防卫,他的话就显得更不公正。三个前线的胜利,让犹太人摆脱钳制,攻占了新的领土。我那时想,以色列应该尽最大努力,找到一个使双方都能接受的解决办法。不幸的是,机会稍纵即逝。之后,双方都错失很多和平的机会。空间的狭小没能使领土和解变得简单,狭小的地理区域有太多故事。补充一句,像在其他地方一样,在以色列这个中东地区真正的民主国家,全国范围的比例代表制并不能促进政权的稳定。

不管怎么样,今天这些事情看上去都停滞了,原因多种多样。每人都根据自身的政治敏感度把这些原因分成等级,并不总是充分考虑每一代人的角色。如果巴勒斯坦的问题和五十年前一样尖锐的话,在我看来,很多以色列人会同意让步。他们中的很多人已经在巴勒斯坦定居,甚至在犹太政权建立以前,就在

---

① 穆罕默德·安瓦尔·萨达特(Mohamed Anwar El Sadat,1918—1981),埃及政治家,总统。领导埃及人民进行了第四次中东战争,并在外交上推行"积极中立"、"不结盟政策",与以色列积极谈判用和平手段收复失地。于1981年10月在阅兵式上遇刺身亡。
② 《戴维营协议》是埃及和以色列达成的关于和平解决中东问题的原则性协议,于1978年9月17日在美国华盛顿签署。

巴勒斯坦建立了集体农场,他们的态度并不带有任何霸权主义色彩。长期以来,希蒙·佩雷斯代表了这种认识。在我主持欧洲议会期间,多次与保守派领袖贝京会面。我觉得他不如萨达特有远见,不过他还是明白签订一份协议的必要性。这就是一个征兆,尽管他们有分歧,但这些人还是愿意做出让步。之后几代人却被包围在一种强烈的爱国主义情怀中,没有采取相同的态度。

在以色列的第一次旅行仅仅持续了四五天。在特拉维夫的一个朋友那儿住了几天后,我到皮埃尔·弗朗索瓦的集体农场去看他。他在那里学习希伯来语,像疯子一样狂热地工作,自称很走运。当时他才十六岁,我不能看着他放弃在欧洲的学习和生活。我要他慎重考虑,建议似乎起了作用。他的两个兄弟与他忙活儿的内容完全不同:哥哥让完成了法律学习,尼古拉在学医。

除了这次在以色列的短暂停留,那几年我体会到去远方散心带来的快乐。在我的朋友雅克丽娜·奥丽奥尔的陪伴下,再加上我们两个都能享受便利条件:她在法航工作,我的丈夫管理美国航空运输公司。我们可以离开巴黎几天。我们喜欢在对气候条件、住宿困难或健康危险相对无知的情况下,去很远的地方探险,比如亚洲或者非洲。我记得在三月底的烈日下,在喀麦隆和乍得的交界处,徒步走了好几公里,因为本应载我们去乍得首都恩贾梅纳的车没经过这里。看到那些从我们身旁开车经过的人的表情,我可以毫不费力地猜到他们的想法:这两个沿河走的白种女人是谁呢?大概疯了!这些忙里偷闲的经历对我来说是不可思议的,但这弥补不了我闲暇时间的空白。我远远不能想象未来等待我的是什么。

第六章
政府工作

1974年3月末,我和雅克丽娜·奥丽奥尔一起一阵风似的游览了尼泊尔。那时我心中还没忘却那段牢狱生活,无论如何也预想不到,在不到两个月后,我便成为德斯坦当选总统后的希拉克①总理政府中的一员。

大家都知道蓬皮杜总统的身体状况有待改善,使用皮质酮让他的脸部和体形都变得臃肿。尽管我们猜测他正在忍受疾病的折磨,然而还是低估了他健康问题的严重性,他对自己的身体状况严守秘密。从尼泊尔归来,我被那里天然的景致所折服,有一点小遗憾的是,由于薄雾笼罩,我们没有能够欣赏到喜马拉雅山的峰顶。蓬皮杜总统逝世的消息对我来说是个打击。

没有预先通知,总统选举立即启动,全速展开。对于雅克·沙邦-戴尔马②来说,他的行动太快,立即宣布参加总统竞选是导致他失败的第一步。然而我的丈夫和我都毫不犹豫地支持沙

---

① 雅克·希拉克(Jacques Chirac,1932—),法国政治家,1974年至1976年及1986年至1988年任法国总理,1977年至1995年间3次连任巴黎市长,并于1995年5月第一次当选法兰西第五共和国第五任总统。又在2002年5月,以绝对优势击败极右翼领导人勒庞连任。
② 雅克·沙邦-戴尔马(Jacques Chaban-Delmas,1915 — 2000),法国政治家,波尔多市长(1947—1995),国民议会议长(1958 — 1969)和总理(1969 — 1972)。

邦这位"新社会"之父。在参加竞选的三位竞争者中，在我们看来他是唯一的真正的改革者。德斯坦在我们眼中代表右派，可能有些现代风度，但在他的意识形态及社会学认识基础上，还是彻底的保守派。我们对完全转向左派的弗朗索瓦·密特朗没有任何信心。若要选出一位社会改革的支持者、民主生活的支持者、政府与群众对话机制的支持者、对议会领域了如指掌的行家、使戴高乐主义摆脱最终幻想的政治家，无疑是富有魅力的波尔多市长沙邦。

事情的发展与人们的期待相反，我们发觉沙邦这个"运动员"气短。在镁光灯下、在竞选大会中，他很快败下阵来，他的演讲与法国社会现实状况脱节。而吉斯卡尔①离开奥林匹斯山，成功发表适应社会需要的演讲。沙邦却越来越落伍，我至今记得那场遭罪的电视演说，受抽搐症折磨、令人费解的马尔罗②陪着他。沙邦在民意调查中支持率暴跌，他的竞选运动走到了尽头。从这以后，吉斯卡尔进入第二轮竞选，成为沙邦未能扮演的有才华的冠军，看上去他胜过密特朗合情合理。令人吃惊的是，吉斯卡尔在实际层面赢了他之后，又支配了传统上本该左派领导人占优势的辩论。"独有善心"③这一著名说法的效力一直存在于所有人的脑海中。

我对沙邦的竞选感到失望，对他的失败我并不感到吃惊。可是，由于没有机会接触，也就没有仔细研究吉斯卡尔这个人。直到最后时刻，我都试图在第二轮投票时弃权。我想起当时在小儿子的陪伴下来到投票室。他年龄太小不能投票，但当我把

---

① 吉斯卡尔为德斯坦的名。
② 安德烈·马尔罗（André Malraux, 1901—1976），法国著名小说家、评论家。1958年担任法国总统府国务部长，后兼任文化部长。
③ Le monopole du coeur，这一表述源自德斯坦与密特朗电视辩论时的一句名言："善心不是你独有的。"（Vous n'avez pas le monopole du coeur.）

自己的犹豫告诉他时,他不能压抑住自己的惊讶:"你是确定有自己的想法的人,我不理解你为什么想弃权。如果在选举中存在一件我们永远不应该做的事,那就是弃权。从两个人中选一个你比较中意的,淘汰那个一点儿都不满意的,投票吧。"真是简洁有力的论证。我因此把票投给了吉斯卡尔。接下来,由于各种各样的误会,加上我有一个开放的形象,这让我处于更倾向于左派的位置,许多人认为我肯定把票投给了密特朗,但实际上我没这么选。我千真万确把票投给了最终获胜的吉斯卡尔,并且从没想过会进入他的政府。

在竞选期间,新总统曾保证会在新政府中任命女性。这个想法在那时是一种时尚。几个月以前,在新年之际,好像是一本名为《玛丽·克莱尔》的女性杂志,刊登了一篇关于可能出现的女性政府的文章。我在那篇文章中"不幸中弹",被提升为总理。要知道我对大众来说还是陌生的,我从未参加过竞选,也从未担任过部长之类的职位,这种假设实在是别开生面。记者们通常喜欢用尽政界高层的人名来充实他们的政治幻想小说,而我跟这个圈子没有任何关系。毫无疑问,弗朗索瓦丝·吉鲁①在这个虚拟的领奖台上占据高位。我当时觉得这个假设令人吃惊,并且不止我一人这样认为。我记得有一次出席政客夫人们参加的一次特别无聊的晚宴,那些夫人突然半开玩笑又略带敌意地向我询问,我向那本周刊支付了多少钱才使我的名字占据那么好的位置……然后,吉斯卡尔突然当选。在随后几天里,传言开始散播开来,说在比我更受瞩目的女性中,爱丽舍宫的新主人开始考虑我,应该是总理向总统推荐了我。

我之前已经有机会接触到雅克·希拉克总理。我的丈夫曾

---

① 弗朗索瓦丝·吉鲁(Françoise Giroud),法国著名女作家,1974年任政府妇女事务部部长,1976年至1977年间任文化部长。

和他在接近权力的政界有过交集。他表现出的令人难以置信的精力吸引了我。从开始他就很亲善,热情,寻求团结,信奉宗派主义,他可能对不是左派而感到遗憾。总之,他富有魅力。除此之外,我和他的主要顾问玛丽-弗朗斯·加罗①关系密切,她和我一样也是一名法官。在1962年至1967年,她在让·富瓦耶手下任职,我们是在那时认识的。这之后,我们和皮埃尔·朱耶②的关系变得相当密切。她决定支持乔治·蓬皮杜以前培养的新人——雅克·希拉克,支持他的竞选。她是新总理办公室的人员。当总理应总统要求在政界寻找新女性时,我深信是她向雅克·希拉克推荐了我。当负责行政机关的他们在酝酿新政府人员组成时,关于我的传言越来越具体。我对此也不再感到惊讶,通过一些记者和议会朋友得知,政治上的做法就是这样的:先向公众不经意间透露一些名字,然后测试他们对舆论的影响。在这类测试结束时,我们看到有些人立刻冲向权力的高峰,而其他自信与权力密切的人被永远地抛弃。正如雷蒙·巴尔所言,在巴黎这个小世界,思想在躁动,语言也在躁动。

一天晚上,当我们在朋友家吃晚饭时,女主人邀请我离席,有人非常急切想要和我谈一谈。他就是雅克·希拉克。他问我,在需要时,是否愿意加入他的政府。他恳请我认真考虑,第二天给他答复。我一直到晚宴结束都表现得很平静,这让我丈夫感到惊讶。说实话,我对要接受的职位还很模糊。在好奇心的驱使下,我没有犹豫就答应了。就这样,我第二天就突然成为

---

① 玛丽-弗朗斯·加罗(Marie-France Garaud,1934—),法国女政治家,1999年至2004年任欧洲议会议员。
② 皮埃尔·朱耶(Pierre Juillet,1921—1999),乔治·蓬皮杜总统的政治顾问和杰出智囊。

卫生部长了。我坚信像我这样一个新人,很快就会干蠢事被遣送回家。此外,为什么总统将卫生部,这个我以前从未接触过的部门交给我呢?我在这方面根本不是专家。难道他已经想到人工流产?他曾经对这个主题做过一些承诺。也许吧,不管怎样,我是当时唯一的女部长,我当时的女同事只是在各部门任国务秘书,安妮·勒叙尔在教育部,埃莱娜·多拉克在司法部,弗朗索瓦丝·吉鲁在妇女权益部。

我记得刚进政府时,由于事情繁多和政府工作的束缚,日程相当繁重。在这两方面,新总统的人格魅力确实令人敬佩。他思维敏捷,工作能力强,他的个人风度和在工作中的英明决策,也同样给人留下深刻印象。因此,包括我在内的新部长如履薄冰。开会时,如果我们当中的某一人发言含糊或记录杂乱,总统常常会皱起眉头。这时雅克·希拉克就礼貌地为新人解围:"总统先生,我坚持认为某先生或某女士已经很好地处理了这件事情,所有该做的都做了。"总统默认,不作评论,会议继续它的议程。总理当时明显地想缓和矛盾。事实上,桌子周围是凶残的政敌,如原戴高乐主义者和吉斯卡尔卫队的成员,前者指责后者五年前归附反对派导致戴高乐将军下台,中间派领导人并未因此受惠。大部分政府成员,尤其是像我一样的新人,始终要保持谨慎、机敏。此外,按照惯例,除非总统要求,否则部长们是不发言的。不管怎样,当我们陈述观点时,做到既不要陈词滥调也不要笨头笨脑,并非易事。我还记得新政府成立两年后,有一段极度忙碌的时期。为了避免日后分崩离析,总统向每一个人征求意见,是否同意欧洲统一货币的提案。

尽管存在上述情况,我认为部长会议对于我们每一个人来说都非常重要。会议能够使所有政府成员掌握政治大局,服务国家。交流层次往往很高,那时候,即使是外交部部长的惯例发言,有时也会让我们目瞪口呆。很明显与部长职务相比,让·索瓦尼亚格①天生更适合做外交官,他好几次为奇怪的观点辩护。但是,无论如何,他的发言简洁明了。

在新政府成员中,唯一一个我以前就认识的是弗朗索瓦丝·吉鲁,在马塞尔·布勒斯坦·布朗谢家中相识,由于她负责妇女权益这个新部门,所以在我看来和她一起工作是很正常的。我们刚入职,我就把她找来,向她建议一些普遍程序。她能够汇集来自妇女的要求,我们共同讨论,卫生部给她提供资金支持,因为她的部门预算紧张。弗朗索瓦丝有礼貌地听取我的意见。但几天之后,我吃惊地在《快报》上发现一篇相当讽刺和令人不悦的文章。我从中得到这样的结论:向一个擅长写长篇大论的女人提供任何建议都毫无用处。再说了,她真的关心妇女事业吗?我对此不敢苟同。她拥有出色的文笔,引人注目的个性,对那些动听的客套话驾轻就熟。我回想起她对沙邦竞选所说的恶毒的话:"我们不朝救护车开枪。"她为妇女事业谋福利的积极性和实践性或许不如她的无与伦比的宣传意识强烈。

有失必有得,我马上与米歇尔·波尼亚托夫斯基②保持了信任关系,尽管他不熟悉我的工作,我俩的政见也相去甚远。他也许是德斯坦忠诚且唯一的知心人、政府另一个真正的总理。他的影响已经远远超过内政部长这一职务范围。人们叫他波尼亚,与他相处很愉快。我们在权力交接的典礼上相识。事实上,

---

① 让·索瓦尼亚格(Jean Sauvagnargues,1915—2002),法国外交家,政治家。
② 米歇尔·波尼亚托夫斯基(Michel Poniatowski,1922—2002),波兰裔法国政治家,德斯坦的亲信,1973 年至 1974 年任公共卫生部和社会保障部部长,1974 年至 1976 年任内务部长。

米歇尔·波尼亚托夫斯基在蓬皮杜总统任期内最后一届政府——梅斯梅尔①政府——的卫生部任职。他在任期间对国内严重的地下堕胎活动采取了措施。我从来没有想到他会立即如此认真地和我探讨这个问题,甚至向我表明:"必须要快,否则某一天早晨,当您来到部里时,会发现堕胎和避孕自由运动组织的成员擅自占据您的办公室,准备在那里实施堕胎手术。"我没有吭声,我知道问题的严重性。但我没有想到,在吉斯卡尔的幕僚中,都有如此尖锐的认识。像许多针对政府的不公正的挑衅一样,他们中的很多人感受到来自上述组织的压力。此外,对吉斯卡尔而言,问题的这个方面非常重要。他非常关注政府的威信,公共秩序因此而出现问题让他感到吃惊。他对身边的亲信说:"我们不能忍受的是,一些汽车和火车开往国外,运送妇女们去堕胎。"的确,在某些药店,张贴着一些非法广告:"某日某地有车接。"我明白,在总统的意识中,这些问题应由卫生部长来处理,而不是如我们想的那样由司法部长负责。的确,对于把这一紧急情况尽快纳入法律范围,新任司法部长让·勒卡尼埃②并不是最坚定的,尽管他对不能亲自发布这项法案感到十分遗憾。我和我的部门立即承担了这一紧急任务。

我有幸吸收一些出色的合作者,他们的帮助珍贵而必要。我身边有两名能力超强的法律顾问:米里阿姆·埃兹拉蒂(她后来任巴黎上诉法院第一法官)和科莱特·麦姆(后来成为国务委

---

① 皮埃尔·梅斯梅尔(Piere Messmer,1916—2007),戴高乐将军反对德国侵略最早的追随者之一,参加了1944年8月的诺曼底登陆和解放巴黎的战斗。曾任法国总理。
② 让·勒卡尼埃(Jean Lecanuet,1920—1993),抵抗运动成员,法国政治家,曾任社会民主党人中心主席、法国民主联盟主席、欧洲议会议员等职。

员①)。然后是我在勒内·普莱文②部下工作时就认识的多米尼克·勒·韦尔,他也是国务委员,在才能和为人上都非常出色。我让他担任卫生部的办公室主任。我在政府效力的七年(1974—1979,1993—1995)中,我们一起工作。我和很多同事一致认为,在那个时代,他即使不是最优秀的办公室主任,也是其中之一。在我离开政府没多久他就去世了。那些年,如果没有他在我的身边,我该怎么办呢?

部长的生活节奏紧张而繁忙,对所有有过经历的人来说,这或许平淡无奇。我的新使命占用了我所有的时间、意志和精力。每天,我必须对各种各样的问题做出决定,每星期去几次议会为一些草案辩护,其中有一项关于家庭的重要法案,每星期三要回答议员们的问题。处理寄到卫生部的信件占据了我的同事们大量时间,他们定期向我汇报,而杰出人物一直让我关注这样或那样的关键问题。从我任职那天起,让·贝尔纳③教授就想尽快见我。我们俩一个共同的朋友安排了一次午餐,我不能拒绝。教授追问一个"绝对紧急"而我却一无所知的事情:"医院马上就没有女护士啦,"他向我解释说,"医院已经开始缺少护士了。应该立刻发布一个招收女护士的方案,否则公立医院将不能正常运行。"我在那时才明白,从某种程度上讲,人们是多么期望新任部长能够迅速合理地处理一切问题。但是,我承认由于要完成的任务既突然又繁多,让我这个新手措手不及。

此外,还要全力处理大量的事情,以期它们有所进展。首要的一个便是涉及为老年人提供服务的一些机构,政府已对这些

---

① Conseiller d'État,国务委员。在法国,国务委员属于最高行政法院成员。
② 勒内·普莱文(René Pleven,1901—1993),1969 至 1973 年间任司法部部长。
③ 让·贝尔纳(Jean Bernard,1907—2006),法国医生,教授,血液学和癌学专家。

机构进行全面改革。我们开始意识到，人口在老龄化，可是国家设施不但数量少而且不适应社会情况。我也要迫切关注棘手的资金问题。在这一时期，大量医院处于建设之中。并且我们发现，它们当中的大多数与实际需求相比，面积过大，所以要复审某些规划。

医疗行业的人对我的态度大都有所保留，这使我的任务更加沉重。无需掩盖事实：面对一个保守气息非常浓厚的阶层，我有三点不足。第一是女性，第二是赞成堕胎合法化，第三是犹太人。我想起第一次与罗贝尔·布兰[1]几年前组建的医生团体成员会面，他们冷淡地接待了我。我深信，如果可以把我杀死，他们会那样干的。我只和他们待了五分钟，我确信是在浪费时间。之后，在解散这个团体之前，我每隔一段时间就见他们一次，但看上去并没有感动他们。

尽管我的基本职权中并不包括社会保障——当时由劳工部部长米歇尔·迪拉富尔[2]负责，但是我很快知道社会保障体系的财政状况糟糕透顶。两年之后，当雷蒙·巴尔继雅克·希拉克之后领导政府时，我接手了这一局面。在此期间，尽管新总理管理严格，经济危机使情况变得更加紧张。为了把赤字限制在可接受的范围，我们遇到了各种各样的困难。在这一时期，健康方面的花费从来不是议会讨论的对象，不难预见，医疗费用会迅速增长。我记得在一些会议上，我试图通过合情合理的话来打开医生们的眼界。我对他们重复说道："医疗有成本，但它更是有价格的。我们应该意识到这一点。"但我从他们的眼神中读到

---

[1] 罗贝尔·布兰（Robert Boulin，1920—1979），法国政治家，戴高乐、蓬皮杜、德斯坦时期的国务秘书和部长。
[2] 米歇尔·迪拉富尔（Michel Durafour，1920— ），法国政治家，雅克·希拉克和雷蒙·巴尔政府成员。

的是完全的不理解。

很快,非我所愿,我发现自己成了明星。首先是因为我的第一个通过表决的法律条文打开了避孕的限制。在此之前,尽管吕西安·诺伊维尔特①作了全部努力,避孕还是非常受限制。其次,尤其是因为从夏天起,我们致力于制订自愿流产的相关法律条文,我反复说,我们国家现在的堕胎状况变得多么难以控制。自从一年前议会否决当时的司法部长让·泰坦热②提交的法案以来,这个问题让人们情绪激动。他的方案意义有限,因为方案只允许当母亲或胎儿本身有危险时堕胎。过去一直持反对态度的蓬皮杜总统,当时勉强支持这项法案。然而在司法部长审慎的讲话后,议员们投票决定退回提案。这个问题重新落在文化事务委员会手里,可是由于蓬皮杜突然离世和随后的总统竞选,这一问题没有任何进展,以至于在1974年都执行1920年制定的严格、过时的刑法。在大多数情况下,那些参与堕胎的人都成功逃脱了惩罚,但法律就是法律。所有人都记得,1943年7月30日,维希政府无耻地把瑟堡的洗衣工玛丽·路易丝·吉罗告上法庭并判处死刑,以儆效尤。这一悲惨的故事被克洛德·沙布罗尔③搬上了银幕。

然而,议会的委员会并没有无动于衷。在委员会主席(一位非常了解地下堕胎的乡村医生)的支持下,出版了一本白皮书。

---

① 吕西安·诺伊维尔特(Lucien Neuwirth,1924—2013),法国政治家,顶住政治、社会以及宗教压力,积极推动避孕药合法化,被称赞为"法国女性争取身体自主权努力中不可遗忘的先驱"。
② 让·泰坦热(Jean Taittinger,1923—2012),法国政治家,企业家,1973年至1974年任司法部长。
③ 克洛德·沙布罗尔(Claude Chabrol,1930—2010),法国著名导演,新浪潮电影运动奠基人之一。

一年之后,这对我起了很大作用。当时很多人都被询问,包括教徒、世俗人、共济会会员、哲学家、职业医生等。广泛咨询了社会各界,大众声音提倡一个比让·泰坦热曾经的提案更有抱负的法案。在我看来,他被否决的法案重见天日:这可以说是一件好事,因为投票通过他的法案反而会使这个情况长期冻结,而我意识到,舆论打算走得更远些。因此,我们可以自由行动了。

几年以来,我对堕胎问题敏感,不仅仅因为我是女性,也因为自己是法官。如同我的大部分同事一样,我对我所了解到的悲剧感到惊愕。此外,某些法官特别反动的态度使我震惊。当时,有一位医疗事务专门法官甚是严苛,他热衷于跟踪做过堕胎手术的医生,判处他们终生不再从事医疗行业。他表现得像一个狂怒的疯子,但是法律允许他这样做。我们因此在司法部中为新法案的实现而斗争。在犯罪事务署,一位叫克里斯坦·皮埃尔的法官负责这些事务。在每一次政府换届,他会向新部长提交一个旨在使之关注这一问题紧迫性的公文。但是司法部长换了一届又一届,没有一个相关法律出台。因此,米歇尔·波尼亚托夫斯基明白这个问题必须由他自己的卫生部解决,而不是由司法部解决。有一段时间,他希望我主持一个关于这些问题的委员会,因为他知道我对此感兴趣。但是由于蓬皮杜的离世,事态急剧发展,我马上负责处理这个具有爆炸性的事件。我知道这个事件的紧迫性和面临的障碍,也绝不低估在舆论上和在议会中,我要与之斗争的反对意见。由于吉斯卡尔没有解散议会,我知道,那些一年前曾拒绝法案的议员马上就会与我面对面交锋。而当时的法案远比现在要向他们提交的保守。

至少,我可以指望总统无条件支持。相反,政府总理,表现得比较谨慎。在雅克·希拉克眼中,国家面临比自愿流产更加紧迫的问题。为什么吉斯卡尔极力要首先解决这个问题呢?希拉克用我们所熟悉的果断口吻说道:"妇女过去一直在自己设法解决,她们将继续自己设法解决。"不过,从总统有力地重申他想要通过这一法案起,雅克·希拉克表现出了他对总统的忠诚,他全力支持我,为了使法案表决采取了所有行动。在政府中,所有人都为这场战役准备着,总统、总理、国务部长米歇尔·波尼亚托夫斯基、我自己……几乎所有人。让·勒卡尼埃一直保持谨慎的态度,也许对讨论结果还不确定,他在个人信仰与作为司法部长不能不做的评估之间徘徊。最终,为了避免极端言论刺激信仰"生命权利"的完整主义者,我们向弗朗索瓦丝·吉鲁建议,把堕胎作为妇女的权利来讲,避免事态升级,因为我们大家都知道,事情显得很微妙。最可能的事态是:在议会艰难表决后,在社会问题上向来更为保守的参议院会驳回法案。因此,需要全力以赴使法案在议会获得通过。

为了起草这一法案,我与总统的探讨要比与总理的探讨多。我的团队坚持不懈地工作数周。从某种意义上说,法案的编写并不难。在各种欧洲法律中,我们尤其了解那些不能借鉴的范本。因此,我不打算建立赞成妇女终止妊娠的委员会。尽管有规定,但决定权只能属于当事妇女。也许她们应该听取建议,有一段考虑时间,完全被告知自己的行为会产生的后果。但是只有她们自己拥有决定权。也就是说要考虑她们所处的困境。为了使争论变得更加明晰,我组织了一系列调查咨询,其中包括对家庭计划组织①的咨询以及向一些知名人士咨询。比如吉塞勒·阿里米②,她是几年以来"堕胎自由化"最坚定的斗士之一。

---

① Planning familial,建立于 1960 年,是法国的一个结盟组织,旨在推动性教育,反对避孕、堕胎等生育控制。
② 吉塞勒·阿里米(Gisèle Halimi, 1927—   ),女,律师,法国—突尼斯妇女权益斗士。

1972年，就是她在那场著名的庭审中，让一个被强奸然后堕胎的未成年少女被博比尼法庭宣告无罪。当然，我也咨询了众多妇科医生。令我吃惊的是，我发现他们意见纷纭，并且很少有人赞成立法。之后，幸运的是，事情有了变化。年轻的实习医生面对众多妇女的悲剧曾经无能为力，当他们成为老师时，医生这一职业的看法发生了改变。今天，坚决敌视自愿流产的妇科医生已很罕见。

相反，我得到了普通科医生对该法律几乎一致的支持。不管他们的道德信仰是什么，了解情况的医生对老百姓非法堕胎引起的损害感到惊恐。法律必须保护这些妇女。如果可以说富人幸运一些，那是因为她们可以去国外——比如英国或荷兰——偷偷堕胎。此外，这些医生知道，即使在天主教教徒中，也有很多妇女堕胎。因此，必须不惜一切代价制定这方面的法律，结束这种伪善。

在宗教当局那里，我没有遇到难以克服的困难。他们知道我的决心，我也知道他们原则上反对。和他们进行谈判的余地很小，但还是有回旋的希望：为了不触犯信仰，通过谈判手段和解。反常的是，原教旨主义者给了我们方便。一年前，计·泰坦热提交草案时，"让他们活着"运动开始；如今，甚至在人们了解法案内容之前，运动又重新兴起。每个人都很快感觉到，这场被极右人士控制的运动充斥着各种议论与丑闻、谣言与愤怒，在任何诽谤和指责前也不退缩。各种宗教的代表都与极右人士保持着距离。与天主教当局接触时，事情进展比我原本担心的要顺利。多亏我丈夫的朋友约瑟夫·丰塔内支持法案，在他的安排下，我得以和负责这些问题的天主教主教会面。这位神职人员并没有试图劝阻我，他向我表达了心声：宗教信仰自由应该有法律保障，任何人都不能强迫医生或护理人员实行流产手术。

确实,当时的法国天主教已经很开放。在这之后,梵蒂冈直接参与禁止非法流产的世纪运动。此后,我很可能会遇到更多困难。

实际上,几年前吕西安·诺伊维尔特在一次关于避孕的讨论时,与我有过较量。议会中的反应已相当强烈,此外,我那时想,与堕胎相比,男人是否更加反对避孕。避孕让女人得到自由,使女人成为自己身体的主人,也因此剥夺了男人对身体的主宰。避孕由此对祖先的思想提出质疑。相反,堕胎没有让女人摆脱男人的权威,反而伤害了她们。再来说说和天主教的讨论,我记得当时和修会教士代表会面,研究他们的社会保障问题。会谈在客气而积极的气氛中顺利进行。我从中感觉到与自愿堕胎相比,宗教团体可能更关心他们的社会保障制度。

至于犹太教徒和新教徒,我实际上没有询问他们。并非我不想,而是他们在这个问题上分歧很大,就像询问他们对泰坦热草案的看法一样。有些路德派教徒反对流产,而大部分改革后的天主教教徒都支持流产。有些笃信宗教的犹太人对我怀有仇恨。两年前,也就是 2005 年 1 月 27 日,适逢奥斯维辛集中营解放六十周年,我收到一封来自纽约的原教旨主义犹太教司祭的信函文本,他们此前把信寄给了波兰共和国总统,对波兰选择我作为被关押者的发言代表[①]提出质疑,因为当时我是人工流产法的起草者。

很快就制订好的法案文本被提交给国民议会进行委员会审查。就是这个时候,我开始遇到真正的困难。一部分人的意见爆发了,虽然这只是一小部分人,但是却起到了令人生畏的作用。我收到成千上万的信,内容可恶,闻所未闻,基本上都来自

---

① 见本书附录,第 191 页。——原注

天主教极右派和反犹太者。我很难想象,在战争结束三十年后,在这个国家,对犹太人的仇视仍然如此多见和活跃。我还不时收到一封封合乎礼仪的信,对我表示他们的震惊:"我不明白为什么是您,偏偏是您,负责这个职位。"这些信通常来自一些脱离现实的女人。尽管她们的来信不带丝毫的反感,但也在舆论内部充分体现了心理差距。我很遗憾,所有这些信件,尤其是最富攻击性的都丢失了。我当时的助手,由于气愤而撕毁其中最恶劣的信件。这是一个失误,我本该保存这类证据,好向人们展示某些人有能力做什么,并让善良的人记得,社会改革总是在痛苦中进行。现在,社会学肯定会对这些文本感兴趣。

在亨利·贝尔热医生的主持下,社会事务委员会的工作取得显著成果,随后他会亲自介绍关于法律文本的报告。作为勃艮第乡村地区的一名医生,他知道很多人堕胎,并酿成了恐怖的人间悲剧。在卢森堡宫①,草案得到梅扎尔医生的认同;他是康塔尔议员,也同样主持着一个委员会,将要对法案作报告。在讨论中,他对我表示了充分的信任:"当我看到一些大客车,星期五晚上搭载一些妇女,到荷兰做流产手术时,我就想'不能再这样下去,最好出台法律'。"不管是贝尔热医生还是梅扎尔医生,他们在各自的委员会享有道德和职业上的崇高威望。他们都是杰出的报告人,机智、细心、敏锐。他们俩都是多数派,我知道他们能说服一部分犹豫的同事,事实上他们做到了。

随着讨论日期的接近,各种攻击也越发尖锐。好几次,我走出家门时,看见墙上画着"卐"符号,还有些人三番五次地在大街上辱骂我。在国民议会楼前,一些妇女一句接一句地骂个不停。我担心所有这些游行活动愈演愈烈最后无法控制。同一时期的

---

① 法国参议院所在地,位于巴黎第六区。

美国,有些医生因为做了堕胎手术而被杀害。法国的形势还没有这样紧张。之所以没有任何攻击可以影响我,那是因为深思熟虑后,我已经很冷静,没有了情绪,我知道我在做什么。是不信仰宗教的事实帮了我的忙吗?我并不这样认为。吉斯卡尔是地道的天主教教徒,但这并没有阻止他不遗余力进行这项改革。在议会辩论开幕的前几天,由洛尔塔·雅各布教授任主席的医生理事会声称坚决反对草案,造成紧张局势。

正是在这种动荡的风口浪尖上,国民议会的讨论于1974年11月26日拉开帷幕。多数派一反常态,没有强加投票规则,于是吉斯卡尔请求各部长让他们的候补人员投票。在左派,投票有强制性规定,仅有一个社会党议员被准许弃权。那时,电视不转播议会辩论。尽管那天法国广播电视局的罢工正酣,罢工者仍在议会的看台上对辩论进行直播。议会在二百五十五票对二百一十二票的情况下,将泰坦热草案退回委员会,三天的讨论中,从头到尾气氛紧张。有多数派的大部分医生——包括年轻议员贝尔纳·庞斯医生——的支持也毫无用处。很多人的发言几乎都是指责,有时还带有仇恨和诽谤,我更加感觉到孤立无助。最恶劣的发言是让-玛丽·达耶,他提到将胎儿送去焚尸炉,还为此为自己辩解。

以上是一些让我疲惫不堪的会议和荒诞的讨论。我还记得一些人。比如米歇尔·波尼亚托夫斯基,为了说服议员为草案投票,在走廊上不知疲惫地奔走;雅克·希拉克在国民议会的半圆会场给予我支持;议会主席埃德加·富尔[①]想尽办法发动议员支持我,劝阻反对我的人;司法部长让·勒卡尼埃上电视节目

[①] 埃德加·富尔(Edgar Faure, 1908—1988),法国政治家,戴高乐派,曾于1952年和1955年两度担任法国总理,还曾三度访华,尤其是1963年第二次访华的时候作为总统特使和中国达成建交协议。

给我拉票,也许他是受吉斯卡尔·德斯坦和波尼亚托夫斯基的鼓励才这样做……我还记得另外一些片段,坐在部长席位上,想到永远不可能得到多数派的支持,我就感到突如其来的疲惫。当我登上讲坛说服议员时,有的人给予我点滴鼓励,也有人回避我的目光……

通常,法律文本里总有关键的一条,大家关注的也正是这条。在这个法案里,很明显,详细规定流产实施条件的条款是关键的。我的议会专员让-保罗·达万因此深陷忧虑,我不得不安慰他:"放轻松,让-保罗,您的生活并不依靠这项法律!"我发觉他比我更担心可能出现的失败。他不停地做分析,推算哪些人可能会赞成,哪些人一定会反对,哪些人要说服。由于很多人的投票意向骤变,他的推算变得更加不确定,以至于在大部分讨论中,左派的投票明显比掌权的多数派更可靠。共产党宣称不管草案什么样,他们都会投赞成票。社会党也支持该草案,但态度有所保留。社会党领导人加斯东·德费尔①在讨论时态度积极,但声称他仍关注可能进行的草案修正,以防修正附带诸多条件,使法案偏右。因此,我的操作空间很小,必须照顾国民议会中的双方。

最终谈到有关信仰的条款,我之前承诺过,作为个人,任何医生都可以为拒绝实施流产手术而自豪。这项法律条文在公立医院中执行并不困难,每个医生都有决定权。而在私立医院,确切地说在教会医院,信仰条款的实施必须让医院领导禁止医院实施流产。由于疏漏,这一点没有在草案原本中列出来。而旨在填补此漏洞的修正案,引发了一些意想不到的保留借

---

① 加斯东·德费尔(Gaston Defferre,1910—1986),抵抗运动成员,法国政治家,第四、第五共和国期间多次担任议员和部长,提出两项法律:1956年非洲去殖民化法和1982年分散外迁法。

口,差点损害了草案。即便是一个反对草案的右派代表接受了修正案,他不也因为他的区——私立医院多,没有公立医院——有可能被剥夺流产权利而对我表示不满吗?在长时间的搁浅和谈判后,为了不影响草案的整体通过,左派在对修正案投票时弃权。

法案最终在11月29日晚以二百八十四票赞成一百八十九票反对通过,右派中赞成者仅略微比反对者多,而左派全部投了赞成票。胜利比我们想象和期望的要大。某些天主教教徒的态度在这方面起了决定性的作用。例如,我们很期待欧仁·克洛迪于斯-珀蒂①的立场。他之前告诉我们他面对草案还犹豫不决,可之后就声称他的灵魂和信仰不能对有困难的妇女视而不见。在他自己的信仰与对妇女的同情之间,他选择了后者,支持了法案。我相信,他的决定能影响一个派别,因为一年前,他反对泰坦热草案并非没有后果。

十五天后草案在参议院表决,条款差不多一样。我们准备迎对更激烈的较量,吉斯卡尔缓和了我的忧虑:"一般情况下,参议院比议会更加保守,尤其在这些问题上,这项法案应该不会通过。但这并不重要,我们将它重新提交议会审阅以便最终通过。"让我们非常惊讶的是,可能因为有完全同意改革的舆论压力,草案在参议院很容易就通过了。相反,"让他们活着"运动的极端,像亲勒菲弗阁下的极右派和原教旨主义,都没能说服向来反对过分行为的参议员们阻止法案通过。

草案通过后,我们欣慰地看到,新闻界几乎一致支持。我不谈1971年刊登著名的343声明以表明立场的《新观察家》,也不

---

① 欧仁·克洛迪于斯-珀蒂(Eugène Claudius-Petit, 1907—1989),法国政治家,多次参加第四共和国政府,菲尔米尼城市规划的创始人。

谈《快报》，而是想感谢《费加罗报》的支持。在之后的岁月里，我已习惯在这里或那里遇到的一些男人对我说："我妻子很敬佩您。"我理解这句话的真正含义：我妻子敬佩您，不是我。事实上，男人从未对这项法案感兴趣。像往常一样，雅克·希拉克精准地诠释了他们的观点：流产只是"高尚女人"的事。然而，在这个艰难的过程中，总理从未放弃对我的支持。议会讨论的最后一晚，在凌晨四点，他提出过来助我一臂之力。投票结束后，他给我送了一大束花。立法的事情告一段落，但是要使思想本身在一个不断变化的社会中变得深刻，还需要很长时间，很多努力。这也正是今天我所做的事情。

瓦莱里·吉斯卡尔·德斯坦应该也感到满意。他敢于反对自己的阵营，赢得了这场勇敢的赌博。在总统七年任期的开始，征兆不错。这次胜利证明，权力机构评估现代思想，并据此安排职位。我在我的部门无暇享受这个胜利。因为已经有别的战斗在等着我。如果说这些战斗不如讨论流产吸引公众的注意，却也同样具有重要意义。

值得一提的是，从我进入卫生部，就开始关注巴斯德研究所的危急局势。由于在投资生产疫苗时欠考虑，研究所险些倒闭。审计法院很快查了账，我从雅克·希拉克那里获得了特殊的资金帮助，使巴斯德研究所自1975年起，重新走上预算平衡的轨道。此外，为了填补保障残疾人基本权利法规的空白，还必须完成由玛丽-马德莱娜·迪内施①开始，勒内·勒努瓦②——后晋升为国务秘书——继续的工作。在专业组织的协助下，尤其是

---

① 玛丽-马德莱娜·迪内施（Marie-Madeleine Dienesch，1914—1998），法国女政治家，曾当选欧洲议会议员。
② 勒内·勒努瓦（René Lenoir，1927— ），法国中间派政治家，推动政界重视社会排斥问题，1988年至1992年负责国家行政学院，之后成为希拉克总统的社会问题特别顾问。

精神残疾人协会全国联盟的帮助下，建立奠基性法律的目标从1975年起得以实现。

最后，如果我可以这样说的话，总统也许觉得流产的合法化强调了政府对家庭的关心，以帮助幼童母亲的名义采取了一些财政措施。同时，还为老年人付出了额外努力。我记得那时有人怀疑家庭的价值。然而，我看到，所有的同事在圣诞节都会与全家人一起聚餐。

不管这些成果收效如何，当我入职政府两年后，我发现状况已经改变。早在吉斯卡尔当选总统之前就已存在的石油危机开始产生可怕的影响。人们在浑然不觉中走到了光辉三十年①的尽头。充分就业的安乐时期已经过去，就业形势日趋严峻。在马提尼翁总理府，巴尔接替了希拉克的职位。

由于接管社会保障工作，我必须千方百计遏止财政赤字。比如，我重新考察医院情况，关闭了那些经营惨淡的医院；我还在药店的成本方面作了调整。简单说，就是收紧开支。

这是政治生活的奇特之处：我经历痛苦才使法案获得通过，它颠覆了法国人的观念，我也相信，在我卫生部的日常管理下，它会改善成千上万妇女的生存状况。而职业游说集团从惊讶中回过神来，又重新开始制造障碍，损害我想维护的全局利益。

应该说，1968年五月风暴后，医学界又条件反射般的找到以前的障碍。稍有改革，独立工会会员就表现出保守，甚至是蒙昧。政府官员封锁了一切，至少他们试图这样做。看到诡计没有得逞，他们便开始向瓦莱里·吉斯卡尔·德斯坦抱怨。由于在接受我任命时，我对总统说："您必须相信我，必须认为我会做

---

① 指大多数发达国家在1945年至1973年之间经历的经济腾飞阶段。

我所能做的。看看我现在的职位，如果没有您的支持，我是不可能取得的。一旦您不支持我，我就会一事无成。"总统因为我的这些话更加支持我。

总统信守诺言，首先将抗议的官员打发回他们的办公室。但当我着手处理社会保障方面的敏感问题时，矛盾升级了。劳资方满足于看到不断扩大的财政赤字，由于没有商定采取什么措施，他们只能转向依赖福利国家。无需成为专家，也能准确猜到这种状况长久不了。然而，按照社会舆论和医疗人员的反应来说，这是一个发现。的确，大家多少都想知道社会保障的真实成本。

一路走来，我时常会觉得孤独。可是，我有时也意外发现，在我身边有一些重要的同盟。比如，当我决定发动一场在法国前所未有的禁烟运动时，让-皮埃尔·富尔卡德不遗余力地支持我。而他作为财政部长，绝不可能不知道香烟销售带来的可观税收。然而，他很快就明白了这类运动的健康价值，并给予支持。总统本人也表示赞成这次运动，的确，他自己从不吸烟。看到烟灰缸马上从议会的办公桌上撤走，摆脱了米歇尔·波尼亚托夫斯基的雪茄烟，他很满意。当时的雅克·希拉克吸烟成性，没有看到这样一场禁烟运动的必要性。应该说，那时人们还没有像今天一样，意识到烟草与癌症之间的联系。

政府组阁两年后，当我把视线从事务上移开时，发现政治气氛已发生变化。吉斯卡尔和希拉克之间的关系出现了裂缝，他们各自阵营的人互相拼命制造火药味，致力于把这里变成战场。雅克·希拉克一边的皮埃尔·朱耶和玛丽-弗朗斯·加罗非常享受这种气氛，并最终说服总理做好准备。雅克·希拉克试图把我拉入他的阵营。因为我不想和他一起批评总统，所以觉得没有加入的必要。于是,我接受了留在吉斯卡尔请求巴尔组成的政府中继续工作。年底时,我拒绝加入新成立的共和国联盟,必须说,这引起雅克·希拉克的愤怒。而我在之后的两年,一直坚持走自己的道路。

我渐渐感觉到了经常听人提到的能力消耗。并非我精力不够,而是我明白有大量的事情需要去做,同时我看到瓦莱里·吉斯卡尔·德斯坦的立场慢慢转变了方向。左边有社会党冲动带来的担心,右边是选民——因失业率升高而变得谨小慎微——给他造成的脆弱,此外还受大部分议员刁难。吉斯卡尔左右受困,希拉克退出后又没有了戴高乐主义者的支持,他在政治上被削弱。此后,动用宪法第四十九条第三款①成为常见的事情。另外,经济危机时刻牵动着吉斯卡尔的神经,并肆意践踏了他最美好的意愿。于是,他在顾问们的随声附和中越来越封闭,没有意识到已经和国家——他曾承诺永远注视的国家——脱离了,越走越远。他的七年任期失去往日的辉煌。

这让人感到惊讶吗?在我们的体制中,总统首先是一个独立的人。任何事都不能促使他进行对话。他任总统期间,没有被任何人、任何事质疑。处于闭塞视听的虚假氛围中,他只和别国总统、少数记者以及一帮高官来往,这些官员的权力之大,在世界上绝无仅有。实际上,这些人中有许多由总统提任,他们心怀感激,助长了这种从第五共和国的几任总统身边都能看到的现象。

---

① 该条款让政府可以在不经国民议会投票的情况下强行通过一项法律。

我实在不喜欢这样的氛围,自欧洲议会第一届直接普选的前景开始确定(此前,这个议会的成员来自九个欧洲经济共同体国家的国民议会),自瓦莱里·吉斯卡尔·德斯坦说我适于加入法国民主联盟,我抓住了这个机会。近五年来,我已一直担任相同的部长职务。除非给我更换职务,否则我感觉将不能继续前行。

第七章
欧洲公民

1978年9月,在一次陪同瓦莱里·吉斯卡尔·德斯坦总统出访巴西的旅程中,他建议我参加欧洲议会选举。我立刻接受了他的提议。我一下进入一个一无所知的崭新领域——竞选。从竞选拉开帷幕那刻起,我必须主持很多集会,起初我是不得已而为之,接下来我便充满激情了。体验选举的过程总是让人惊喜,特别是我这样的人,五十多岁了还从未登上演讲台。我并不擅长对着群情激昂的人们发表演讲,也不喜欢身边喧哗的氛围。到处都是竞选广告,疯狂的掌声,讽刺标语,简短的拉票口号……其他候选人也都坚定地支持欧洲的联合,如让·勒卡尼埃、埃德加·富尔和让-弗朗索瓦·德尼奥①,他们不辞辛劳,感到我们能赢得选举。在感受到法国各地人民表现出的热心后,我也越来越有信心。他们确实真诚拥护欧洲联合方案。为了讨好所有的主席候选人,雅克·希拉克设想出一个"旋转"体系,即让他们轮流执掌欧洲议会。这一设想是对欧洲议会的嘲讽,而且,先就职的人会拒绝让出位置。

成功超出了我们的预期。在1979年6月的选举中,我的支持率稳居榜首,远远高于社会党的支持率,而社会党的支持率仅

---

① 让-弗朗索瓦·德尼奥(Jean-François Deniau,1928—2007),法国政治家,作家,曾任大使、部长。法兰西学院院士。

仅高出共产党一点点,这两件事让密特朗气愤不已。我们的支持率高出戴高乐主义政党十多个点,雅克·希拉克对此十分恼火。他那里没有什么好词,在他的《科尚宣言》①中,称呼我们为"外国党"(Partie de l'étranger)。总的来说,这些戴高乐主义信徒并没有跟上时代的潮流。的确,一个连存在的合理性都受到质疑的议会,要成为其候选人,这本身就是一个悖论,一个公众舆论很容易察觉的悖论。

一直以来,我作为支持欧洲议会普选的积极分子,对取得的结果感到满意。这也是建设欧洲过程中的幸福时代。很多欧洲建设的支持者都尽情地展望未来,并且坚信,人们会因为这个设想而紧密团结起来。然而,现实却无情地给我们的满腔热情泼了一盆冷水。当时,每个人都迫不及待地展开行动。我7月初才离开部长职位,是因为紧急任务而留在政府。这次的任务是推动议会通过医学改革的提议,同时这也是瓦莱里·吉斯卡尔·德斯坦希望我积极投身的领域。与此同时,瓦莱里总统正忙于做德国总理郝尔穆特·施密特——也是他的朋友——的工作,为我拉票,以确保我顺利当选。这是一个多么虔诚的梦想啊!尽管施密特不会舍弃自己的政党,去支持一个法国自由党候选人。但是瓦莱里·吉斯卡尔·德斯坦仍然千方百计为我拉票,甚至作好孤注一掷的打算。考虑到我所代表的意义,他从我的候选人身份中看到了法德重新团结的象征,把世界大战的一页彻底翻过去的最好形式。因此,他向他的对话者反复强调这一点。吉斯卡尔总是喜欢那些冲击想象力的象征,一个曾经的集中营囚犯,能当选新欧洲议会的第一任主席,对他来说就是美好未来的预兆。

---

① *Appel de Cochin*,雅克·希拉克于1978年12月6日发表,因其在科尚医院('hôpital Cochin)写成而得名。

看上去，道路已经开启。德国自由党决定让制度发挥它们的作用，很快告知，他们不会为我的参选制造事端。至于法国方面，事情也进展得很顺利。如果自由党和基督教民主党——和社会党拥有同等地位——联合起来，那么来自法国民主联盟的候选人胜算很大，所以人们的注意力都集中在法国阵营。作为民主联盟的成员，米歇尔·波尼亚托夫斯基积极开展外交和游说活动，为我保驾护航。

欧洲议会的主席竞选于7月中旬正式拉开帷幕，等待我们的却是戏剧化的转折。一贯喜欢唱反调的戴高乐主义政党为了凸显自己的重要性，直到最后一刻才公开他们支持的候选人。直到竞选进行到第三轮，他们意识到自己的顽固，只可能帮助意大利社会党候选人，这时他们才回心转意来支持我。在公众看来，那样更能损害希拉克政党。就这样，我以超出半数三票的优势成为新一届主席。但是，法国议员并没有结束他们内部的分裂局面。尽管从表面上看，他们代表的都是法国政党，但内部却明显地分成三个派别：戴高乐主义党、自由党以及基督教民主党。这种分裂使得他们彼此之间互不信任。在之后的岁月里，法国右派和中间派也仅仅只能在某些特殊关头才能团结起来。所以，在欧洲议会的讨论中，法国缺乏真正的分量，这种局面从未得到改变。

我在第一次公开演讲①时，就试图达成最大限度的团结。在自我介绍时，我表达了作为整个议会的主席的愿望，强调了要注意的三个挑战：和平的挑战、自由的挑战和社会进步的挑战。当我们迅速开展工作后，困难也随之而来，我们激烈的争辩让公众感到惊讶。工作刚刚开展不久，那些出身于原国家议会并继

---

① 见本书附录，第207页。——原注

续留在欧洲议会的"前朝遗老",一直喋喋不休地要求在新制度中保留原有的职位。但是由普选进入议会的"后起之秀"对这些要求充耳不闻。这就导致随后爆发的管理混乱,一些政治新秀对此束手无策,无法控制局面。几个丹麦议员在那里好像就是为了阻挠讨论,导致局势更加难以掌控。除此之外,还有沉重而艰难的实施章程,数不胜数的翻译困难,所有这些都让我的使命变得非常棘手。虽然我已竭尽所能去处理这些问题,可是,头几个月里,还是显得心有余而力不足。

我惊讶地发现了一个问题:议员们被迫在三个地方工作。首先,议会委员会议是在布鲁塞尔召开;但每月一次的全体会议却在斯特拉斯堡或者卢森堡举行,而且秘书部以及大部分行政部门又常设于卢森堡。所以,我们实际上待在卢森堡的时间要远远多于在斯特拉斯堡的时间,每次搬运档案和文件都得花上一大笔钱。最后诞生的是卡夫卡笔下的那种日常生活:常住布鲁塞尔的国会议员不想去卢森堡工作,同样,居住在卢森堡的官员也不愿意前往斯特拉斯堡。然而,斯特拉斯堡市长皮埃尔·普夫里姆林,为了提高议员的舒适度,没有斤斤计较。在每月五天的全体议会期间,每位与会议员都享有独立单间来工作和休息。这个体制已经存在三十年之久,尽管耗资巨大,却几乎没有引起任何异议,也没有造成任何问题,连那些热衷于报道财政奢靡丑闻的记者都对此不发一言。

如果不是不想背负妨碍欧洲一体化进程的罪名,我绝不会掩饰对这种浪费的反对。自从当选,我就提醒大家警惕这种劳民伤财的做法,并考虑斯特拉斯堡那片大楼的可能用途——比如,为什么不在那里建一所欧洲大学呢?但是一切努力都是徒然的。因为我并不反感被别人认为是政治错误,所以我会和时任雷蒙·巴尔政府外交部部长的让·弗朗索瓦-庞塞特[①]谈起这个问题。他向我坦言:"大家都知道那毫无意义,但是不应该说出来。"之后,我又和瓦莱里·吉斯卡尔·德斯坦谈及此事,他也对此置之不理。他以同样的方式先将我推向欧洲议会竞选名单之首,然后让我成为欧洲议会的主席。象征对他来说很重要:斯特拉斯堡——德法两国持久争论的边境城市。

现实并非如此。斯特拉斯堡的欧洲议会,实际上是一个比利时—卢森堡议会,这是符合逻辑的:布鲁塞尔——议会委员会所在地,议员永久、自然的交流对象——看上去,能更好地满足议会工作。此外,布鲁塞尔越来越像欧洲真正的首都,一些经济集团也活跃在这里。但法国议员对此漠不关心,他们觉察不到需要捍卫的自身利益,也从未在工作中表现出勤勉的一面。相反,倒是以"缺席"而在议会中闻名。甚至是那些绝对赞同欧洲联盟的政党,也没有表现出民众所期待的效率。至此,我明白了2005年全民公决时,法国投反对票的一个原因。

欧洲议会工作地点的长期分散并非没有后果:在法国人眼中,就像在吉斯卡尔眼中一样,认为欧洲联盟更多的是象征,而非现实。有一个事实可以为证:在我担任主席期间乃至以后,除了专门负责欧洲事务的部长,我只见过两位政府部长到过斯特拉斯堡。一位是时任农业部部长的埃迪特·克勒松,她经常去斯特拉斯堡拜访欧洲议会的法国议员。说实话,埃迪特和这些议员的关系远比和法国农民的关系融洽。另一位是时任工业部部长的多米尼克·斯特劳斯,他也经常去那儿打探欧洲事务并宣传他的政治谋略。总体而言,不论他们归属哪个政治派系,当时绝大多数政府官员都远没有把握欧洲联合的趋势。幸运的

[①] 让·弗朗索瓦-庞塞特(Jean François-Poncet,1928—2012),法国外交家,政治家。

是，事情已有改观。

担任主席的第一年给我留下美好的回忆，可是预算方面的一个不愉快的事件，给它溅上了污点。应该知道，对欧盟委员会的预算进行表决是当时欧洲议会的唯一特权。当然，欧盟委员会必须向议会提交指导性方案，但却不被议会决定束缚。所幸，议会的权力从那时起被扩大。在预算方面，我们当时唯一的权力是决定非强制性的花费。然而，在任期的第一年，为了探讨1980年的预算，我主持的评议会，用了一个通宵的时间和财政委员会就非强制性花费问题达成一致意见。事实上，欧洲议会是希望能为世界反饥饿斗争付出特别努力。非洲的惨象让我们觉得欧洲议会应该有义务为这片大陆提供额外的财政补助。五年前，《洛美协定》已经就援助非洲及加勒比国家制定了系统方案，欧洲议会也希望站在这一行列，增加对这些困难国家的帮助。

在法国人看来，欧洲议会弘扬人道主义的雄心壮志过分了。法国总理很快向我表示，法国政府对欧洲议会稍微超额的预算方案不满。哪怕其他成员国并没有附和否决预算方案，法国依然固执己见。尽管争议金额仅仅是最终方案里很小的一部分，但各成员国还是没能就其达成一致。又因为应该由主席来一锤定音，所以也不难猜出我的态度。雷蒙·巴尔一直试图改变我的决定。哪怕我苦口婆心地向他解释我必须支持我所领导的议会的决定，他依然顽固不化，甚至催促政府秘书长来劝我让步，却依然无法改变我的决定。在谈话期间，秘书长足足打了二十多个电话，并向记者指责我"背叛"法国，并大声提醒我对"国家应尽的义务"。然而，一切都是徒劳的。我清楚地向巴尔先生表明，我的职责是执行欧洲议会议员做出的决定，哪怕可能会引发与某国政府的冲突。我当时面临的艰难处境不言而喻。但作为回报，我的坚持为欧洲议会赢得更多信赖。

事情并没有到此为止。从对预算投票起，法国政府就向欧洲法院提出上诉，迫使我们直到夏天都靠"临时性十二分之一"①的预算运行。最后欧洲法院提出一个折中办法，事情才得以解决。然而，成员国和议员之间的关系还是十分紧张。除了预算金额问题和众所周知的非洲人道主义惨况，还提出了一个原则问题。雷蒙·巴尔基于相关法律提出，无论数目多么微不足道，欧洲议会都没有权力动用权限之外的预算额度。人们可以想象欧洲议会议员的立场有多么不同。我认为他们是正确的，如果不是在法律方面，至少从政治角度看是正确的。

今天回顾那个时代背景下法国的态度，我意识到，当年不应该对法国政府的态度感到惊讶。雷蒙·巴尔，无论是在布鲁塞尔的委员会工作时，还是领导法国政府时，都从未对议会活动表现出丝毫关心。在巴黎，运用宪法第四十九条第三款②并没有让他不快。他在斯特拉斯堡重判一起情节轻微的预算违规案，这并不令人惊讶。当时，人们认为实行普选的欧洲议会选举带有推动欧洲联邦制的意愿。三十年后，我们必须认识到，这个目标已不能满足人民的期待。欧盟扩大到大西洋国家的事实——我想到1973年英国和丹麦的加入——使欧盟更具有政府间组织的色彩。今天，随着罗马尼亚和保加利亚的加入，欧盟已拥有

---

① 如果因某种原因无法通过下一年度的财政预算方案，下一年度每个月的财政预算额度就不得超过上一年度预算总额的月平均数（即十二分之一），或不得超过欧盟委员会提出的预算总额的月平均数（即十二分之一），且以两者较小的月平均数为准。这一复杂的计算方法不仅延误欧共体向成员国的拨款，也影响有关项目的按时实施。
② 法兰西第五共和国宪法第49.3条，在一定条件下，允许政府总理不经国民议会投票而直接通过法案。

二十七个成员国,别说统一管理,就连意见多数一致都变得十分困难。由于欧盟成员国数量众多,国家利益对联盟利益的威胁始终存在。《尼斯条约》①规定每个成员国只能设一名委员,使这一现象得以扩大。条约打破了先驱们想要的平衡体制,"大国"在其中的分量被牺牲,欧洲用一种声音说话的时间在短期内无法预见。我对此深表惋惜,因为今天我们清楚地感到,长期以来与美国和日本竞争的欧洲,今后还要与新崛起的大国——中国、印度和巴西——角逐。此外,在外交上,面对出现的紧张国际局势,欧洲更应该团结一致。伊拉克危机让欧洲沉重地认识到,用同一种声音说话并让别人听到你的声音总是那么困难。

在20世纪80年代,当我来到欧洲议会时,还想着向联邦类型的体制转变。今天,由于成员国数量增加和思想观念发生转变,我只能看到,公民越来越眷恋他们的民族背景和造就他们独特身份的历史因素。荷兰和法国全民公决的失败让我们看到了这一点,如果其他成员国选择公投的方式而不是议会投票方式来批准条约的话,我们大概也能看到同样的结果。

在这一点上,我们生活在矛盾之中:今天的欧洲人到处旅行,大部分人都为欧元成为现实欢欣不已,互联网成为生活必需品,全球化的意义支配着现代人的思想;然而,人们似乎比二十年前更重视他们的民族身份,社团主义愿望四处复苏。其中的一个特征:在欧洲,乡村居住方式的细节被寻根的城里人悉数关注。他们之所以如此珍视自己的身份,是因为他们不停地经受世界性的冲击。他们的根源成为永不贬值的东西,在那儿可以

---

① 《尼斯条约》的全称为"修改《欧洲联盟条约》、建立欧洲各共同体诸条约和某些附件的尼斯条约"。《尼斯条约》于2000年12月在欧盟尼斯理事会结束时通过,后经各国法律和语言专家整理成《尼斯条约》正式文本。欧盟部长理事会于2001年2月26日正式签署,刊登于2001年3月10日的《欧洲共同体官方公报》。

避免电视和互联网实时施加的所有悲剧。这也是安的列斯人和非洲人演说中所反映的：每一个人都在寻找自己的故土。如果说二十年前，我曾认为我们可以很快跨越国家的界限，如今，鉴于以上原因，我却不再坚持这个观点，我认为欧盟更像是俄罗斯方块一样的混合体，而不是在一整块巨石上雕刻出的建筑。

然而，某些变化令人鼓舞。我作为欧洲联盟的代表，应邀在联合国大会上发言。看到来自欧盟委员会和不同欧洲国家的代表们在安全理事会（仅英国和法国为常任理事国）共商大计时，我被这幅情景深深打动。

无数次的失败才能造就一次成功。我们依然记得在处理前南斯拉夫事件时，由于欧洲无法形成统一"战"线，从而导致美国介入。新诞生的共和国之间形成的战争态势，制造了悲惨的局势，各国的外交选择并未使之简化。的确，密特朗极力避免这一历史性分裂，法国已倾向于支持塞尔维亚。我们的德国盟友却越来越倾向于支持克罗地亚。此外，还要考虑宗教因素。俄罗斯人一直支持信仰东正教的塞尔维亚。最后，保卫人权协会也开始行动起来。很难相信他们让人们平静了下来，一旦他们都向一个方向动员。这足以解释被指负全责的塞尔维亚人的痛苦。

就个人而言，我经常怀疑人们在报道和评论这些事件的方式。比如说，在斯雷布雷尼察，正是塞尔维亚人杀了八千人，但是似乎在场的欧洲人本应该做得更多来防止悲剧发生。

作为欧洲议会议员，当时我曾多次到访前南斯拉夫。这些经历开阔了我的视野，现实比相关报道要更复杂。在旅行中，我想到，因为有欧盟才使德法两国在巴尔干半岛问题上不计前嫌，避免了紧张局势。其他方面，在寻求平息波斯尼亚混乱的解决方案时，我们也交换了意见，尽管最终的汇报方式过于简单。事实上，我们大部分人对于双方该承担的责任问题说话谨慎，报道对此只字不提。我们在萨拉热窝居民区内观察到，民众之间的关系并不像某些学者和媒体宣称的那样毫无嫌隙。街区居民、穆斯林和东正教教徒总是互相看不顺眼。没有任何地方能看到人们向我们描述的那种团结。这种敌对的状况也不是首次出现。两次世界大战期间写的小说就早已披露了艰难的本地关系。其中一本书给我留下深刻印象。该书描述一个穆斯林小孩被萨拉热窝的一个基督教家庭领养的故事。当小孩得知自己的真实身世后，悲剧也随之展开。人们总喜欢将事情简单化，当面对复杂状况时，往往大手一挥就区分了善恶。

我记得参与过对克罗地亚强奸案的细致调查。该调查由欧洲委员会发起，由英国人执行。所有的一切都进行得匆忙而草率。甚至在听取证人陈述时，我们居然没有翻译人员。我不禁感到悲愤，调查取证还没有结束，就已经盖棺定论。的确有一些暴力行径，但规模可能不是像某些人所说的那样。

冲突首先在塞尔维亚人和克罗地亚人之间爆发，随后波斯尼亚人也卷入进来。当地居民在被难民营收留之前，不得不逃离自己灾难中的村庄。应法国某无政府组织的请求，我前往该地，亲身感受到各族难民水深火热的遭遇。他们一无所有，筋疲力尽地瘫倒在床垫上。他们的命运确实悲惨，但所幸生命尚未遭到威胁。一位十分关心冲突的法国学者对我说："这些场景应该会让你想起一些事情吧！"我没有理他。我眼前的景象与当年的集中营没有丝毫可比之处，更不用说灭绝集中营。

当时，人们把责任全部归咎于米洛舍维奇①，克罗地亚人或许也得负一定责任。我们不能忽视历史的分量。不同民族被迫融合在一起，就像铁托②领导的南斯拉夫，当这些民族被解冻时，仇恨就逐渐再现，引起严重后果。

不知道该不该说呢？我总是对那些捍卫人权的斗士和他们依赖公众舆论及媒体对政治负责人施加的压力表示怀疑。总体说来，所有属于"国际道德"一类的事情都让我反感。当然，让民族间和解的意愿值得歌颂，只是人权运动往往光有意愿，却很少实现这些意愿。有时甚至还会得到相反的后果，例如把人简单划分为"好人"和"坏人"，激化了他们之间的矛盾。然后，在这些所谓"普遍"的人权中，还有一点让我反感，确切地说就是，它们并不普通。总是有两套标准。和中国进行商贸谈判时，就主张"沉默是金"。当我们试图收买普京时，就积极地给他颁发公民爱国证书，闭口不谈神圣而不可侵犯的人权。归根结底，我们总是教训弱者，以洗白强者告终。如今我们在和伊斯兰国家打交道时采取临时协定的方式，把我们著名的人权放在了次要地位。

客观性确实是稀有物，在政治上尤其如此。在极端紧张的形势下，在那些相互对立的人当中，很明显，不存在客观性。那些应该从外部作出判断的人也经常没有客观性。我记得做过一个很糟糕的报告，十几年前，阿尔及利亚恐怖主义横行。联合国秘书长委托五六个来自各个大陆的知名人士做一个调查。其中有两个欧洲人，我是其中之一。我没有成功使报告去掉主撰人

---

① 米洛舍维奇(Milosevic,1941—2006)，前南斯拉夫政治家，塞尔维亚共和国总统(1989—1997)，南斯拉夫联盟共和国总统(1997—2000)，塞尔维亚社会党创党人和领导人(1992—2001)。2006年3月在海牙监狱中去世。
② 铁托(Tito，1892-1980)，国际共产主义战士，南斯拉夫政治家，革命家，军事家，外交家。

的偏见,他对阿尔及利亚一无所知,并且大肆赞扬穆斯林。

人们经常谈论干涉权。在我看来应当谨慎使用这项权力,而不是用轻率的手段进行威胁。至于用这种思想武装的力量,我想说的是国际正义,在我看来也不适应各国的特殊情况。在智利重新成为民主国家的那一刻起,似乎更愿意让智利人民来审判皮诺切特①,而不是重新煽动世界舆论,最终一无所获。一个国家摆脱独裁统治已非易事,国际道德的支持者介入其中,甚至都不给这个国家解决内部问题的时间,我认为这又进一步加重了国民的负担。这就是为什么我如此欣赏德克勒克②,尤其是曼德拉③这类人。多亏了纳尔逊·曼德拉,南非才成功摆脱了无止境的悲剧。当人们还在担心那儿血流成河时,白人、黑人和混血儿已经通过相互交谈,驱散过去的阴霾并相互理解。或许人们能借鉴这个事件,或是从佛朗哥去世后西班牙人的和解中得到启发。

摆脱独裁的过程中,不可避免地会出现重大案件和报复,但我们应该优先考虑和解的因素。一个人们不鼓励重获统一、和谐的民族,终究会落得一个悲惨的命运,而这个民族也不能依靠国际正义来处理这些问题。在惩罚反人类罪和战争罪的一系列可怕问题中,当国际道德的裁判权被瑞士人掌握时,我感到不舒服,我觉得瑞士旗帜异常刺眼,或许是为毫无活力可言的过去乞求原谅。

---

① 奥古斯托·皮诺切特(Augusto Pinochet,1915—2006),1973 年至 1990 年为智利军事独裁首脑。
② 德克勒克(De Klerk,1936—),南非政治家,南非共和国白人总统,他结束了南非种族隔离制度,并议定向多数派执政的过渡,因此和纳尔逊·曼德拉一起获得诺贝尔和平奖。
③ 纳尔逊·曼德拉(Nelson Mandela,1918—2013),曾任非国大青年联盟全国书记、主席。于 1994 年至 1999 年间任南非总统,是首位黑人总统,被尊称为南非国父。

我们可以设想在解放法国时,要是有一个国际法庭裁决贝当、赖伐尔以及他们的同伙,而不是由法国运用自身的司法系统和政治选择来清算维希政府,国内舆论会如何反应呢?如果肃清运动同时引发悲剧性的暴力行为和千夫所指的宽恕行为,所有人都会为此感到后悔。我没有看到有充分的理由,让国际法庭商讨纯粹国内的形势。当涉及的罪行只牵涉一个国家,同时反人类罪的概念尚不清晰,那么最好由相关国家自行审判。相反,1945年以后,纳粹所犯下的罪行明显涉及整个欧洲。因此,纽伦堡审判是有道理的,牵涉少数高级领导人。为了能够和德国达成和解,审判必须进行,并且要迅速进行。

一直以来,我对人权和普遍正义有着苛刻的看法。我记起1983年克洛斯·巴尔比[①]在引渡前遭到绑架时我的反应。我那时对一个记者说:"如果以前的战犯在法国领土上被劫持,法国会怎么反应?如果涉及那些使阿尔及利亚陷入苦难的人,我们的态度又是什么?"巴尔比被带回法国,应当受到严格审判,但是我对采取措施引渡他的时机持怀疑态度。在艾希曼的案件中,也许我们能以对历史作出重要贡献的名义,一笔勾销这个绑架事件。

以同样的心情,我总是对反人类罪缺乏时效性而感到惴惴不安。在事发几十年以后,在不同历史背景下预审案件,如果说不是不可能的,那么至少是困难的。我知道,在对待这个称得上是禁忌问题的态度上,我是孤立无援的。如今,公众舆论已经将国际立法神圣化。追捕阿洛伊斯·布伦纳[②]的塞尔日·克拉斯

[①] 克洛斯·巴尔比(Klaus Barbie, 1913—1991),德国纳粹分子,外号"里昂屠夫",1987年在里昂被判反人类罪,1991年死于里昂监狱。
[②] 阿洛伊斯·布伦纳(Aloïs Brunner, 1912—),"二战"中臭名昭著,应该是最后活着的纳粹分子之一,直至今日尚未确认死亡。

菲尔德①以在叙利亚发现纳粹避难所为借口,向欧洲议会施加压力,从而迫使我们拒绝与叙利亚所有的财政协定。先不论他对公正的关心是否有充分的理由,从政治角度上看,他的态度是有害的。这将导致财政援助的中止,不仅损害叙利亚的利益,同时也影响这个区域包括以色列在内的其他国家。在那一刻,无论对布伦纳这类人有怎样的看法,我们都得接受现实原则。

在他们那个年代,逮捕和审判保罗·杜维尔②倒并没有让我觉得抵触。作为法国最高司法委员会的秘书长,我对乔治·蓬皮杜对杜维尔额外开恩感到十分震惊。或许是文件呈送的日子不对,因为我无法想象蓬皮杜在深知这个家伙的底细后又饶恕他。此后,杜维尔不断挑起舆论为其护航,这些言论甚至已经散布到那些禁止他逗留及受到教会保护的省份。他一心想要躲避正义,但正义最终还是抓住了他。

当帕蓬事件③发生后,我的态度发生了细微变化。作为吉伦特省的秘书长,帕蓬代替省长签署了转移犹太人法令,不幸的是,当时所有的省都这么干了。让我吃惊到改变态度的是当事人的狂妄自大,对此我感到愤怒。这个高级官员犯了错误,就要承认,但他却并未表示半点愧疚。相反,他继续在自己的职位上作茧自缚,反复重申他的行为能够挽救许多人的性命——这大

---

① 塞尔日·克拉斯菲尔德(Serge Klarsfeld,1935—),作家,历史学家,法国犹太人囚犯诉讼律师。
② 保罗·杜维尔(Paul Touvier,1915—1996),里昂法奸保安队首领,曾处死7名犹太人,1994年被控反人类罪。
③ 帕蓬在贝当政府时期任吉伦特省警察总署秘书长,签署法令,把大量犹太人送往集中营。当"二战"形势开始朝不利于法西斯德国的方向转变时,他及时改变形象,由法奸变成"抵抗分子",进入政界。1981年,他签署的关押犹太人的卷宗被发现,此时他任巴尔政府的预算部长。从1981年起,这场审判进行了十几年。直到1998年法国波尔多地方法庭才以"反人类罪"判处帕蓬十年监禁。帕蓬在判决后还曾在亲友庇护下逃亡瑞士。法国发出国际通缉令,于1999年10月将其缉拿归案。

概是真的:著名的拿犹太人交换抵抗运动成员的事件——以至于他对囚犯命运的看似无知被置于次要的地位。他对那些被他抓来的孩子不闻不问,更不用说表达任何内疚和抱歉之情。所有这些让他最终受到判决。如同保罗·杜维尔案一样,帕蓬案是在法国进行的,而不是在一个声称掌握普遍真理的超国家法庭判决。

2003年,当我接受国际刑事法庭的受害人赔偿基金会主席一职时,我就明确表达了自己任职是为了维护受害人的权利,而不是充当法官,仲裁他们所受的罪。哪怕局限在物质损失的范围,赔偿问题也并不容易得到解决。

战争过后,当大屠杀的幸存者返回法国时,他们必须带回遭受掠夺的证据。但是他们通常都没有获得理想的补偿。那些投入银行的基金或是和保险公司签署的契约鲜少被恢复。至于储存着被逮捕人员的所有金钱的银行,不仅没有归还的意思,态度还十分傲慢。直到1995年,若斯潘[①]和希拉克才携手干预此事,成立了马泰奥利[②]委员会。这个委员会主要从事储蓄柜台案卷的整理工作。最终,经历了半个世纪后,这些"孤儿"能在两种赔偿方式——年金和统包——中作选择。

1980年底,当我进入欧洲议会时,法国的政治经济形势尚不足以顾虑。然而选举临近时,面对一个优柔寡断的中右派政策和一份过度夸张的共同纲领,我没有任何犹豫便做出了决定。尽管我对吉斯卡尔·德斯坦后期的政策持保留态度,但是他似

---

① 利昂内尔·若斯潘(Lionel Jospin,1937—),法国前总理,在2002年总统选举中失利而退出政坛。
② 让·马泰奥利(Jean Mattéoli,1922—2008),法国政治家,1979年至1981年在雷蒙·巴尔政府任劳动部长,1987年至1999年任经济与社会委员会主席。1997年受总理委托,主持研究从1940年至1944年间,纳粹当局或维希政府非法掠夺了犹太人的哪些财产。

乎是唯一可能的选择。但是最终当选的是密特朗,我担心的事也发生了:法国从此大步走向经济和货币灾难。就如我当时所说,皮埃尔·莫鲁瓦①(我了解其智慧与稳重)成为毫无社会民主、处处松散无能的措施的人质。

幸运的是,在国际形势压力下,1983年的转折后,出台了另一个比较温和但很杂乱的政策。那时,我觉得像罗卡尔或德洛尔这样理智的人,面对社会党左翼和共产党的灾难性选择,依然有听众。但这并非是为了让我不悦。

在社会党政府中,我几乎没有朋友。幸运的是我与对外关系部部长克洛德·舍伊松很熟悉。密特朗当选前,他任欧洲特派员,我很赞赏他。前一届政府到现任政府的过渡并没有像我担忧的那样可怕。受克洛德·舍伊松启发,密特朗政府的一项早期决议就是撤回上诉,雷蒙·巴尔曾于1980年和1981年以此反对欧洲议会通过的预算。政治就是这样运转的:我讨厌密特朗的模棱两可,并强烈谴责他与共产党联盟,在我看来,这位新总统的对内政策对国家来说是自杀性的。但他和前任一样,都关心欧洲建设。

作为欧洲议会主席,我访问了共同体中的所有政府。我记得我到处都得到极大尊敬。特别是在波恩,赫尔姆特·施密特总理,还有他的对手赫尔姆特·科尔,都给我留下深刻的印象。这两个人都是欧洲建设的支持者,都坚信他们的国家会重新统一。在布鲁塞尔,博杜安国王因外科手术不方便走动,但他还是坚持同法比奥拉王后在医院病房中热情接见我。顺便说一句,在桥牌桌上用餐时,我们谈话的主要内容是人工流产。但在巴黎我并未受到欢迎,尽管我与法国政府有千丝万缕的关系。我

---

① 皮埃尔·莫鲁瓦(Pierre Maiuroy,1928—2013),法国政治家,1981年至1984年任总理,1973年至2001年任里尔市长。

惊讶于他们对欧洲问题的冷漠,不幸的是,他们不是法国政治图景中的例外。随后,我拜访法国民主联盟办公室,我非常惊讶地看到,那些负责人不停地夸耀他们对于建设欧洲的信心,却不关心布鲁塞尔的事。更糟糕的是,他们对欧洲问题的认识非常有限,而且不去努力改善。在这种冷漠的背景下,吉斯卡尔·德斯坦却截然不同,始终关注制度问题,重视议会工作,并坚持在法国推行名副其实的欧洲政策。

其他国家对欧洲问题的关心凸显了法国政府的冷漠。我后来负责自由党时证实了这点。当我们的会议选在荷兰、西班牙或德国召开时,我们总能遇到许多国家的议员和国家领导人。但在法国,却很难找到交谈对象。在临近欧洲议会选举时,这份冷漠险些闹出笑话。当他们确定候选人名单时,一点也不关心这些候选人的信念与能力。他们只是借名单来奖赏亲信,特别是那些要感谢的为党派做出贡献的人。在这种情况下,欧洲议会中很多法国代表缺乏真实动机,这有什么好惊讶的呢?还不用说"旋转"轮值,我那时注意到,法国代表经常缺席会议。应该说,那些活跃的出席者没有得到任何好处,因为在随后的选举中,根据淘汰制原则,政治幕僚为了新成员的利益而排挤他们。人们看到这些新人为了签到而出现个一两天,随后就再也找不着人了。尽管英国人并不赞同建立大欧洲,但他们的表现却和我们的议员形成鲜明对比。他们在斯特拉斯堡和布鲁塞尔坚持不懈地工作,比我们更好地维护了他们的国家利益。

欧洲议会主席任期为三十个月。我的任期于1982年1月结束,一些同事认为我很好地维护了议会的利益。他们为了让我连任,组织了选举运动。我的参选获得广泛拥护,甚至英国自由党人都表示支持。但是,戴高乐派再一次横加阻挠。在第一轮选举中，他们支持德国基督教民主党候选人埃贡·克勒普斯齐。然而，此人在面对荷兰社会党候选人皮特·丹克特时却毫无胜算。看到他们坚持自己的立场，我便在第三轮投票前退出选举，那位社会党候选人在仅有法国议员投了反对票的情况下最终当选。或许我本可以做更多努力，可是我在法国逃避又在斯特拉斯堡重新找到的政客游戏，制服了我的力量。

两年半紧张而充实的主席生涯后，我很高兴自己终于可以稍微喘口气。那时，我进入司法委员会，这个委员会负责整理与非欧洲国家的协定。这个岗位让我又一次忧伤地证实了一件事，就是在交流时，英国人对他们的材料了如指掌，而法国人有时就逊色一些。随后，我当选为自由党主席，三十个月的任期内访问不断。这些访问不仅仅是从布鲁塞尔到卢森堡，到斯特拉斯堡，而是涵盖整个欧洲。

这一时期，欧洲共同体不断扩大，各种接触和交流也频繁起来。对此我总是赞同，尽管在处理希腊问题时有一些犹豫，当时我认为民众还没有对希腊的加入做好准备，但吉斯卡尔想在1981年总统选举前解决这个问题。几年后，西班牙和葡萄牙加入欧洲共同体时也出现问题，遭到戴高乐派的反对。自由党代表几次到马德里、巴塞罗那和里斯本，那时，我们特别关心政治领导人及公共舆论的反应。后来我们走出欧洲，接触到了拉丁美洲，那些年，德国自由党人和拉丁美洲十分交好。德国自由党人先后为西班牙、葡萄牙和拉丁美洲的民主进程提供了大力支持。但他们致力于原则方面的同时，千方百计保证德国的经济利益，这是支持政治的一种灵活、新式的方法。不幸的是，法国人始终不明白这种行动的用处，看不到待在家里、袖手旁观、空叫自己的国家失去影响力是毫无用处的。也许我们能及时从德国的实践中得到启发，在德国，主要政党都有坚实的后盾作为合作伙伴,给他们国家带来经济利益。

法国和其他成员国之间的表现差距是如此明显,以至于有时候德国大使馆会比法国人先知道我去哪个国家。我突然回忆起一件事。议会代表团访问华盛顿期间,意大利的同事既开玩笑又严肃地对我说:"今晚您就陪我们在大使家住下吧,由我们来照顾您,您的政府真会办事,您没接到邀请吧?"这就是法国给其他欧洲议员留下的印象,我并不以此为荣。法国已经改变了吗?我希望如此。特别是在2005年我们否决宪法草案之后,这种改变依然不算太晚。

在最近一次公投活动中,我经常有机会谈到欧洲议会最近吸纳前东欧阵营国家的问题。我不断重申,不应该视而不见,"二战"之后我们有幸生活在自由制度下,而欧洲的另一半被拉上了铁幕①。坦诚地说,我们享受这份自由时,没有真正关心过东欧国家的遭遇,也从未感觉到与别人的灾难息息相关。当历史赋予我们这个可能性时,很难想象欧盟有理由拒绝向这些国家敞开大门。在东欧国家看来,我们已经欠下了一种债务,我们被迫这么做,这有损于我们的直接经济利益。从他们那方面来说,我认为跨越这种突然的变化加入我们常常显得困难。然而,这可以让他们采取一些公共舆论接受的严谨措施。他们在经济、社会及法律方面付出大量努力,所以国内形势得到好转。东欧大部分国家1990年初时随处可见的苦难,以历史上前所未有的速度消除殆尽。

在我看来,土耳其问题性质不同。除了伊斯坦布尔,很难认为土耳其也是欧洲的一部分。尤其是因为伊斯兰问题迫使我们比过去更加关注形势,因为关于妇女地位的后果是真实存在的。

---

① 英国前首相丘吉尔在1946年的演说中指责苏联和东欧国家把自己"用铁幕笼罩起来"。此后,铁幕国家成为西方对苏联和东欧社会主义国家的通称。

例如,波斯尼亚正在深入伊斯兰化。可是,如果这个国家申请加入欧盟,我们可以期待我们的共同文化向他们宣扬一些规则。但这场赌局也同样使我们冒着自我偏离欧洲历史中心的危险。我担心我们永远无法强加给土耳其任何关于民主的信条,因为如果忙于找到我们大陆的准确地理界限,我们就会在确定其哲学价值时遇到同样多的困难。单是因为宗教活动的衰退,某些人想要强加的基督教参照在我看来就是不合时宜的。共和主义参照也被排除:在欧洲,君主制国家和共和制国家几乎一样多。那么参照什么呢?也许存在一种关于人及其文化的思想,但我很难确切指出被各国一致公认的决定性标准。无论如何,欧洲将首先是我们建设的欧洲。

在这一点上,密特朗总统丰功伟绩中的一个插曲让我由衷地钦佩。1984年,他在德国议员面前发表演讲,表达了与大部分法、德民众相反的观点。这让我记起一句话:"和平主义者在东部,导弹在西部。"这句话恰如其分地表达了某些德国人在某一时刻强烈要求中立的愿望。当时民主德国吸引了众多亲近威利·勃兰特①的社会党人。为了祖国的重新统一,他们大概没有犹豫就接受了苏维埃条约。在这种背景之下,弗朗索瓦·密特朗关于支援联邦德国导弹建设的富有勇气的演讲就成为一个决定性的标志。在我看来,这似乎是他放手一搏的赌注,并且在选举期间他全力支持德国总理。雅克·希拉克坦诚地认可此事,然而共产主义者却保持谨慎的沉默,雷蒙·巴尔对此讳莫如深,声称既然问题和我们无关,就不要插手德国事务。

这并不是第一次我因总理的反应而感到吃惊。1978年,部

---

① 威利·勃兰特(Willy Brandt,1913—1992),德国政治家,1969年至1974年任联邦德国总理,以和苏联集团和解的新东方政策打开外交僵局,1971年获得诺贝尔和平奖。

长会议上的一次口误险些引发冲突。我认为雷蒙·巴尔在措辞中使用"犹太集团"是不恰当的。会议结束后,我对总统说,如果总理再说"犹太集团",那么我马上辞职并说明原因。吉斯卡尔参与调解,随后巴尔又学究式地解释他的本意。按他的解释,我完全误解了他的意思。两年后,发生了袭击哥白尼街犹太教堂事件,巴尔再一次口误。当内政部长克里斯丁·博内选择耍花招含糊过关,共和国总统不发布任何声明时,雷蒙·巴尔向比犹太人更"无辜的法国人"的死难表示出了惋惜之情。我参与了揭露这种言论的游行。

随后,我还发现他有轻视他人行动的倾向。在1988年的总统选举中,他的参选获得我的大力支持,但只赢得16%的选票,远远落后于密特朗和希拉克。于是他将其竞选团队召集在拉丁美洲餐馆前,将竞选失败归咎于中间派人士,仿佛只有他的团队努力过,其他人什么都没有做。我的邻座让·弗朗索瓦·庞塞特小声对我说:"最好一笑置之。下一次,他就只剩那些高效率的亲信了!"我们不能说他在隐退之前,曾试图改正形象。尽管如此,他的离去让政治角逐场上少了一位勇敢的政治活动家。

反犹太主义总是和排外并肩而行。民族阵线党的出现及上升很早就让我担心。并非如我曾想的那样,极右势力已经永远在我国消失。尽管只是少数,但它依然存在。阿尔及利亚事件和美洲国家组织崛起,唤醒我们这一点。但这些极右势力表现得十分隐秘。然而,随着纯粹民众的布热德运动①的兴起,极右势力找到一个兼具魅力与凶残的领袖——让-玛丽·勒庞②。

---

① 1956年,法国揭起一场以小商人、手工业者为主体的右翼运动,也就是后来所称的布热德运动。
② 让-玛丽·勒庞(Jean-Marie Le Pen, 1928—),法国政治家,极右派,1972年至2011年任民族阵线党主席,多次竞选法国总统。1984年以来任欧洲议会议员。

无论在运动中他的信念和姿态是什么,他的党派如同鸡尾酒般融合着一些人,来自不同阶层的人出现在他的名单上:天主教的原教旨主义者、散兵、共产主义的死敌,他们因为厌恶左派总统组成了联盟。

1983年9月在德勒的选举标志着一个转折点,我明白它对我们政治生活的威胁。这就要提到让-玛丽·勒庞发表的暴力宣言。他大肆抨击民主政治,狂妄自大地否定犹太大屠杀的存在。当我们还在评论不能让这样的宣言通过时,德勒市议会选举已经进入第二轮,法国民主联盟及保卫共和联盟的名单上新加了四名具有候选资格的民族阵线代表,其中有党秘书长让-皮埃尔·斯蒂尔布瓦。还有更多令人不快的事,如右派领袖几乎一致赞同这项策略,他们这么大肆宣扬的目标就是为了给左派设置障碍。雷蒙·阿隆本人在《快报》上发表了一些扰乱视听的言论,"20世纪80年代,唯一法西斯风格的《国际歌》是共产党的,而不是纳粹的"。只有勇敢的埃佩尔奈市长贝尔纳·斯塔西和我对此提出了强烈的抗议。雷蒙·巴尔评论了我的观点,雅克·希拉克则断言,面对"部长会议中的四个共产党","德勒的四位民族阵线党朝拜者"什么都不是。后来民族阵线党势力上升,不幸地证明贝尔纳·斯塔西和我当时对其采取警戒态度不无道理。让-玛丽·勒庞的党派既不满足于煽动极端情绪,也不满足于选举成功。雅克·希拉克很快认识到判断失误,并且彻底改变了态度。

近二十五年之后,我的判断丝毫没有变化:不管付出多大代价,我们也绝不能和极右势力联盟,更不能让我们的支持者变成牺牲品。唯一的态度就是忽视他们,尼古拉·萨科齐①在2007

---

① 尼古拉·萨科齐(Nicolas Sarkozy,1955—),2007年至2012年任法国总统,在2012年法国总统选举中负于弗朗索瓦·奥朗德,无缘连任。

年总统选举之前做得很好。在欧洲议会,代表极右势力的议员一进场,就会受到其他组织的抵制。几年下来,他们的激进言论让他们处于完全孤立的境地。

然而,并不像大多数人认为的那样,我不认为勒庞的缺席会减少我们在安全和移民问题上的争论。欧洲到处都在讨论安全和移民问题,因为我们已经开放了国界线,因为各国之间的自由流通引发了许多问题,因为地中海以南的局势非常可怕。因此我们常常陷于内疚和自我封闭的情绪。另外,如今有很多来自非洲、中欧及东欧的年轻人,来到我们的城市,他们没有收入也没有规划,梦想慢慢破碎。于是,欧洲所有国家都开始限制移民。自此,失业率居高不下,工作条件恶化,人们不禁拿自己的命运与外来移民比较。对一边打零工一边抚养孩子的妇女来说,她们的处境往往比完全由国家保障生活的移民更艰难。对于遭罪的人来说,这是难以忍受的处境。认为是让-玛丽·勒庞的演说造成了这样的问题,这种推理未免过于简单。

1984年,欧洲议会选举时,我在候选人名单的第一位。这一次情况不同:名单是统一的,归并了保卫共和联盟和法国民主联盟。这是因为雅克·希拉克想在欧洲议会问题上改革,就像他想在其他领域改革一样。与1979年相比,他的想法发生了根本性改变:我们不再是"他国代理人"。因为在共同农业政策方面,提出了很多和西班牙、葡萄牙即将加入共同体相关的问题,这个改变就更大了。几个月以来,法国农民是那样担心,所以我猜到保卫共和联盟将会采取巨大攻势反对扩大。因为那时,欧盟60%或70%的预算将要投向农业。幸运的是,这种事情没有发生,好像戴高乐主义者明白,和某些人所说的相反,蛊惑人心也是有限度的。我很快便确信,把保卫共和联盟拉到欧洲共同体这艘大船上的时机已经到了。让·勒卡尼埃的脸色阴郁,在他看来,戴高乐派同意联合欧洲主要是出于投机心理,并非出于信念。他甚至做了一项调查,了解他领导的中间派可能存在的影响。数据很快让他打消了这个念头:调查机构的记录是4%到5%。

中间派和戴高乐派经过漫长的讨论后,决定只提交一份参选名单。首先是考虑到欧洲议会的原因,其次考虑到对抗弗朗索瓦·密特朗必须统一态度。这个决定既带来了竞争策略上的担忧,也带来了希望,面对左派的团结,保卫共和联盟或许为了和中间派形成国家需要的强大政治力量,放弃自己的领导地位。直到那时,我们主要面对的还是欧洲视野。关于其他事情,应该承认,我们和这些反对派一样存在分歧。因此,在社会政策方面,右派和中间派的关系十分微妙。法国民主联盟同时接收社会民主党人遗留分子、基督教民主党人士、狂热拥护政教分离的激进派以及追随吉斯卡尔·德斯坦的自由党人。瓦莱里·吉斯卡尔·德斯坦当时为了对抗戴高乐主义党而创办的民主联盟,有点像西班牙客栈①。

当时联盟团结一致投入欧洲议会的战斗,但气氛并没那么和谐。我几乎完全没有注意名单的组成,但我至少得说,罗贝尔·埃尔桑②的出现让我感到很不快,大家都清楚他在维希的

---

① Auberge espagnole,西班牙客栈,在法语中意为原本什么都没有,来自各方的人带着自己的东西入住的地方。
② 罗贝尔·埃尔桑(Robert Hersant,1920—1996)在"二战"时曾投靠贝当政府。法国解放后,他以叛国罪被处过徒刑;被释放出狱后,于1950年开始办报纸。他先后创办了《汽车报》、《瓦兹省晨报》和《中部新闻报》。20世纪60年代,已经拥有二十多家地方报纸。70年代,开始收购全国大报。先后收购《巴黎—诺曼底报》(1972)、《费加罗报》(1975)、《法兰西晚报》(1976)、《震旦报》(1987),从而成为法国最大的报业集团。到80年代后期已有报纸四十多家,占地方日报发行量的26.4%,巴黎日报发行量的38%。埃尔桑自诩为右派领袖,其报纸亦是为财团和右翼政治势力服务的工具。

那段历史。有人劝我,不要得罪万能的《费加罗报》的老板。又一次,政治打败了道德原则。我唯一的脱身之计是向曾隶属社会民主左翼联盟的报社投资方求助。弗朗索瓦·密特朗曾领导过这个政治小团体。我有充裕的时间反驳在这一问题上疯狂攻击我的社会党人,我没有示弱。无论如何,这是我人生中第一次因为时运不济被迫妥协,在我眼中,这是有损我名誉的行为。为此,我没有因为罗贝尔·埃尔桑未能在斯特拉斯堡立足而得意。

名单上第二名是贝尔纳·庞斯。他是一位支持戴高乐党派的医生,我和他自人工流产法投票起就维持了很好的关系。当初多亏了他,选举进行得十分顺利。尽管贝尔纳·庞斯当时并不支持欧洲一体化,却表现得令雅克·希拉克十分满意。他是个忠于党派的人,做事就像有领导要求一样。我们的统一名单带来了确定的成功,这并未阻止差点当选的戴高乐派另立山头,稳固自己的团体。这样我们就失去了在欧洲议会中加强法国影响的机会。还有一个更让人遗憾的插曲,在这次选举中,民族阵线党戏剧般的出现了。为了与极右派观点划清界限,右派和中间派努力用同一种声音说话。

在我担任主席期间,我们多次反对戴高乐派,这让我坚定了自己的看法:尽管有诱惑,我们不能为了团结而不惜一切代价。五年后,欧洲议会第三次选举时,政治环境发生了新的变化。瓦莱里·吉斯卡尔·德斯坦,从1981年的失败中恢复过来,试图重新走到台前。他抓住欧洲议会选举的机会,想和保卫共和联盟一起提出竞选名单,就像五年前我们做的那样。这种假设让我不满,不仅因为他从前的委任不曾让我信服,我对1984年的名单并没有什么好印象。另外,我已经厌倦看到欧洲议会成了为法国政党领袖服务的简单工具。作为在1981年让吉斯卡尔败北的主要敌手,雅克·希拉克却在这一次成为吉斯卡尔不可或缺的联盟。因此,我决定和社会民主党中间派的朋友们冒一次险。

选举十分艰难。保卫共和联盟为了占据地盘,动员了他们所有的联络网和拥护者。当时我还痛苦地察觉到,在他们眼中,我们是比社会党更可怕的敌人。因为内部分裂成几个派别,法国民主联盟很难再让人们听到它的声音。我那时意识到从属于一个实际上并不统一的党派是一件困难的事,老是想着什么都是,到头来什么都不是。此外,当时的形势也迫使我们分解。一次不幸的访问令我终生难忘:在我的竞选指导人弗朗索瓦·贝鲁①的建议下,我去拜访诺曼底选区的让·勒卡尼埃,我在20世纪50年代人民共和运动中认识他,我还记得五年前他极力坚持提交一份纯中间派的名单。我到了鲁昂,参加了在市政厅他的办公室召开的新闻发布会。我听到让·勒卡尼埃对记者说:"我非常高兴迎接韦伊女士,原因很简单,因为我们将不出现在同一名单上,我属于吉斯卡尔派。"我所言虽令人惊讶,却句句属实。我那时几乎还不了解弗朗索瓦·贝鲁,但却信任他,在我看来,他机敏睿智、充满活力。如今,贝鲁向我展示出本来面目,仅在几天之内就面不改色地出尔反尔。事实上,贝鲁只关心自己的政治前途,从青年时代起,目标只有一个——爱丽舍宫。

如果我们不考虑这个关键因素——他确信上帝指名让他成为总统——就无法理解这个人。为了这个萦绕在心头的顽念,他可以牺牲原则、同盟和朋友。就像所有心中满是魔障的野心家一样,他按自己的想法把人分成两类:阴谋家和投机者。以至于他担心我会成为他竞选中的绊脚石,因为在所有情况下,他都会认为别人只会妨碍他。从那时起,我很快便发现他暗中破坏

---

① 弗朗索瓦·贝鲁(François Bayrou,1951—),多次任政府教育部长,欧洲议会前议员,欧洲议会主席顾问,现任法国民主联盟主席。

竞选名单的一些勾当。事实上,这样的态度对他自己的损害更大。我并不在乎弗朗索瓦·贝鲁的算计,因为我从来没想过要参加总统选举。可是我对结果感到遗憾,因为名单中的某些优秀人选完全有资格进入欧洲议会。

这些波折很快被忘记。因为几个月后发生了一件意义重大的事件,毫无疑问,这是 20 世纪末最受瞩目的事件:柏林墙①的倒塌。它因为标志一个旧世界的终结和一个新世界的到来而更具有象征意义。

即使某些专家预料到了这种可能性,德国统一进程也仍不明确。相反,所有人都看出,东欧国家表现得越来越没有耐心。而苏联不仅失去了当年在布达佩斯或布拉格迅速展开坦克大战的军事反击能力,也打消了这样的念头。此外,一些人也知道,两个阵营的德国领导人都渴望德国统一。在这两大阵营看来,要解决的只有一个原则问题;联邦德国已经充分做好帮助民主德国的准备,而民主德国也只想着摆脱苏联的掌控。

我还清楚地记得 1982 年,在卸任欧洲议会主席前的那次访问。在准备庆祝路德诞辰五百周年期间,民主德国发生了大规模的游行。我的德国同事马丁·邦知曼②,时任自由党主席,坚

---

① 德国在"二战"期间被美、苏、英、法四国分区占领,1949 年美、英、法三国占领区合并为德意志联邦共和国(西德),而苏联占领区则成立了德意志民主共和国(东德),德国分裂为两个国家。在此情况下,柏林也因为被四国分别占领而分裂,美英法三国管制下的西部称为西柏林,与苏联控制下的东柏林相对峙。战后的经济恢复发展中,西柏林得到西方国家的援助,经济发展迅速,吸引大量的民主德国人民通过西柏林逃往联邦德国。民主德国在受到了巨大损失之后,在 1961 年采取建筑隔离墙的办法阻止民主德国公民进入联邦德国,而这道防护墙就是历史上有名的"柏林墙"。1989 年 11 月 9 日拆除。
② 马丁·邦知曼(Martin Bangemann,1934—),德国与欧洲政治家,曾任欧洲委员会副主席,德国自由民主党主席。

持让我陪他回去。我马上向他提出了此行的条件:"不能把我卷进一场可能被解读成旨在恢复德国统一而奔走的出访,这会在法国引起讨论。"他的回答既消除了我的担忧,也让我感到讶异:"不要怕,这不是什么政治花招。我只是想让您意识到我们的根在民主德国。"我这才意识到文化认同方面的重要性。从那时起,我们开始认识到这个问题的分量,什么都不能阻挡即将到来的统一。在柏林,和民主德国政府的波恩代表的长谈也更加坚定了我的信心。他花了大量时间解释,他的最终使命就是为德国的重新统一作准备。

然而,德国真正统一却直到多年后才得以实现。统一——对于没有准备的人来说,就如一声惊雷——前的三个月,我被美法商会邀请到旧金山作关于欧洲的演讲。飞机上,我读到了威利·勃兰特的言论:德国的统一不是一蹴而就的,它需要时间。要想形势走出僵局,大概还要等上两三年。这位前联邦德国总理大概表达的就是这么个意思。我们大多数人都预感到有什么事情正在暗中酝酿着。在里根和戈尔巴乔夫较量之后,匈牙利人强行打开了自己的国门。很快,捷克人也不费吹灰之力就投入西方社会的怀抱。然而,民主德国的人却依然游离在西方世界之外。

几周之后的11月8日,我到了巴塞罗那。我和加泰罗尼亚区的主席共同主持关于欧洲地中海主题的研讨会。对于欧洲沿地中海国家的领导人而言,他们心中都一直存在一个担忧:应该和马格里布及非洲人民维持一种什么样的关系?我正坐在主席台上,来了一封电报,说民主德国的将于明天打通柏林墙,实现自由流通。大会主席皮若尔当即在大会上宣读了这份电报,会场的反应着实令人难忘。与会的欧洲代表(大部分都来自欧洲议会)激动得热泪盈眶。然而,那些非洲人却坐在那里,掩饰不住他们的不安。他们立即认识到这个改变将会产生深远的影响。此后,欧洲对发展中国家的援助都转投到前苏联阵营的国家中。你会惊异地看到,面对即将到来的困难,一些人心中充满了希望,另一些人忧心忡忡。

研讨会于当晚结束,我便按原计划立即返回巴黎。而与计划有出入的是,第二天我和安托万去了柏林,这次突访还得多谢记者朋友帮我们在一架私人飞机上预留了两个位置。这样,我们才得以兴奋地亲身感受自由的第一天。在勃兰登堡门西侧一带伫立着连绵不绝的柏林墙,几排士兵手握武器站在上面,一动不动。然而,人们感觉到长期以来他们代表的威胁已经不复存在。在场的人群中并没有发生任何骚乱,相反,绝对的沉默和平静给人留下至深的印象。有人时不时地靠近柏林墙,士兵会向来人作出禁止的手势,这人便后退几步。接着,人群又陷入寂静,继续向柏林墙涌去。后来,黄昏时分,城墙被打开多处缺口,欢乐的气氛随之爆发。

欧洲议会中的讨论很快指向一个明确的问题:民主德国的身份是什么?从法律上讲,不存在任何问题。《罗马条约》中有一项追加条款,如果德国重新统一,民主德国自动纳入联邦德国的政治体系。形势已被预见,但是一些实际问题还远远没有得到解决。于是,我们迅速成立了一个特别委员会,研究把欧洲法应用于民主德国领土的必要措施。我们派出代表和当地的负责人会面,但收效甚微,因为那时不存在任何和我们的政党对应的党派。

大家都还记得弗朗索瓦·密特朗在迎接德国统一进程时表现出的小心谨慎。然而我们却不太清楚,他1991年在布拉格组织了一场会议,不仅邀请了民主德国、联邦德国双方的代表,还邀请了东欧其他国家的代表。当时,我和法国代表团共同前往赴会。几个委员会迅速展开工作,讨论在大欧洲联盟的视角下,适于开展哪些社会文化政策方面的工作。我负责主持一个制度委员会,成员中有罗贝尔·巴丹泰[①]和莫里斯·富尔[②],他们俩都曾接到法国总统的严格指示。

会议中还出现了一个意味深长的细节。我还记得法国代表团分发了一张信纸,上面点缀着一张地图,是包括俄罗斯在内的新欧洲"联盟",俄罗斯从前在东欧占据的大片领土如今仅留片瓦。主持开幕会议的瓦茨拉夫·哈维尔[③]发现了这张地图,大叫道:"永远都不可能有这样的欧洲!我们不想要这样的欧洲!"他的这个发自内心的叫喊,反映出俄罗斯所代表的恐惧。地图上只有俄罗斯,当然没有标注美国,好像大西洋同盟不复存在。实际上,密特朗所期望的联盟,让我们完全脱离大西洋同盟,这对东欧国家来说是一个真正的噩梦。他们知道,欧盟没有任何防御体系。事件之后,唯一让东欧国家感兴趣的大国是美国。因此,会议进展并不顺利。

会议气氛一下子变得紧张起来,各委员会全天不停地工作。我主持的委员会需要考虑一个政治计划来确定西欧与东欧新解放国家之间的关系。尽管法国代表团付出很多努力,但是经过三天经常争执不下的激烈讨论得出的提案却完全不符合弗朗索瓦·密特朗的希望。会议收尾的前一夜,我要去巴塞罗那领取西班牙人坚持向我颁发的荣誉奖。我清晨五点返回时,在房间

---

① 罗贝尔·巴丹泰(Robert Badinter,1928—),曾任政府司法部长,在他的努力下,法国1981年废除死刑。1986年至1995年任宪法委员会主席。
② 莫里斯·富尔(Maurice Faure,1922—2014),法国抵抗运动成员,政治家,曾任司法部长、装备与住房部长。
③ 瓦茨拉夫·哈维尔(Vaclav Havel,1936—2011),捷克斯洛伐克(后为捷克)戏剧家,国务活动家。1989年至1992年任捷克斯洛伐克联盟共和国总统,1993年至2003年任捷克共和国总统。

门下发现一封信,信上说东欧国家的代表不接受罗贝尔·巴丹泰和莫里斯·富尔的提议。我们上午八点集合,确认此次会议没有达成共识。同一天,瓦茨拉夫·哈维尔举行告别宴,邀请了各方高层。当弗朗索瓦·密特朗得知联盟计划破产,立马大发雷霆,他认为这次的失败是由于我们无能导致。此后,包括总统在内,无人再提此事。然而,即使二十多年过去了,西欧和东欧仍然无法做到相互理解。雅克·希拉克始终不明白为什么东欧这些国家会投向美国的怀抱。

我怎么会不怀念这段建设欧洲的历程呢?期间,我遇到那么多杰出的人物。我至今还记得 20 世纪 80 年代初时,赫尔穆特·施密特①数次向我提及德国统一问题,"我们或许无法亲眼见证统一,但是我们会千方百计做好统一的准备工作,特别是在体育和文化方面"。赫尔穆特·施密特才智敏捷,比赫尔穆特·科尔②更加细致周到,而后者的坚定信念给我留下深刻印象。我还见到了玛格丽特·撒切尔③,她并不像传闻中说的那样难以接近。在她访问欧洲议会时,那时英国负责主持议会,她没有像很多其他政府首脑一样,只是简单地走个过场。可是,气氛却并不友好:那天,左派议员佩戴黑纱……当玛格丽特·撒切尔开始回答问题时,所有人都对她的才能感到惊讶,原本嘈杂的会场也安静下来。然后,我们两个人单独去吃了午饭,她的确是一个

---

① 赫尔穆特·施密特(Helmut Schmidt,1918—),前联邦德国总理(1974—1982)。
② 赫尔穆特·科尔(Helmut Kohl,1930—),德国政治家,1982 年至 1998 年任总理,在他任内德国统一。
③ 玛格丽特·撒切尔(Margaret Thatcher,1925—2013),英国右翼政治家,第 49 任英国首相,1979 年至 1990 年在任,她是至今为止英国唯一一位女首相,她的政治哲学与政策主张被通称为"撒切尔主义",外号"铁娘子"。

严肃、强硬的女人。

我也深深记得克林顿夫妇。克林顿热情友好,极具魅力;希拉里则才智过人,经常像美国政治家那样表达自如,高效、简洁地阐明论据。我认为她和拉脱维亚卸任总统瓦伊拉·维基耶-弗赖贝加①女士是给我印象最深的两位女政治家。其他美国总统给我的印象与大众评价无二。罗纳德·里根是一个杰出的演员,他可以在镜头前本能地运用言语、手势和眼神。老布什则和蔼可亲又不失精明。

在我任欧洲议会主席期间所见过的众多人物中,最吸引我的一直是安瓦尔·萨达特。在他结束耶路撒冷之行后,我和克洛德·谢松想请他来欧洲议会发表演讲。在卢森堡举行的一次会议上,安瓦尔·萨达特展现出自信和才华。他是一个与众不同并享有特殊威信的政治家。会后我们两人单独用餐时,我平静地问他将如何解决耶路撒冷问题,他笑了笑,回答道:"如果有一天,只剩下耶路撒冷问题要解决,那就表明我们已经取得很大进步,您不必过于担心,我们会找到办法的。"很多年过去了,以巴关系非但没有改善,反而比以前更加紧张,这如何叫人不惋惜?如今,对一部分以色列人来说,基本可以接受建立一个巴勒斯坦国家,可是这种设想却变得越来越模糊。

有时我也会回想起我在欧洲议会十三年中所经历的风风雨雨。我主管一个人员可以自由流动的专家团队。我坚持强调,如果委员会的官员太具欧洲思想,他们就有专家政治的特点,经常与国家现实脱节。还有一个令人难忘的时刻:在十八个月或两年的时间里,我参与了计划 2000 年在里约热内卢召开的地球峰会的筹备工作。起初,我们并没有计划探讨健康问题,但是国

---

① 瓦伊拉·维基耶-弗赖贝加(Vaira Viķe-Freiberga, 1937—),1999 年至 2007 年任拉脱维亚总统。

际卫生组织填补了这个空白。他们让我主持一个工作组,使得我在一星期之内两次到访里约热内卢:一次是为递交工作报告,一次是为陪同密特朗参加地球峰会。这次峰会标志着环境领域全球政策的开端。

说到底,在我的一生当中,我有幸能集中精力打破陈规,参与社会和法律领域的创新。一直以来,我都希望能成立一个关注社会问题,尤其是健康问题的达沃斯论坛。我们清楚地看到对这类交流的资助是个难题,但它在这个瞬息万变的世界中不可或缺。若是为了发展经济,从不缺少资金。可一旦是为了社会事务,从来都是没钱,除非是"打击"药商,这也向讨论的客观性提出了质疑。世界卫生组织也缺乏资金,只能时不时地给予微薄的帮助,该组织在里约热内卢的环境会议时就是如此;交换意见后,我当时还有幸宣布了会议结果。

我遗憾地看到,很多情况下,现实原则制约了人们的创新和行动,许多次经历都证实了我这个观点。当我离开欧盟政治舞台后,并没有停止我的操劳。

50年后在奥斯维辛与子孙在一起

1991年布拉格会议上密特朗总统的联盟欧洲计划

一看到这张地图,人们就害怕,这个欧洲因为俄罗斯疆域辽阔并与大西洋联盟隔离而完全失衡,这尤其让几乎还未脱离苏联枷锁的国家的代表感到害怕。

第八章
重返政府

尽管在20世纪80年代遇到了一些困难,但我对生活还是很满意。自从卸任欧洲议会主席,我便进入一些激动人心的委员会工作,尤其是人权委员会。如果孩子们不住在家里,我的丈夫又忙于自己的工作,我就有时间做很多丰富阅历的旅行。

就是在那些年,我发现了艾滋病悲剧在非洲大陆传播广泛。通过与医疗界人士的接触,我了解到这种传染病在法国蔓延的程度。因此,我习惯了每个星期三晚上去巴黎十三区的一家医院,世界卫生组织的一位艾滋病专家卡察契肯①教授,在那里接待前来咨询的病人和家属。很多病人由于工作原因没有其他可自由支配的时间,也不想让别人知道自己的状况,因此选择秘密访医。这些咨询成为他们碰面的机会,发掘出他们的力量和个性。病人和家属之间自由交流,交换书籍,一起听音乐。因为当时医学上尚未有任何有效疗法,而且,此病属于禁忌,气氛就更加令人伤感。许多家庭不知道病人状况,更糟糕的是抛弃他们,病人忍受着令人恐慌的孤独。卡察契肯教授的门诊是他们最后的归处,是他们在难以承受的生命中,能与他人相聚自由聊天的唯一时刻。

---

① Kazatchkine,现任全球防治艾滋病、结核病和疟疾基金会执行主任。

我很快开始在非洲（艾滋病传播最快的地方）研究这一课题。我在那里的发现，最终让我关注公众漠视的健康悲剧。当我们在法国提及非洲的情况时，没有人对此感兴趣。我想起20世纪90年代初在凡尔赛为欧洲议会主持的一次会议。欧洲议会获得了相对较多的应对灾难的经费。当时另外一位声援非洲的联合主席是一位年轻的乌干达议员，出乎我的意料，她表达了和我相似的观点。她认为，让非洲大众意识到艾滋病的灾难是不可能的。天主教教会坚决反对使用避孕套。一两年后我重任卫生部部长时，历史又一次被重演。菲利普·杜斯特-布拉齐①和我成功地在巴黎组织了一场大型国际会议。会议却险些被一些政客暗中破坏，他们害怕防御艾滋病行动会提高我们的威望。我们坚持同他们斗争，但是本应投入健康事业的精力，却被用于对付他们了。

1993年3月30日，我要去纳米比亚，参加非洲—加勒比—太平洋国家协定组织的一个关于艾滋病的重要研讨会，代表欧洲议会出席该会。就在我出发前几个小时，我接到新上任总理爱德华·巴拉迪尔②的电话。社会党在议会选举中惨败后，密特朗任命他为新一届政府总理。我不了解巴拉迪尔，对他没有什么成见。在我看来，他总是小心谨慎地应对政局，听到他建议我重新担任卫生和社会事务部部长时，我感到非常惊讶。

我犹豫了一会儿，想向他申请进入司法部。我猜测他可能会同意这个请求，但是我马上改变了主意。尽管管理一个熟悉

---

① 菲利普·杜斯特-布拉齐（Philippe Douste-Blazy, 1953— ），法国政治家，心脏病科医生，曾任文化部、卫生部、外交部部长，现任联合国秘书长特别顾问。
② 爱德华·巴拉迪尔（Édouard Balladur, 1929— ），戴高乐派政治家，法国总理（1993—1995）。

且热爱的部门可以获得极大乐趣,但我知道,如果没有坚实的政治根基,等待我的任务将会十分艰巨,甚至不可能实现。当涉及一些深刻影响局面的决定时,例如在一些政客或高层经济参与者的诉讼中开绿灯,如果没有坚实的后盾是做不到的。无论是公众舆论,还是久经沙场的政坛老将都常常忽略这一点。我记得试图打开莫里斯·富尔眼界的一次经历。他是第四共和国政府中一位资深人士,曾因担心劳累过度而拒绝担任外交部长。他对我说,弗朗索瓦·密特朗向他推荐"更为平静"的司法部长一职,他是多么高兴。我这样回答他:"您错了,您将承受比在其他任何部门更大的压力。"几个星期之后,他又对我说了真心话,我一点也不感到惊讶,"您是对的,司法部太可怕了,我放弃了"。而我之所以有这样的认识,是因为我担任卫生部部长时,曾亲眼见过司法部同事在一些问题中艰难挣扎。那时我经常告诫自己:"如果有一天我当司法部长,那我情愿一死了之。"我以前在勒内·普利文部下所经历的并没有那么轻松。尽管勒内·普利文享有很高的威望,有让他承受压力的政治经验,我还是看着他因为工作筋疲力竭。司法部成为他光辉的政治生涯的终点,这让他感到伤心。我既没有勒内的经验,又缺乏政治依靠,几乎不敢想象自己在旺多姆广场①的日常工作是什么样。在尚未经历改革的背景下,写到此处,我不禁想到拉希达·达蒂②,我赞赏她清晰的头脑和无畏的勇气。

回到 1993 年。我在卫生部从未感到这样的压力和这样的行会保护主义。这个职位完全符合我的期待,也是我自信能够

---

① 法国司法部坐落于旺多姆广场 13 号。
② 拉希达·达蒂(Rachida Dati,1965—),2007 年,总统萨科齐任命她为司法部长,是首位出任政府要职的穆斯林政治家。

担当的。面对战斗时,我总是迎难而上。因此,我很满意巴拉迪尔总理的提议。但我还向他请求负责城市事务部,因为我觉得这一领域形势正在变化,新政府应该出台一项有力政策。他同意了我的请求,不过我认为,他并不理解其中是什么令我感兴趣。的确,富有威望的前任部长伯纳德·塔皮[①]鼓舞了年轻人,但却没能掌控错综复杂的政治队伍。

就这样,我经历了法国政府的左右共治[②]时期,亲身感受了密特朗总统病重后挥之不去的凝重气氛,时间一个星期一个星期地过去。召开部长会议,我们有时得等他半个小时。随后,会议就在沉闷的气氛中进行,批准法律草案和任命官员的时间只有几十分钟,交流时间更是被缩到最短。在马提尼翁总理府召开部际会议时,所有方案前一天就生效了。当时,我坐在总统的右边,有时会遭到尖刻的批评,因为我做笔记,这在会议中是不被允许的行为。最后,会议草草结束,我们便沉默地返回各自的部门。

然而,尽管密特朗总统出席会议的次数越来越少,也不表示巴拉迪尔总理就完全自由。我对他极端的谨慎感到惊讶,可能是出于礼貌和上下有别的观念,也可能因为他不愿让弗朗索瓦·密特朗感到不快。可能在他看来,国家形势已经足够困难,不能再给国家首脑增添持久较量的烦恼,否则就会像第一次左右共治那样深陷泥沼。当时法国正处于极为罕见的通货紧缩时期,这让左派的信用扫地,使新政府的行动余地几乎化为乌有。

社会保障赤字变得无法预测,这并未简化我的工作。对开支部分进行财务分析并不是难事,但是采取针对措施就是另外

[①] 伯纳德·塔皮(Bernard Tapie,1943—),法国商人,曾任城市事务部长。
[②] 密特朗在位期间出现过两次左右共治,分别为1986年至1988年与希拉克总理共治、1993年至1995年与巴拉迪尔总理共治。

一回事。花费持续增长已成常态,其中的一个原因就是滥用药物。世界上没有哪个国家像法国那样消耗那么多药物。近期针对非专利药物①做出的努力成为一种节约办法,即使病人的意见有很大保留。还有对病人舒适的极端重视。与其他国家相比,法国在这方面又在极少数之列,耗费巨大。此外,我还听说开出的医疗休假处方数量巨大,管控力度不均。管理严格的地区医疗管理处开具的假条对病假率有限制,卡尔瓦多斯省那时就是如此,现在可能还是这样。然而,罗讷河口省和滨海阿尔卑斯省的病假率更高。至于收入,如果其他情况恒定的话,其水平随失业水平变化。

医院的管理也同样存在问题。尽管几任部长都明显地改善了管理,但由于领导资质不同,收获的成效差别也很大。一般来说,医院的布局就像法院的布局一样,并没有因为人口数量的增多而进行相应的改变。法国城市医院里,走廊上都设有床位。而在乡村小医院里,外科手术案例太少,以至于医生无法获得手术安全要求的必要经验。

似乎还嫌这种局面不够棘手,后来推行的三十五小时工作制又让医院经历新的困难考验,至今没有走出困境。这项制度导致值班混乱,导致需要扩人招聘,但因经费不足,不能满足扩编的要求,只能使医院日常工作变得更加复杂。护士已经受益于调整后的时间表,容易达到高报酬指标,这项措施就愈发显得不合时宜,它本是用于解决招聘困难的条件。三十五小时工作制不仅没能解决问题,相反只会加剧问题的严重程度。如今,医务系统的运转似乎已经达到极限。当人们来到医院,在急诊或其他地方,总能在走廊上看到床位。作为自诩拥有世界上最好

---

① 非专利药是指药物专利特有者之外的企业因专利过期,或者是合法取得专利授权而生产的药品。一般只标明药品通用名而无商品名。

医疗制度的国家，这样的形势令人不能接受。但是，这种情形还会存在多久呢？

除了严格管理的因素外，还有一些因素我们的管理无法左右，因为它们涉及寿命。我首先想到人均寿命的延长，这个巨大进步对健康费用不是没有影响。另一方面，我们欣喜地看到，重大疾病得到比以往更好的治疗。现在，我们可以救回从前无法挽回的很多生命，但这产生了开支，因为尖端技术非常昂贵。问题的最后一个方面不容否认而且难于解决：从未缴纳社会保障金，却需要国家完全承担治疗费用的居民数量持续增长。即便左派和右派都不愿提及，也很容易看到，社会保险要覆盖无工作的移民，代价巨大。因此，收支两条曲线的距离一直在增大：代表花费的曲线一直在上升，代表收入的曲线却呈下降趋势。在这样的情形下，很难想象两条曲线还能交汇。它们无限地分离下去，社会保险赤字持续增大，这些都令人难以接受。

更加困难的是立刻拿出解决方案。我认为，大量削减支出和增加可能的收入同等重要。或许居民自行支付部分医疗费用的方案能显著减少支出。前后几位部长朝这个方向努力，或多或少都取得了一些成功。至于提高社会保险征收金额的办法，我们总是很难消除对它的担忧和顾虑。参加更大额度的补充保险只涉及一小部分人，而且很多政治家振振有词地强调人民承担的赋税已经够重。在这种情况下，应该怎么做呢？在这点上，像在其他领域一样，法国人可以参考欧洲其他国家处理或解决这一问题的经验。虽然不了解具体详情，但我知道斯堪的纳维亚人已经着手对社会保障制度进行深入改革。得知最后的制度方案后，我们可以确信这些改革是劳资双方达成的一致成果。我们深入研究他们的改革，只会获得好处。

有一位年长的法国女性,在富人圈里颇有认同者,想让我们交过重的税。我不赞同这种观点。从经济方面讲,税收是必不可少的;从社会方面讲,是合乎道德的。因此依据自身收入纳税是合理的。斯堪的纳维亚人的税收比我们更高,但是他们的国家更公平,失业率比我们更低。在这一方面依然如此,与其他欧洲国家的比较,能够帮助我们思考一系列问题。

尽管在我看来,自身存在缺陷的左右共治制度是我们能想象到的最无用的制度,但是我所在的政府团队是热情友好的。我和时任司法部长的皮埃尔·梅艾涅里①合作十分愉快,一起融洽、高效地解决了很多问题。阿兰·朱佩②也很友好,作为一位优秀的外交部长,他能敏锐地把握世界形势。堪称完美的职业生涯中唯一的阴影:法国在卢旺达种族屠杀案③中保持缄默态度。直到如今,这件事还远未澄清。大概法国卷入此案的程度比那时我们预计到的更深。密特朗总统延续了前几任法国总统的态度,支持胡图族。而左右共治政府使阿兰·朱佩的工作更加复杂。就像戴高乐主义全盛时期那样,当时的对外政策,特别是对非洲的政策, 一直由共和国总统及其亲信一手掌控。当我们延续传统支持胡图族时,比利时却支持图西族。这种情况由来已久。总之,就像非洲殖民地斗争时期,各国都有支持的部

---

① 皮埃尔·梅艾涅里(Pierre Méhaignerie,1939—),法国政治家,前国务部长、司法部长(1993—1995),曾任国民议会财政委员会主席。
② 阿兰·朱佩(Alain Juppé,1945—),法国总理(1995—1997),两次任外交部长,还担任过生态兼可持续发展及规划部长、国防及退伍军人部部长。
③ 卢旺达种族大屠杀,发生于1994年4月7日至1994年6月中旬,是胡图族对图西族及胡图族温和派有组织的种族灭绝大屠杀,共造成80至100万人死亡,死亡人数占当时全国总人口的1/9以上。大屠杀得到了卢旺达政府、军队、官员和大量当地媒体的支持。除了军队,对大屠杀负主要责任的还有两个胡图族民兵组织,大量胡图族平民也参与了大屠杀。

族。此外，还有法国政府对美国在该地区不断扩大影响的猜忌。当时的情况是，不能再助长种族间的敌对情绪。再说在当时的制度背景下，许多诸如此类的问题尚属禁忌。我记得当时的部长会议中，根本没有人提到此事，更不要说对此展开讨论。今天，当记者们指责时任部长的缄默态度时，就像他们最近指责我那样，他们不清楚左右共治政体为我们的行动强加了多少限制。

也是在这个政府中，我结识了一位活跃机智、勤奋努力且精通专业的人：尼古拉·萨科齐①。我一直记得和他就我的部门预算而展开的讨论。年轻部长，乍看缺乏经验，却比我的预算主管更清楚我们的数据。自此，这个年轻人名声大噪。自那时起，我与他维系着友谊和信赖。萨科齐总是保持着昂扬的斗志。他只有在面对重量级对手，捍卫自己的信仰的时候，才能舒展自己的才华。因此，很难说2007年的总统选举为他提供了平等对决的机会。我相信，他宁愿对战经验丰富且实力非凡的多米尼克·斯特劳斯-卡恩②，而不是实力稍弱、判断模糊却又固执得不撞南墙不回头的塞戈莱纳·罗亚尔③。

迫于左右共治制度，巴拉迪尔政府不能推行预期政策。总统大选日期越临近，决策就越难制定。在这一点上，我不是唯一抱憾的人。比如在退休改革方面，我们才走了一段路，远没有到达预定目标。另一个热点问题是社会保障，我们和雷蒙·苏比④(无可指摘的社会事务专家，雅克·希拉克和雷蒙·巴尔两

---

① 1993年至1995年间任预算部长。
② 多米尼克·斯特劳斯-卡恩(Dominique Strauss-Kahn, 1949—)，法国经济学家，律师，政治家，曾任法国财政部长。2007年获选为国际货币基金组织总裁，2012年5月宣布辞职。
③ 塞戈莱纳·罗亚尔(Ségolène Royal, 1953—)，法国政治家，曾任环境部长，弗朗索瓦·奥朗德总统的前女友。
④ 雷蒙·苏比(Raymond Soubie, 1940—)，人文资源和社会政策管理专家，2007年至2010年任萨科齐总统顾问。

届政府的顾问)共同制定了一个重大方案。我本来希望我们能够先将方案提交国会,测试议员及舆论的反应。不幸的是,日程安排搅黄了此事。巴拉迪尔总理宁可遭受指责,也不想被看到和密特朗总统背道而驰。自从他公开将参加总统选举的决定后,本就艰难的深层改革不得不随之推迟。这种情况可以说是民主国家的常态,我们的改革政策因此沦落为总统选举的牺牲品。

然而,在某些不为公众注意的问题上,部长确实有一定行动自主权。在城市事务政策上,总统和总理都给了我充分的行动自由。这样,我便可以直接和预算部长一起解决很多问题。如果说和尼古拉·萨科齐的融洽关系成为我工作的有益助力,那么和内政部长的夏尔·帕斯卡[①]一起共事则步履维艰。夏尔身上的担子很重,他也很想履行自己的职责。但我们的交流却并不顺畅,因为他时时刻刻把讨论聚焦在他挂心的主题上:禁毒。他常用禁毒的迫切性恫吓大家。作为内政部长,他的确有义务开展禁毒行动,但他看上去并不相信我所主张的禁毒教育和预防的好处。面对记者,他擅长通过宣扬医生在戒毒中的作用赢得声望,但事实上,他总是优先采取强制镇压措施。1994年,在纽约联合国总部将举办一场关于毒品问题的大会,本应是夏尔·帕斯卡代表法国参加会议,但到了最后一刻,政府又决定派我代他赴会。

后来在总统竞选中,爱德华·巴拉迪尔急于推行备受争议的警察查缉行动,的确损害了他的候选资格。但巴拉迪尔本人却一点也不了解这些争议,因为我也是直到第一轮选举的前两天才掌握这些动向。当时我正准备参加最终的电视辩论,一位

---

① 夏尔·帕斯卡(Charles Pasqua,1927—),法国政治家,抵抗运动成员,曾任内政部长(1986—1988,1993—1995)、欧洲议会议员。

参议员告诉我牵连到某位法官的流言正传播开来。为了获知更多详情,我立即向司法部致电。他们告诉我这是夏尔·帕斯卡放的冷箭,并提醒我在节目中要谨慎。我只得小心迂回地回答向我提出的问题,然而这并没有解决巴拉迪尔的困难。很多人惊叹于这位内务部长在节目上表现自如,很显然,他们并不清楚夏尔·帕斯卡曾是戴高乐政府的中流砥柱,也是一位杰出的大型选举活动组织者,在筹备会议或研讨会方面,他的才华无与伦比。

暂且不论夏尔·帕斯卡给我制造了多少麻烦,必须承认城市事务部明显不是最平静的部门。所有在那里工作过的人都经历过给他们留下灼痛回忆的片段。我记得当时公众舆论已近乎白热化。记者们热衷于追求报道能引人入胜,忽视客观性。着火的汽车、低龄犯罪团伙和充满挑衅的采访,这些具有轰动效应的新闻能在最大限度上吸引公众。我记得曾经访问过一个居民区,居民总体上都满意自己的生活,邻里生活也融洽。但是,所有的镜头都集中在一位"异类"身上,此人备受记者青睐。媒体关心的永远都是负面的事情。因此,没有人指出某些市长的功绩。例如,在马赛这样一座多种族社团混杂的城市,那时没有事端发生。诚然,社区生活得益于当地政府的关心和重视。让-克洛德·戈丹市长每个月都邀请所有宗教负责人到市政府会谈,涉及的宗教有天主教、耶稣教、犹太教、伊斯兰教甚至是佛教。各宗教负责人都能借此机会与他人对话。在这种情况下,他们能更好地管理教徒,因为没有导致宗教团体之间对立的东西。当年我访问马赛时,对这座城市整体呈现的祥和感到惊讶。省长和他的同事想到访问途中可能出现的突发状况就担忧不已。在他看来,参观华人街区要比参观穆斯林街区稳妥得多。事实上,要是我只和当地名流会面,他应该会非常高兴。但我并不是去马赛参加社交活动,于是我到了几个以骚动闻名的街区,受到居民的热烈欢迎。在那里,我和一些老人家交谈,他们不但坚决抵制毒品,而且对违法犯罪行为绝不屈服。那天,在马赛,尽管有省长在,我还是度过了特别的一刻。

后来,还是在政府职务背景下,我去了留尼汪岛。这一次,海外省及海外领地部长多米尼克·佩尔邦向我发出警告:"要特别注意的是不要去那些街区。这个时候情况很可怕。像绍德龙区这种地方绝对不行。"我去了那里,迎接我的只有热情的人民,在他们看来,共和国部长的到访象征国家对他们的关心,他们因此深受感动。不仅没有任何突发事故,我们之间的交流就像我曾经访问其他困难街区一样顺利,每个人都说出了自己的问题和期望。这些曾经陌生的街区实地经历,当地居民的交流意愿和坚定的爱国主义,这一切都让我深思,收获良多。

相比之下,在法国其他城市郊区,特别是巴黎郊区,过去和现在一直都在遭受种族社团分裂。在十年的时间里,年轻人成长起来,曾经压制下去的问题恐怕又有冒头的可能。我们不能再抱有天真的幻想:通过一些联合运动,一些原本对政治陌生,甚至敌视政治的阶层都开始政治化。与此同时,宗教现象蔓延,与高度要求世俗化的社会背道而驰。越来越多的伊斯兰妇女拒绝说法语,并且戴上面纱。年轻女性,无论是否自愿,都拒绝男性医生检查身体或帮助分娩。这就是媒体强调的少数民族的强烈"反法意识"来源。一件微不足道的事情就足以引爆原已紧张的气氛。这是 2005 年 11 月骚乱①的主要教训。与此同时,很多教师证实年轻人渴望融入社会,并坚定不移地朝这个方向努力。

---

① 起因是巴黎郊区克里希丛林市两名北非出身的男孩躲避警察时被电死,数以百计愤怒的青少年走上街头,焚烧汽车和垃圾桶,打砸店铺和一所消防站,并与警方发生冲突。

我们要做的就是鼓励他们并懂得接纳他们。简而言之，我们的社会贫富差距十分明显，所以最好避免辛辣的言语刺激。在最近的一次晚宴中，一位在法国学医的摩洛哥朋友坚持认为，在对待外国人时，英国比法国更为好客。我不禁参与了辩论。如果说伦敦是一座对外国富人开放的城市，那么当地的巴基斯坦街区则让人不由联想到悲惨的少数民族居住区，以至于政治负责人开始质疑神圣的英美集体社区模式。移民政策方面，正如当我们评价移民融入法国社会的能力时，不要一叶蔽目，不见泰山。

我们尤其要避免委婉的说辞和陈旧的偏见。就我而言，并不反对既定的移民方针。无论是欧洲还是世界其他地方，到处都有移民，例如加拿大。其原则很简单：各国根据本国人口需求接纳外来人口。近年来出生率持续走低的意大利比欧洲其他国家——如出生率较高的法国——对外国人更热情，这是很正常的。

当选举总统的时刻来临，我毫不犹豫地选择了爱德华·巴拉迪尔。尽管感觉在他的政府中我没有完全实现政治理想，但考虑到他需要克服的重重困难，我还是认为法国政府在他的领导下走上一条受人尊敬的道路。此外，巴拉迪尔总理审慎的改革精神在我看来也是光明前景的有力保证。这时，正如大家所预期的那样，雅克·希拉克也正式参与竞选。当时我们远远没有想到即将发生的会是一场在"三十年的老朋友"之间的自相残杀。尽管前期竞选稍显平淡，雅克·希拉克的支持率还是迅速上升，给他带来最终的胜利，而爱德华·巴拉迪尔失败的可能性也越来越大。确实，面对雅克·希拉克的竞选从来都不是件容易的事。在当时的情况下，两位候选人之间的差距过于明显。

一边是同代人中没有对手的政坛名将，深谙如何塑造亲民形象：善于握手、亲身品尝乡间农产品；另一边是五谷不分的高级官员：可能去农贸市场都分不出胡萝卜和莴苣。况且，不论是否事出偶然，一场政治风暴很快吹打到巴拉迪尔总理身上。去年秋天，在监禁阿兰·加里农①之后，某些部长由于"私人原因"辞职，这并没有给他造成损害。但是夏尔·帕斯卡主谋的舒勒·马雷夏尔一案②却让总理受到牵连。当时，这位内务部长看上去像一位令人讨厌的同盟，这极大地影响到巴拉迪尔的选票。

雅克·希拉克在严峻的政治背景下当选，由此引起了保卫共和国联盟内部长期的问题，另外还有执政团队的困难。例如在卫生领域，戴高乐主义派曾大肆蛊惑人心，赢得医生的选票。他们信口开河地向医生保证，要是他们的候选人当选，医生就无需再对一些惯例斤斤计较，诊费会大幅增加。这类承诺也出现在其他很多领域，而我们的国家正经历最艰难的时刻。阿兰·朱佩也在竞选时做出类似承诺，在成为总理后付出沉重的代价。在雅克·希拉克看来，选择爱德华·巴拉迪尔阵营的人已经信誉扫地。尼古拉·萨科齐的经历就可以说明这点，他不得不开始漫长的艰难征程。

很快，我接受法国移民高级委员会的邀请，在那儿接替前任行政法院主席马索·郎，应阿兰·朱佩总理请求我任该职，主要研究机会平等问题。当时法国社会开始关注这些问题。我们的任务是提出建议，例如，当时委员会提倡公共电视台吸纳不同肤色的节目主持人。那时，我们的建议并没有受到重视。接着，国

---

① 阿兰·加里农（Alain Carignon, 1949— ），法国政治家，曾任巴拉迪尔政府通信部长，后因腐败入狱29个月。
② 巴黎和上塞纳省低租金住房假发票事件的边缘政治经费事件，涉及保卫共和联盟秘密筹措资金。

民议会解散,左派重新掌权,我便离开了这个职位。

以上不是我在这一时期的唯一工作。在爱德华·巴拉迪尔竞选失败和阿兰·朱佩组建新政府后,我决定加入一个政党。选择显而易见,我加入了法国民主联盟。我选择了直接加入,因为我不希望通过构成这一庞大联盟的某个政党来参与,不希望自己卷入政治斗争,我感觉自己没有任何这方面的天分。我之所以加入中间派,是因为我有一贯遵循的原则,即欧洲建设的必要性、政治生活的开放和民主观念、推行社会改革。当时,法国民主联盟由弗朗索瓦·莱奥塔尔①领导,弗朗索瓦·贝鲁是秘书长。瓦莱里·吉斯卡尔·德斯坦负责该党已是过去的事情。我参加一些会议,但并不热衷制定政治策略;我的加入是为了支持一种思想潮流,而不是为了被选上某个职位。

总之,我的积极性是如此短暂,以至于我没有提出任何问题。在1997年11月组织的反思日中,我希望讨论关于法国社会的普遍问题。弗朗索瓦·莱奥塔尔被一个关于民族阵线党的讨论会缠住,缺席会议,会议由弗朗索瓦·贝鲁主持。会议谈到一些主题,其中包括弗朗索瓦·莱奥塔尔明确支持的男女平等。随后,讨论又延伸到民族阵线和移民问题。我介绍了法国移民高级委员会的工作,并强调在关于外国人的问题上明确立场的紧迫性。争论随即展开,我当时有些激动,呼吁在所有的社会问题上,都应勇往直前。我认为法国民主联盟一直表现胆怯,过于担心与右派冲突。现在,同盟清楚地自我定位的时刻已经到来。听到弗朗索瓦·贝鲁就我的提议表示斥责时,我并没有太吃惊。他突然冲我喊道:"有这么左的想法,我们的选民都会被你吓

---

① 弗朗索瓦·莱奥塔尔(François Léotard,1942—),法国政治家,曾任文化与通信部部长(1986—1988)、国防部部长(1993—1995),1996年至1998年任法国民主联盟主席。

跑!"我没留给他继续指责我的机会。会议在当天下午继续进行,我没有出席。

就这样,我毫无遗憾地离开法国民主联盟。我要感谢弗朗索瓦·贝鲁把我撵走。深思熟虑后,我认为自己并不适合这样的环境。我既缺乏必要的灵活性,又无法歪曲我的信仰。自那时起,我不再参加任何政治组织,不论是法国民主联盟还是其他组织,我没有比这方面更为糟糕的表现。我能从中学到什么呢?又能做些什么呢?我什么都学不到,什么都做不了。我从来没有期望在政界大展宏图,只是希望能坚持自己的信仰。政治确实为我所欲,但是一旦它沦为政客的勾当,便不再吸引我。

第九章
看见天狼星

有时候,偶然性很能成就一些事情。在离开法国民主联盟三天后,参议院主席勒内·莫诺里①请我去看他,他对我说:"宪法委员会将换届,将由共和国总统、国民议会主席和我任命三位新成员。我希望有第二位女性到这个几乎全是男性的机构工作,您感兴趣吗?"诺埃勒·勒努瓦②由亨利·埃马努埃利③任命,事实上她是第一位也是唯一一位宪法委员会中的女性。勒内·莫诺里说了第二条理由,对此我不能继续无动于衷:我对欧盟的信仰。然后他说了一个明确的观点,我清楚地感觉到他难于启齿:"很简单,您应该离开政治生活。"我立刻让他放宽心。"您说得真是时候,政治生活对于我来说,已经结束了。"

我同意了,勒内·莫诺里对此很满意。我很高兴回到曾经从事又喜欢的法律界,很高兴又能为政治服务,且也能与政治隔着一些距离。有一个细节我没弄明白:为什么参议院主席在任

---

① 勒内·莫诺里(René Monory,1923—2009),曾任工业、商业与手工业部部长(1977—1978)、经济与财政部部长(1978—1981)、教育部部长(1986—1988),1992年至1998年任参议院主席。
② 诺埃勒·勒努瓦(Noëlle Lenoir,1948—   ),法国法学家,法官,女政治家,1992年至2001年任宪法法院成员,2002年至2004年任欧盟事务部长。
③ 亨利·埃马努埃利(Henri Emmanuelli,1945—   ),法国政治家,社会党成员,曾任国民议会财政委员会主席(1991—1992,1997.6—1997.12,2000—2002)、国民议会主席(1992—1993)。

命委员会新成员的前几个月就告诉我他的意图？勒内·莫诺里告诉了我答案。"应该严守我们交往的秘密,您不要对任何人说起此事,因为事情如果传开了,有人会让我改变主意。这将会是白费心机,您可以信任我的决心。"我惊讶得说不出话。显而易见,权力的奥秘对我来说一直是陌生的……

事情就像勒内·莫诺里预计的那样进展。在接近任命日时,他第一个公开他的选择,这惹怒了雅克·希拉克。参议院主席对我说:"承受着这样的压力,我宁愿现在就宣布我的决定,让所有的阴谋诡计都停下来。"

1998年3月3日,三位新成员宣誓效力九年,任期在2007年3月3日结束。不论是在法院的工作还是在国家的政治生活上,这次委任都明显地与责任匹配。今天,在这次历程的尽头,我觉得有权说出对这个机构（通常不为我们的同胞所了解）的感受。

人们有时会为宪法委员会成员的任期感到吃惊。这个被认为过长的任期,在我看来却是合理的。这一职位不仅需要经验,而且需要稳定性和视野。况且在其他国家,宪法法院①成员是终身任命的。这是美国最高法院的情况,最高法院的法官比我们国家的法官拥有更多的权力,因为法院能确定审判权,而我们的宪法委员会却没有这项权力。因此,某些法律与宪法委员会相抵触,其中这样或那样的条文从宪法角度看有争议,但是自从它们发表在《政府公告》后就被认可。

宪法委员会成员的使命非常有趣。所有人都热切希望引领一场对法律和政治的真正思考。其使命包括预测提交给他们的法案在实践中将带来什么结果,检验它们与宪法思想和宪法文

---

① Cour constitutionnelle,宪法法院。基本职能为违宪审查。在法国,同等职能的机构称为"宪法委员会"(Conseil constitutionel)。

本的一致性,指出有分歧的地方,还有同样多的富有教育意义和影响的工作。

这个过程中,遇到了各种各样的情况。我看见过我们根本不赞同的法律文本获得通过,不给予任何申诉权。很幸运的是,宪法法院的大部分成员都有扎实的法律素养,同时也有长期从政或管理的实践,无论他们的政治背景是左还是右。在毫不客气的讨论之后,一致意见就会在欢乐的气氛中占上风。就这样,法院成了一个俱乐部。那里的气氛是愉悦的,轻松的。对外沉默的规则——正如其源自保留义务的规则——形成了一种默契方式。

自从第五共和国诞生以来,这一机构的定位有很大发展。开始时,根据使之生效的1958年宪法,它极少实施干预,如果有也仅是共和国总统、国民议会主席和参议院主席使用。这没有什么可吃惊的:戴高乐不喜欢抗衡势力。这个观点长期影响着我们的执政者,因为在很长时间里,宪法委员会的受理程序是特别的。的确,从1958年到1981年将近四分之一个世纪里,在法国经久不衰的多数派现象①排除了大部分难题。当时立法工作顺利进行。第一次改变发生在1971年,一个关于安全的重要文本提交给委员会时。为了证明那时宣布的撤销合法,委员会参考了陈述共和国基本原则的1958年和1946年宪法序言。此后,可以这么说,这项措施就被刻在宪法委员会的大理石上,委员会从此以后能够参考共和国的标准。因此,我们经常看到平等或自由原则成为很多决定的明确依据。就这样,宪法委员会的成员建立了一种没有争议的法律原则。

1974年,瓦莱里·吉斯卡尔当选共和国总统后,宪法委

---

① 多数派现象(fait majoritaire)指的是国民议会中明显有大多数人来自同一党派或持同一立场,而政府总理也通常出自这一党派。

会进行了一次重大改革。实际上,对任意法律条文起诉的权利已经扩展到至少由六十名众议员或参议员组成的任意团体,当然,程序介入要在法律颁布之前。从对法律条文的最终投票开始,宪法委员会正式受理后,就必须于短期内做出决定。这项有关受理程序的基本改革使委员会真正成为我们民主生活中的一个调节因素。此外,也是在这种精神下,吉斯卡尔构想了此次改革。他发现多数选举制通常可以得到现任政府的大力支持,因此,也应该给反对派一种真正的抗衡势力。戴高乐主义者在这一点上并没有搞错,只是在改革方面,他们表现得非常犹豫。从那时起,程序受理的数量不断增加。在弗朗索瓦·密特朗当选后,来自右派的反对者,不久之前还十分迟疑,突然发现这是有利可图的诉讼程序,并开始效法。之后,每当一项法律条文触及经济问题或社会形势时,就像有关移民的法律草案一样,法院的程序受理必然产生。上诉提出的这样或那样的问题可能会使法案遭到弹劾。

一个有关受理上诉程序的案例值得一提。在菲利普·塞甘①担任国民会议主席期间,他通过法院批准生物伦理法案。这不是传统形式的上诉,而是给一个在伦理角度可能有问题的法律文本一些额外的影响力与合法性。我认为我看到了令人欣慰的创举,遗憾的是它并未频繁发生。受理程序旨在批准而不是弹劾。它是否应该走得更远呢?长期以来,我们常常提及,宪法委员会参照其他国家的做法,向普通民众开放受理程序。一些人认为这种开放是有益的。

另外一个问题:仅有上诉本身,也就是说上诉程序受理中的

---

① 菲利普·塞甘(Philippe Séguin,1943—2010),法国高级官员,政治家,曾任社会事务与就业部部长(1986—1988)、国民议会主席(1993—1997)、审计法院第一主席(2004—2010)。

论证内容才牵涉宪法委员会吗？还是被上诉法案的整体？直到现在，委员会仍自动止步于上诉内容，但我们可以设想它把审查范围扩大到受裁决的整个法律文本。

我在宪法委员会的那几年里，法国立法中团体权利优先问题经历了长时间的争论。2004年开始，问题得到解决。此后团体权利占据上风，这适应了单一市场背景下不可回避的要求。然而，从政治观点看，法国主权并未受到威胁。所以2005年全民公决前，宪法委员会支持了欧洲宪法草案。

我作为建设欧洲的一名战士，曾向马佐①会长请假——需指明这是无薪休假——参加欧洲宪法公投之前的宣传运动。在我看来，对这项文本的否决简直是一场灾难。或许将这份草案提交全民公决是一个失误。很明显，宪法条款草案在议会中会得到绝大多数人的支持，这与投票箱中得出的结果正好相反。可是，一些人却以该项决定至关重要的名义，赞成雅克·希拉克冒这次险。他们看不见这也许并不是他的动机。他的动机往往是纯粹政治性的，甚至在我看来是政客性的。总统认为全民公决会让反对派陷入困境，这也在之后得到证实，但其造成的主要后果却是另外一回事。他们自食其果，因为法国，欧盟陷入制度与职能的长期瘫痪。此时，总统府、政府和国家重新陷入漫长的衰弱状态。在很大程度上，这次公投像2002年的报复一样发挥作用。

直到那时，半个世纪以来，法国和德国一直是欧洲建设的发动机。随着欧洲建设的瘫痪，我们的国家也陷入停滞状态。写到此处时，即尼古拉·萨科齐当选法国总统几个月之后，我们可

---

① 马佐（Mazeaud，1929— ），法国法学家，政治家，登山家，1998年至2007年任宪法委员会成员，2004年至2007年任宪法委员会会长。

以欣慰地发现，与塞戈莱纳·罗亚尔和弗朗索瓦·贝鲁不同，法国新总统立下了一项汗马功劳，他有勇气清楚地告诉法国人全民公决是一个死胡同，并且一当选总统就向我们的合作者推荐了一种改革进程，这让我们的国家重新回到一度被排除在外的欧洲讨论。

然而，近来的总统竞选并未使我对普选总统产生好感，虽然其结果符合我的心意。总统五年任期制也没有更多吸引我。我不否认，对于要在宪法委员会履职九年的人来说，我的那些被制度唤起的犹豫也许不合常理。无论如何，即使我不反对1958年宪法，我也坚持反对它在实践中造成的影响。约二十五年前，我接受《争鸣》杂志皮埃尔·诺拉的长篇专访，表达了我的惊讶。我曾在欧洲议会，我能够通过与我们合作者的对比判断，我们是多么缺乏民主对话，这令法国人惋惜不已。这种缺乏正是由制度实践和其导致的不平衡所引起，行政效率却并未因此得到保证。后来我们发现，左右派共同执政无法减少萧条，只能适得其反。

不同于我国宪法，我认为德国宪法给予我们的邻国一片很好的民主呼吸空间。诚然，德国战败后，为了在这个国家保证对民主的尊重，宪法被认真仔细地修订。在我看来，它同时也保证了权力平衡、高品质对话和行政高效，这些都是我们国家所没有的。

我也欣赏美国的民主制度运作，无论我对布什政府持多大的保留态度。而英国放弃了一部注重形式的宪法，是真正的民主政治。

无论如何，有一点很清楚，那就是我们的制度运行模式一直在不断地制造麻烦。

我曾希望宪法委员会可以关心一下反对歧视的斗争。

在这一方面,我反对仓促的结盟和简化的解释。对我而言,例如,性别平等并不是否认男女的不同(这种不同不仅仅是身体上的),这让一些完整主义社会学家感到不快。清楚地说,我赞成所有可能减少机会不平等、社会不平等、工资不平等和晋升不平等的积极措施。今天,妇女们还在忍受这一切。

随着年龄的增长,我越来越成为妇女事业的斗士。在这一点上,也许还是自相矛盾,因为生命中有一些东西,常常因为我是女性才获得的,所以我感觉更加热爱妇女事业。学校里,在所有我曾待过的班中,我一直都是老师们的宠儿。在奥斯维辛集中营,我是一名女性的事实或许拯救了我的生命,因为一个妇女为了保护我,安排我到一个不如集中营艰苦的小队。如果说生命没有眷顾我,我却遇到了很多保护我的人。这一切都说明我现在所处的位置不应该被诠释成一种个人报复。用一句话概括:太多属于妇女们的机会来自偶然,来自法律或是更普遍的规则的机会不够。反之,我认为只有妇女遭受的不平等减少了,社会才能受益。这种不平等在法国比在欧盟其他国家更多,因为在我国,欧洲在这一领域的法律条例还不为人知。

关于积极措施问题我还有话要说,用喇叭声来宣告它是没有用的,把它付诸实践才更可取。我们没必要为此使用夸大的字眼,这只会煽动那些共和平均主义的理论家,也没有必要讨论无人同意的定额。在这里就像在其他地方一样,我们国家往往过多地投入有关原则的理论探讨中,却忽略了社会现实。在我们对平等这件事情卑躬屈膝的时候,我必须看到宪法委员会的九名成员中只有两名女性。在所谓的"我那个年代①",我们也

---

① De mon temps,"我那个年代",一种怀旧的说法,喻指曾经。

只有三名女性。

的确,不存在针对平等的任何法律要求。1995年秋天,在"小朱佩"①插曲过后,阿兰·朱佩辞退了其政府中三分之二的女性,我们左派与右派的十位妇女聚集起来,努力推进政治选举中的平等。尽管这个时期修订了宪法,但是政党坚持不接受规定,宁愿遭受预料中的惩罚。

每个人都很清楚,机会不均等和纠正措施等一系列问题,其实远远超出了男女平等问题本身。这些问题显然处于社会协调与团结问题的核心。在这个方面,也必须采取积极措施。有时,人们会看到一些勇敢的创举。人们常常议论巴黎政治学院院长里夏尔·德库安发起的一场运动,他开放了专门针对郊区学生的招生手续。他的决定不可避免地招致抗议,但在那之后所有的人都不得不承认这项措施带来的积极后果。这一做法应该得到传承。

---

① 人们把阿兰·朱佩政府中的女性称为"小朱佩"("Jupettes"与"jupettes 短裙"一词发音一样,Juppé[朱佩]与"jupettes"一词的前半部分发音一致,因此,"Jupettes"一语双关),该词此后被认为是性别歧视和恩赐的意思。这届政府中共有12名女性,包括4位部长和8位国务秘书,数目反常。

第十章

运　动

三月份，我离开宪法委员会的职位。从谨慎的职责中解放出来后，我站在了总统候选人尼古拉·萨科齐一方，应该没有人会感到惊讶。不论我曾经的缄默意味着什么，不论我对体制中关于总统制的偏差存有多少疑问，我认为法国已经昏睡了四分之一个世纪，很大程度上靠借贷生活在我们的欧洲合作者的肩上，尤其是生活在我们未来几代人的肩上，法国需要一种只有尼古拉·萨科齐有能力给予的刺激措施。此外，我对各种人把萨科齐妖魔化的方式感到愤怒。后来发生的事情证明我没有错。

三十多年前展开的篇章，如今翻过了最后一页，这是服务国家和欧盟的政治运动的篇章。回顾过去，我想强调在我看来具有延续性的这一历程，也不无视眼前的一切。我在政府、欧洲议会和宪法委员会的职位上，都努力不让自己摇摆不定，让我所有的行动都服务于一直全力关注的原则：正义感，对人的尊重，面对社会发展时的警觉。如今，通过某种方式，我并不关闭自己思考的空间，即使我没有像以前那样竭尽全力，但在当代现实背景下，我一直坚持维护我认为正义的事业，努力使自己的目光保持客观并排除禁忌。因此它并不像我们周围的没落主义者的目光那样悲观。在法国，并不是一切都那么完美，但是我们的王牌，尤其是人民的活力，应该可以使我们克服障碍，即使有些障碍根深蒂固。

尼古拉·萨科齐做过主题为"决裂"的竞选演讲。他的当选成为一种电休克疗法。今后,应该将法国重新置于运动之中,尤其是在教育、就业、住房、卫生、司法与国家改革这些关键领域。

教育,因为它决定年轻人的未来。顺带说一句,我们清楚地看到,在这个领域,全部或部分免费,即由集体承担主要费用,本应该能促进一种比我们看到的更具激励作用的指导性举措。

这意味着,我们处在一个行会主义至高无上的领域。国民教育部的工会运动既万能又保守。当克洛德·阿莱格尔[①]强烈斥责这一庞大团体时,我并没有感到不快。那些希望干长久的教育部长都不张扬,一直谨慎地倾听工会的声音。

然而,在教育界存在一个"储量巨大的能量矿层",它否定周围的保守主义,通过大量教师的创新举措表现出来。我收集了很多这方面的例子。在大学层面,2005年,我在维尔塔纳兹与巴黎第十三大学校长阿兰·纽曼会面。他希望给以色列和巴勒斯坦的两名前任部长尤西·贝兰和亚西尔·阿贝拉博授予荣誉博士学位,并向我申请给他们发放学位证书。我发现了一个智慧而仁慈的杰出人物,他给我留下了深刻印象。他组织了一场感人的集会,随后向我讲述了他的大学取得的优异成果,还明确指出,学校的学生大多来自非洲或中东,出身于文盲家庭。几个月之后,也就是2005年11月的骚乱之后,当我向他询问学校是否因此而动荡不安时,他说没有遇到任何困难。最近,我得知他向巴黎政治学院建议在维尔塔纳兹开放一个电视台。我们可以看到,这位大学人士绝不会被保守主义侵袭。

这样的例子远远不止一个。我还与一个年轻的女士保持来

---

① 克洛德·阿莱格尔(Claude Allègre,1937—),法国著名地质学家,政治家,法国科学院院士,在1997年至2000年担任国民教育和科研部部长。

往。她的学生们正在为打字术和会计学文凭做准备,但这并没有限制她在知识和文化方面作出要求。她把她在努瓦西勒塞克的班级相继带到奥斯维辛、摩洛哥,和那些与她建立了合作关系的伊斯兰妇女会面。她本人出生在法国,也是穆斯林。伊丽莎白·吉古①和我都十分欣赏她的工作与性格,每一次都尽可能给予她鼓励与友谊的支持。

这些例子证明,只要稍有动力,不拘泥于刻板的教学大纲,我们就能够在以无活力著称的教育界取得惊人的成果。当我浏览来自教育部的专题著作时,我感到很吃惊。除了重视意识形态,我清楚地看到在不断打乱教学大纲与教学方法的同时,还提出进行不计代价的革新。在政治与工会方面正确的言语并不能升华思想,相反,出于平等的动机,它倾向于把大纲拉到较低水平线上。

用一种委婉的措辞来说,教育系统对企业界所持的普遍保守态度,成为一个我们无论如何都必须解除的阻碍因素。

我们再来直截了当地谈一谈工作。比如当我断言我们最终应当放弃三十五小时工作制时,我不仅想到在医院运行中持续存在的严重干扰,还考虑到了这件事在我们精神中留下的混乱。我们国家有着引人注目的职业素养,但是十年来,这种优势已经在减少工作时长可以降低失业率的错误观念中完全耗尽。即使所有人都明白了这个荒谬的错误,即使所有人都认识到寿命延长和更早退休不能共存,福利国家的蛊惑已经引起一些令人遗憾的举动。太多人已经失去工作的观念与兴趣,却不停地悲叹生活水平停滞或下降。造成的结果是不同的劳动群体(雇员或非雇员)之间的裂缝越来越明显。让我深受打击的是,在周末

---

① 伊丽莎白·吉古(Élisabeth Guigou,1946—   ),法国女政治家,社会党人,曾任司法部长,现任国民议会外交委员会主席。

找医生变得越来越难。今后人们确定在周五不会被打扰,集体缩短工作时间从周四晚上开始。职业生活的两种不同文化如此展现出来。我们可以看到,一方面,一些人野心勃勃,想要进步、成功,并热爱他们的职业活动,到了将工作置于首位并甘愿接受束缚的程度;另一方面,一些人习惯了挣更少的钱,但会在星期四晚上出发去度周末,只要有四天假期,他们就会在网上搜寻所有的消遣方式。对于后者来说,工作纯粹是一种束缚,他们并不期待从中得到任何个人的充分发展。这种"斜视"已经触及所有社会阶层和每一代人。

此外,社会对话不足在这个领域构成一个严重缺陷。这主要是由于公共职能之外工会的代表性过小引起的。是否需要强迫雇员加入工会?至少,我们应该设想一些鼓励措施。工会的信誉只能来自其广泛的代表性。

退休问题是公民与工作之间必要调和中的最后一个方面。没有人能够否认拯救分配制度的必要性。在人类寿命逐年增长的背景下,我认为,对于所有宁愿继续工作不愿承受退休金削减的人来说,应该把他们的退休时间推迟一个季度。在特殊制度的改革中,我们当然会考虑工作的繁重性,根据办公室、工厂或公共工程工地等不同的工作地点,繁重性也有所不同。

住房构成必要行动的另一个基本中心。在这个领域,从"一战"后,落后就在不断积累。在那一时期,人们对战争损失赔偿采取冻结租金和立法的手段,坚持呆板、静止、忠实于原貌的复建原则,使建设全面瘫痪。1945年后又是这种情形。几年之后,我们生活在德国,发现在这个城市被轰炸大面积摧毁的国家,找到住房比在法国更容易。法国人很晚才开始追赶,导致租金迅速上涨。今天,社会住房金赤字依然巨大。

在卫生领域,为了应对费用的不断增长,在法国就像在其他地方一样，无论经济措施是什么，显然，社会保障体系的融资对劳动力领域造成的损失必须要比现在小。

在我写下这几行字的今天，司法这个话题人们谈论得很多。我认为司法具有的独立性并不说明它以孤立隔绝的方式存在，我的意思是指它并不处于社会的边缘。

总之，国家与地方行政单位的改革，首先要符合大幅、迅速减轻公共领域负担的迫切需要，公共负担使国家经济窒息，危害到留给孩子们的遗产。它也应符合公正透明的迫切需要，只要我们希望公民与国家取得一致。

第十一章
正义者的光辉

几年前,在临近对犹太人大屠杀的世纪之末,法国做出了我们一直不敢期望的努力。1995年7月16日,共和国总统说,法国已经证实,在"二战"期间对生活在法国的犹太人所犯下的罪行中,国家是共犯,并确认因这一事件需承担的债务不受时效约束。这是一项勇敢的举动。过去,法国从未承认它在这些事件中应当担负的责任。长期以来,我希望有一位国家领导人说出真诚、深刻的话,就像雅克·希拉克做到的那样。直到那时,我们的总统届届相传,却没有一个说出很多人期待的话。我甚至回想起弗朗索瓦·密特朗拒绝受理人们在这一方面提出的请求。之后,因为有雅克·希拉克,我们的国家能够坦率地审视它的历史。

同时,国家决定建立一个委员会,负责研究对犹太人受害者的掠夺,并提出补救措施。这个委员会由让·马泰奥利领导,他是经济与社会委员会主席,是抵抗运动中的集中营囚犯。除了这个杰出人物之外,委员会还包含七名成员,其中有阿道夫·斯特格教授,他是人人爱戴的伟大医生,是全球犹太联盟主席。工作刚一展开,委员会就发现这项任务规模大困难多,毕竟,此任务落在该委员会肩上之时,相关事件的发生已过去了半个多世纪。

马泰奥利委员会于 2000 年 5 月提交了报告。掠夺的规模之大令舆论震惊。该团队非常仔细地研究了纳粹种族主义给约五万家犹太企业造成的后果,九万个被冻结的犹太银行账户情况,从未兑现的保险合同,三万八千间被腾空家具的公寓,充作国家存款和委托基金的被关押犹太人的财产,还有冻结在音乐词曲作家及出版商协会的犹太人版税。这样一来,它的工作就涉及经济、工业、商业、服务业、艺术创造及公共职能部门等所有领域。

所有可以归还犹太家庭的都已归还,但委员会还不满足于合理的处理,它提出法国有义务让大屠杀历史的记忆和教育永远持续下去。在这种精神下,它要求把那些未被索回的公共和私人资金纳入一个用于纪念大屠杀的基金会。基金会立刻成立,总理利昂内尔·若斯潘要求我担任主席。我因此深感光荣。他认为我具备关注此基金会命运所需要的品质:我没有参加过任何犹太人的诉讼,这在他的眼里构成一种独立的保证,但我曾经是集中营的囚犯,与国家维持着良好关系。

我认为,正是雅克·希拉克的讲话引领了马泰奥利委员会的成员对基金会所扮演的角色有了如此宏观的认识。它的章程不仅提到犹太民族的命运,也提到吉卜赛人遭遇的命运。它的使命不仅仅是社会性的,还延伸到文化领域。因为拥有大量资金,且迄今为止,利息足够为项目提供资金,所以基金会将更多任务列入长期项目。预算的一部分拨给纪念馆,馆中有囚犯墙和正义者墙。纪念馆收集的纪念物和照片,证明了被关押在法国集中营的犹太人所遭受的苦难。我永远都忘不了当一个职员向我展示一个小册子时,我无比激动与沉重的心情,这个小册子和过去商人使用的很像,上面有存根和收据,记录了当我们到达德朗西时妈妈被拿走的七百法郎。微不足道的文件,沉重的证物，其中既有文牍主义的精确又有管理中的心理错乱。载着囚犯的列车周复一周地驶向奥斯维辛，那些虔诚的官员填写了有存根的簿子，并将收据交付给犹太人。

如果说，基金会除了组织历史学家或科研人员召开讨论会外从不主动发起计划，那是因为它通过提交的计划来给予资助，这些计划要么来自个人，比如历史专业大学生或作家，要么来自一些团体，这些团体希望组织与大屠杀相关的集会或纪念仪式。此外，基金会还收到很多请求资助的电影或小说手稿。基金会常常被迫拒绝他们的请求，因为它的使命在于纪念集中营囚禁，而不是改变甚至违背事实。基金会只资助那些担负教育或历史使命的文化项目。然而很多人，尤其是创作者假借想象的名义，向荒诞的方向出发，这对纪念大屠杀没有任何意义。例如，如果意大利导演罗伯托·贝尼尼为制作电影《美丽人生》向我们申请资助，很显然他会被拒绝。集中营里没有任何孩子能够待在父亲身旁，没有任何囚犯经历的解放类似这部电影收尾时神奇可笑的大团圆结局。这类故事与现实毫不相关。还有另一个例子：《辛德勒的名单》歪曲了历史真相，因为最多有五十个人因辛德勒勇敢的行动受益。这一点绝不可忽略，但它却和电影脚本不一致，至少应该将大致近似与大肆篡改区别开来。一些更老的影片，如《拉孔布·吕西安》《午夜看门人》《苏菲的抉择》，为德国占领法国或是集中营关押，提供了一些在我看来既不准确可靠又徒生滋扰的影像。相反，我当时曾尽力维护1978年上映的《大屠杀》，这部作品描绘德国的部分非常有趣，展现了德国犹太资产阶级坚信什么都不会发生在他们身上的故事。

在巴黎，有一个世界上最大的意第绪语①图书馆，现在的状

---

① yiddish，来自中欧或东欧的犹太人的语言。

态很糟糕。基金会为图书馆的修复做出了贡献,它也可以帮助重建犹太教堂,而不忽视章程中对世俗化的要求。因此,它并没有向被认为是原教旨主义者的学校提供帮助。然而,意第绪语的教学却得到鼓励。这种语言主要在战前被波兰籍犹太人使用,现在实际上已经消失。使这一语言重生,就是使面临被遗忘威胁的犹太文化的重生。

有段时间,基金会关注了波兰政府的一项宏大计划,波兰政府要求基金会对华沙的犹太人纪念馆提供物质赞助。但从一开始事情就没有很好地进行。我想起与该计划的波兰负责人一起召开的会议,我们很快就明白了,纪念馆的部分意图是洗脱波兰对那一时期的行为应承担的责任。为自己辩护的意愿很明显:这几乎等于是波兰不表明在它的土地上曾如何对待犹太人……所以关于计划没有任何后续,它变成了一纸空文。波兰在历史记忆方面并未展现出严谨的态度。在华沙,现在的纪念馆以同样的方式看待德国人与共产党犯下的罪行。

2006年,基金会坚持给予圣彼得堡的犹太人支持,我当时去了那里。当政府邀请那里的十万犹太人去以色列生活时,他们拒绝了。他们的过去与欧洲其他犹太人的过去有所不同:他们从未面对过纳粹的暴力,因为尽管经历过一段漫长而致命的包围,但是城市从未被德军占领。他们与其他人团结地生活在一起。如今,他们的社团依然保持生动活跃,社团的年轻人在世界各地学习和旅行,对他们的城市充满眷恋。我在那里观看了一场充满幽默与诙谐的表演,演出中女孩子们打扮成犹太教教徒的样子载歌载舞,饰演魔鬼;我们很多来自西欧的严肃的犹太人最好能从这种幽默感中得到启发!

如今的遗憾是,我们为吉卜赛人民做的事情不够多。这并不是因为缺乏意愿,而是因为他们没有多少人生活在法国,多数人四处漂泊,很少有人露面。几个历史学家对此很感兴趣,当他们求助于基金会时,基金会总是和蔼亲切地倾听他们。所以,几个月前,当我们为表达对正义者的国家敬意做准备工作的时候,我坚持让人们记得很多吉卜赛人经历了和犹太人同样的命运。有一些人被正义者拯救,然而其他人却经历了监禁和死亡。相同的纪念义务与我们的命运紧密相连,吉卜赛社会的沉默不是为了忘记。

我于2007年初离开了基金会主席职务,在2月5日将职位交给大卫·德·罗斯柴尔德①。他开启了一个新纪元,一个未经历集中营关押的第一代人担任负责人的新纪元。毫无疑问,基金会会发展壮大,并保留其教育与纪念的使命。我继续担任名誉主席,负责一些代表任务,我希望这些任务不会太多。我们必须学会没有遗憾也没有怀念地离开我们曾奉献出一部分时光和生命的职位。

在先前一系列努力之后,共和国总统于2007年1月18日向在当天得到公认的两千七百二十五名法国正义者表达了敬意,这些人曾在战争中掩护并营救了一些犹太人。在总统旁边,我在先贤祠的地下室为一块牌子揭幕,上面写着:"被占领时期,仇恨与黑暗笼罩着法国,不计其数的光芒拒绝熄灭。这些被命名为正义者或继续保持匿名的人出身不同、地位不同,他们把犹太人从反犹分子的迫害中,从灭绝营中解救出来。他们不顾可能遭受的危险,代表了法国的荣誉,体现了正义、宽容和人性的价值。"这是一个盛大而感人的时刻,最终,我们向所有这些长期匿名的人表达了敬意,他们在维希政府表现出卑劣时,展现了人

---

① 大卫·德·罗斯柴尔德(David de Rothschild,1942—),法国银行家。

类的伟大。那天,1995年的总统声明被给予某种回应。重点在于同一个人发表了这篇充满懊悔与敬意的讲话;是同一名总统以法国的名义,在死亡与羞辱的黑暗中投射出正义者的光辉。

不久前,在法国广播电视局董事会上,我和同事们密切关注电视节目的导向,并为此做出一些具有重大影响的决定。为了正义者,在会上我个人反对投资著名电影《悲哀和怜悯》,并反对在电视上播放上述影片。

制片人计划将影片卖给电视台,在影片上映之前先在电视上播放。他们对此很有把握,得到很多媒体支持,并有广泛赞同他们事业的公众舆论潮流。他们的要价简直是天文数字,让我们目瞪口呆。然后,争论的内容很快就超出了财政领域。多亏我们的朋友,阳狮集团的主席马塞尔·布勒斯坦-布朗谢,我才得以在私人放映下观看了影片。我立刻感觉到影片不值得被法国电视台购买,并向董事会说明了这一情况。这一否决结果来自我,让很多人感到惊讶;一个曾经被关押在集中营的犹太人,怎么会反对一部谴责占领期间法国人态度(至少可以说是"胆小怕事")的纪录片呢?事情显得有些费解。但是,因为我并不缺少论据,我毫不犹豫地战斗,并获得了胜利。

20世纪70年代颠覆了20世纪50年代的趋势;那时法国人和解,国家重建,戴高乐派成功地迫使人们接受了"英勇和反抗的法国"这一观点,所有人都装作对此深信不疑。二十年后,主流思想发生改变并得到简化。从那以后,当我们告诉年轻人他们父母的举动像卑鄙小人,法国行为可憎,四年当中揭露举报无处不在,除了共产党没有任何人作过哪怕是最小的抵抗,这些年轻人会表现得十分开心。《悲哀和怜悯》恰在这一片自我鞭笞声中到来,正因为此,我认为这部影片既不公正又带有偏见。另外,他带给我们的全都是虚假的故事。克莱蒙费朗被表现为广泛通敌合作的实例,那里有大量学生参加抵抗运动,他们中有很多人被捕,然后被枪决或关押在集中营。这种选择体现了影片粗俗的运作。热尔梅娜·蒂利翁也观看了电影,她非常同意我的观点。

我向法国广播电视局董事会和外界都强烈地表达了谴责。诚然,我只有一票,但是如果董事会决定买下这部作品,我会立刻宣布辞职。在尴尬的争论之后,董事会最终决定不买这部影片。或许是为了挽回声誉,一些争论在新闻界散布,表明是韦伊女士不想要。我并没让此事成为秘密,如果这一事件给我带来一定公共名誉,这不是因为我。说到马塞尔·奥菲尔斯[1],他没有息怒,因为这一决定使他丧失了期望的收入。他对账目的担心并没持续很久。当《悲哀和怜悯》在电影院上映时,一下就获得极大成功。的确,法国广播电视局拒绝放映此片给它带来巨大的广告效应。在某些人眼中,这是权力机构不希望真相暴露的铁证。

仅仅说当时这些运动让我不愉快是不够的。在影片认为引起轰动的伪真相中,我发现了很多局限。我充分地研究了大屠杀,从而知道法国显然是犹太囚犯百分比最低的国家,这些人仅占犹太群体的四分之一,并且儿童所占比例极小。只有在无可否认的事实中,这一现象才能得到解释。很多法国人庇护了犹太人,或者,他们知道谁保护着犹太人却什么都不说。影片对此却只字不提。在这一点上他们表现得很不公正,这种不公正对

---

[1] 马塞尔·奥菲尔斯(Marcel Ophuls,1927—),导演,德裔法籍和美籍电影导演马克斯·奥菲尔斯之子,生于法兰克福,幼年时随父母到法国和美国生活,20世纪50年代随父母回到法国。他在独立执导几部故事片之后转拍纪录片。

维希政权比对法国人本身要少一些。我在表达这些想法的时候，避免引用这些人或那些人在抵抗运动中的丰功伟绩。我优先引用的是那些消失在人群中的人的行为，他们通知整个家庭，拯救了孩子，掩护了大人。他们的行动中有一种值得尊敬的勇气，即使他们根本不知道等待那些集中营囚犯的命运是什么，但在犹太人有可能被德国人逮捕的情况下，却不能无视他们的命运。他们没有从中获取任何利益；有些人甚至为了养活额外几口人放弃了个人利益。其中大多数人从未被人知晓，没有收到过荣誉、补助和奖章。这就是法国电视台准备制定宏大节目宣传这样一部电影时，我面对他们会感到耻辱的原因。我不希望类似曾在我少年时保护过我的维勒鲁瓦这样的家庭认为社会会把账算到他们头上来。正是因为这些缘由，即使我的态度会激怒一些人，我也绝不后悔。

之后，我发现我不是唯一一个进行战斗的人。塞尔日·克拉斯菲尔德领导的协会当时出版了一个小册子，内容让我很吃惊：上面列举了维希政府为了对抗德国人而采取的举措！塞尔日·克拉斯菲尔德提供了一些支持其论点的具体论据：在某些情况下拒绝服从管理，推迟实施德国人的命令或维希政府的决定……甚至对冬季赛车场大搜捕也在某些方面提出了新看法。事实上，他公开论述的观点也是长期以来我持有的观点。我曾观察到，由于两个区域的存在，法国实际上经受了两种集中营囚禁：外国犹太人集中营和法国犹太人集中营，这使一些德国人所设想的行动进程复杂化，减少了受害者的数量。其他被占领国家逮捕犹太人比法国更早，死亡率也更高。1941年被囚禁的人没有几个活着回来的，因为想在纳粹的铁丝网后面活过两三个冬天是不可能的事情。

对正义者的回忆是一笔财富，保护这段记忆则愈显珍贵。

因为在我看来，我们生活的世界不仅受到气候紊乱的威胁，而且受到原教旨主义回归的威胁，而在这之前的半个世纪，我们用"感觉宽容和教会合一运动在进步"哄骗了自己。红衣主教吕斯蒂热①去世前的几个星期，我们在他做姑息治疗的地方（他后来在那里安详地离去）进行的长谈中，他请求我于他葬礼当日在教堂前的广场上发言，以此唤起他的犹太人特性。他可能想起了他在奥斯维辛死去的母亲。对我来说这个心愿是神圣的，我为不能满足他的愿望而悲伤，等级制度让我知道那是不合适的。这就是我所感到的，犹太—天主教对话中类似犹豫一样的东西的来源，到底是天主教还是犹太原教旨主义，认为当我们信奉另一种宗教时，就不能参照犹太民族特性了？我所能做的仅是提出这个问题。

同时，联合国组织了一场纪念大屠杀的仪式，秘书长邀请我以全体幸存者的名义发表讲话，这是在 2007 年 1 月 29 日。

几个星期内，我离开了在宪法委员会和纪念大屠杀基金会的职务。这是几十年来的头一次，我开始一种新的生活，主要是家庭和私人生活。我必须以某种方式学习并研究它，以期重新发现生活的宝库。我很快就适应了。

最近，我和我一个十六岁的孙子一起吃午饭。我们的交流是真正快乐的时刻。然后，我们去了一家书店，在那里他挑选了自己想看的书，买了一本《上帝之美》②。我对他说："你很幸运

---

① 吕斯蒂热（Lustiger，1926—2007），红衣主教，波兰裔犹太人，1995 年入选法兰西学院院士。
② *Belle du Seigneur*，瑞士法语作家阿尔贝·科昂（Albert Cohen，1895—1981）1968 年发表的小说。

第一次读这本书,因为这是一种莫大的幸福。"在内心深处,我很欣慰看到几代人之间的文化之线没有断裂,轮到我的孙子来阅读我四十年前贪婪品读的小说。他还坚持要挑选一本《长夜行》①,因为他的一位老师向他推荐了这本书。我不做任何评论;当他拿起这本书时,我父亲的形象浮现在我的脑海,他对孩子们提出的阅读标准仅是文学品质。书就是世界,我的孙子会对他读的作品与其作者形成自己的判断。

当我在政府的时候,很少有时间读书,这让我很痛苦。但是我有和一位朋友每星期六上午去看画展的习惯,我偶然认识了维埃拉·达·席尔瓦②。之后,我就经常和我的医生儿子一起去,他也热爱美术,但是和我的经历不同。他先是对17世纪的画作很感兴趣,喜欢在德鲁奥拍卖行③买画。渐渐地,他喜欢上了现代作品,甚至比我在当代画作方面走得更远。因为我们对同一种画有感觉,我们会一起在画廊上来回欣赏,有时,我们会为彼此买下一幅我们喜欢的作品。这也是我们互换礼物的一种方式,是我们之间的一种默契。五年前他去世后,这一切都结束了。

晚上,当我回到家,有时我会在床上躺一会儿,安静地欣赏荣军院的穹顶。这是一种稀有的特权。我听到安托万在远处弹钢琴,他经常练习乐器,我去世的儿子也喜欢练习乐器。我的儿子甚至具备了精湛的技艺。我公公经常弹琴并谱曲。

渐渐地,夜色蔓延到整个屋子,钢琴声中,我的眼神消失在

---

① 法国作家路易-费迪南·塞利纳(Louis-Ferdinand Celine,1894—1961)的第一部小说,发表于1932年,获勒诺多文学奖。
② 维埃拉·达·席尔瓦(Vieira da Silva,1908—1992),葡萄牙画家。
③ 德鲁奥拍卖行,自1852年成立以来,已成为法国乃至全球艺术市场。它不是一家拍卖公司,而是一个拍卖行,它为巴黎所有的拍卖公司提供拍卖场地,形成一个拍卖中心。

熟悉的画作中，然而，在我们身边，所有认识或不认识的对我们那么友善的亡灵都安静地站在那里。我知道我们与他们的故事永远不会结束。无论我们走到哪里，他们都跟随着我们，形成一个巨大的链条，将我们这些幸免于难的人和他们维系起来。

然而，我的思绪却难以抵制地涌向我与安托万建立的家庭。我想起我们的孩子，孙子，重孙子，想起大人和小孩都很少缺席的周六午餐和之后的周日晚餐，想起维系我们彼此的情感，这让我回想起哺育了雅各布一家的爱。这个周末，我们二十七个人会聚在一起，庆祝我的生日。

2007 年 9 月，巴黎

附　录

索 引

2005年1月27日以被关押犹太人名义在奥斯维辛-比克瑙集中营解放六十周年国际纪念仪式上的讲话

我对聚集于此的各位发表讲话，心情非常沉重。六十年前，奥斯维辛集中营的电网倒塌，人们震惊地发现了有史以来最大的尸坑。在红军到来之前，我们中大多数人都被带向死亡，在此过程中，很多人死于严寒和疲惫。

一百五十多万人遇害：他们中的绝大部分，在刚到这里时就被毒气杀死，只因为他们是犹太人。就在离这里很近的坡道上，男人、女人和孩子被粗暴地推下车厢，事实上这是根据党卫军的医生们一个简单手势在瞬间挑选出来的。几十万犹太人在欧洲大陆多数国家最偏远的角落被迫害追捕，他们生或死的权利就这样被门格勒医生剥夺。

在这里，在犹太区或是其他灭绝集中营遇害的上百万犹太儿童，有的还是婴儿或已是青少年，他们本该成为什么呢？哲学家，艺术家，大学者？或仅仅是娴熟的手工艺人，家庭主妇？我知道的是，每当念及这些孩子我依然会哭泣，我将永远不能忘记他们。

确实，少数的幸存者中，有几个是进集中营做奴隶的。随后，他们中大多数人死于疲惫、饥饿、寒冷、流行病，或者轮到他们自己被选入毒气室，因为他们已失去劳动能力。

他们不仅摧残我们的身体，还要让我们丧失灵魂、意识和人性。我们一进集中营就被剥夺身份,以刺在手臂上的数字识别身份,我们只是一些物件而已。

纽伦堡①法庭判定,这是最大的反人类罪行,承认这种伤害不仅限于受害者,更涉及全人类。

然而,今天我们所有人频频表达的"永不重蹈覆辙"的愿望还没有被实现,因为还有种族大屠杀在发生。

六十年后的今天,我们应该为了人类的团结,至少为了抵制他人的仇恨,抵制反犹太主义、种族主义以及偏执狭隘而订立新的诺言。

欧洲国家曾两次将全世界推向致命的疯狂,现已成功地战胜了旧的邪恶势力。在这曾犯下滔天罪行的地方,应该重生一个友爱的世界,一个基于尊重人类及其尊严的世界。

我们来自全世界,信教或不信教,都属于同一个星球,属于人类共同体。我们应当保持警惕,不仅要抵御威胁她的自然力,更要抵御人类的疯狂。

我们,作为最后的幸存者,我们有权利,甚至有义务让你们警惕,并要求你们让我们同志的"永不重蹈覆辙"成为现实。

2005年1月27日,奥斯维辛-比克瑙(波兰)

---

① 纽伦堡,德国巴伐利亚州的第二大城市,第二次世界大战结束之后曾在此审判纳粹德国战犯。

1974年11月26日在国民议会的演说

总统阁下，女士们，先生们：

今天，我以卫生部部长、一个女人以及非国会议员的身份来到这个讲台，向当选的议员建议大幅修订关于堕胎的立法。请你们相信，面对这一难题，就像面对它在每个法国人内心深处引起的广泛共鸣，我有一种深深的谦卑感，我也充分意识到，我们将要一起承担的责任十分重大。

但我同样怀抱最大信心，为政府上下长期思考讨论的一个计划辩护，用共和国总统的话说，这是一个旨在"终结当前混乱与不公正的形势，并针对我们时代最困难的问题之一，带来审慎而人道的解决方案的计划"。

今天，政府之所以能提出这样一项计划，要感谢你们当中一大批具有不同视野的人，他们几年来致力于提出一项能更好地适应社会共识和我国国情的新法律。

还要感谢梅斯梅尔政府承担起责任，向你们提交这份充满勇气的革新计划。我们每个人都记得让·泰坦热先生所做的卓越而感人的介绍。

最后要感谢众多议员，他们在贝尔热先生主持的一个特殊委员会，倾听了几个小时所有开明家族的代表和在这方面颇具能力的重要人物的发言。

然而，还是有人提出疑问：真的有必要提出一项新法案吗？对一些人来说，事情很简单：已经存在一项处理法案，只要执行就可以了。另一些人想，为什么议会现在需要立刻解决这些问题：众所周知，从根源上，尤其是从本世纪初，法律一直是严格的，却鲜有执行。

那么，事情在哪些方面有了变化，以至于必须要干预呢？为什么不维持现有原则并继续以特殊名义推行呢？为什么要认可一种犯罪行为，并冒险鼓励它？为什么这样立法包庇我们的社会放任，支持个人主义而不恢复严肃的公民道德？为什么冒加剧低出生率运动的风险，而不推动一种家庭政策，让所有的母亲生下并抚养她们怀的孩子呢？

因为一切都表现出这些问题不成立。如果这届政府和它前一届政府认为另外一种解决办法也可能的话，你们觉得他们会决定拟定草案并提交给你们吗？

在这个领域，我们已经面临这样的处境：当局不能再逃避责任。一切都表明了这一点：开展了几年的考察和研究，你们委员会的听取陈述，其他欧洲国家的经验。你们中大多数感受到，私下堕胎是无法阻止的，也不能对所有应受严罚的女性追究刑事责任。

那为什么不继续视而不见呢？因为目前情况很糟糕，我甚至可以说是恶劣的，悲剧性的。

情势糟糕是因为法律被公开嘲弄，甚至是被奚落。当犯下的罪行和被追究的罪行之间的差距之大，到了没有严格意义上的惩罚的时候，公民对法律的尊重、国家的尊严就受到了质疑。

当一些医生在他们的工作室里违法并将此事公开时，当检察院在起诉前被要求每个案件都要向司法部请示时，当公共社会服务部门向不幸的妇女提供可能方便停孕的信息时，当为了同样的目的公开包机去国外时,我要说,我们处在混乱无序的状态中,不能再这样继续下去。

但是,你们会问我,为什么过去任由情况恶化呢?为什么对此容忍呢?为什么不能让人们遵守法律呢?

因为,如果一些医生、社会人员甚至一部分公民参与非法行为,那正是因为他们感到有束缚;有时和他们的个人信念相反,但他们面临不可不面对的实际形势。因为面对一个决定停孕的女人,他们知道如果拒绝建议或支持,他们就是将她置于孤独与焦虑中,她会在更糟糕的情形下,冒着自我毁伤的危险来实施这一罪行。他们知道,同一个女人,如果有钱,如果信息灵通,她去一个邻国甚至是法国的一些诊所便可以结束怀孕状态,没有任何风险,也没有任何刑罚。这些妇女不一定是最没道德最糊涂的人,她们每年有三十万人,就是我们每天都接触的妇女,我们在大部分时间忽略了她们的绝望与悲痛。

应该结束这种混乱,必须中止这种不公正的局面。但是,该如何做到呢?

我用我全部的信仰说:堕胎应该依然是例外,是走投无路时的终极办法。但是如何宽恕这种行为,同时不失例外的特征,不使社会看上去鼓励这种行为呢?

首先,我想请大家分享一个女人的信念——在这个几乎全是男人组成的议会前,我感到抱歉:没有一个女人是由衷愿意去堕胎的,只要听听女人们的心声就知道。

这总是一个悲剧,并将继续是个悲剧。

这就是为什么,之所以呈给各位的计划考虑了实际情况,之所以它接受停止怀孕的可能,就是为了控制堕胎,并尽可能打消妇女堕胎的想法。

因此，我们打算满足所有处于焦虑状态下的有觉悟或没觉悟的妇女的愿望，1973年秋天，你们的特殊委员会探访的一些人士对这种状态作了很好的描述和分析。

目前，处于这种压抑状态下的妇女们，谁来照顾她们呢？法律不仅将她们置于耻辱、羞愧与孤独中，也把她们推向因为害怕被起诉而导致的隐姓埋名与焦虑中。受隐瞒状态的约束，她们经常找不到倾诉对象，找不到能开导她们，并给她们支持与保护的人。

今天，在那些为可能修订反镇压性法律而斗争的人中，有多少人操心帮助这些绝望的妇女呢？除了将她们的行为视为一种错误，有多少人懂得对年轻的单身母亲表示理解，并给予她们非常需要的道义支持呢？

我知道有这样的人，并且我将避免一概而论。我了解他们的行为，他们深知自己的责任，做了所有力所能及的事情，让这些妇女承担起她们的生育责任。我们将帮助他们的工作，我们将号召他们帮助我们保障法律预期的社会咨询。

但是，就算有了关怀与帮助，也不足以劝服女性。诚然，妇女们面对的困难有时并不像她们想象得那么严重。有些困难是可以被缓和和战胜的，但还有一些困难依然让妇女陷入困境，感到除了自杀、家庭和谐的毁灭或是她们的孩子的不幸之外别无出路。

唉，最常见的现实就在这里！远比被称作"适当的"堕胎要多。如果不是这样，你们认为所有的国家，会相继被引导去改革这方面的立法，并承认他们昨天还严厉镇压的东西，以后就合法了吗？

因此，由于意识到一个国家不能再容忍的局面，在大多数人看来也是不公正的局面，政府已放弃了旨在不干涉的简易道路，也就是放任道路。在承担起自身责任的同时,政府向各位呈上一项适宜解决这一问题的现实、人道而公正的法律草案。

有些人可能认为,我们唯一关心的是妇女的利益,认为草案是在这个唯一角度下拟定的。这几乎和社会或者说国家没有关系,和将要出生的孩子的父亲也没有关系,和这个孩子更没有关系。

我不认为这是只涉及妇女不牵涉国家的个人事件,这个问题尤其关系到国家,但是角度不同,也要求不同的解决办法。

国家关心的肯定是法国年轻化,人口持续增长。在自由避孕法后,这样一个法案会导致我们的出生率——已经出现令人担忧的下降趋势——大幅下降吗?

这既不是新出现的事实,也不是法国独有的变化:从1965年开始,所有欧洲国家都出现了出生率和生育率的下降,不论这些国家对于堕胎甚至是避孕有什么样的立法。

为如此普遍的现象寻找一些简单的原因是靠不住的。在国家层面无法得到任何解释。这涉及反映时代的文化事实,我们生活的时代遵从一些复杂的规则,而我们知之甚少。

人口统计学家在国外很多国家所作的观察,不能证明有关堕胎的立法修改与出生率尤其是生育率的变化之间存在明显的相关性。

确实,罗马尼亚的例子似乎推翻了这一评价,因为在1966年末,该国政府决定舍弃十多年前通过的非镇压性措施,恢复堕胎禁令这一决定之后出现了出生率的暴涨。然而,人们忘了提及的是随后的出生率大幅回落。必须注意到,在这个国家,不存在任何现代避孕措施,流产是限制生育的主要方式。在此情况下,限制性法令的突然介入,很好地解释了这一特殊而短暂的现象。

一切都让人想到，法律草案的通过对于法国出生率水平起不了什么作用，一旦过了可能会出现的短期动荡，合法堕胎事实上只会取代地下堕胎。

如果出生率下降和关于流产的立法状态没有关系，那么无论如何，这是一个令人担忧的现象，在这一方面，政府有不可推卸的责任。

共和国总统将主持规划委员会的一次先期会议，总体考察法国人口问题，以及为了国家未来，停止令人担忧的局面的措施。

关于家庭政策，政府认为这是一个和流产立法截然不同的问题，并且没有必要把这两个问题在立法讨论中联系起来。

这并不意味着政府对此没有足够重视。星期五，国民议会要审议一个法律草案，该草案旨在显著改善看护费用方面的补助金以及尤其针对单身母亲的所谓孤儿补助金。另外，这一草案将改革生育补贴制度和向年轻家庭贷款的条件。

对我而言，我准备向国民议会提出几个草案。其中之一对家庭女性的劳动有利，以社会救济的名义考虑提供可能的帮助。另一个草案的目的是改善亲子机构的运转与财政状况，这里接待怀孕期和初产月份有困难的年轻母亲。我打算针对不孕症作特别的努力，取消该科诊费中的自理部分。此外，我要求全国保健和医学研究所，从1975年开始，开展针对不孕问题的主题研究，这个问题困扰了很多夫妻。

我准备和司法部长一起，为你们的同事里维埃雷先生——一位负有使命的议员——刚刚起草的有关领养的报告做出结论。为满足很多人渴望领养小孩的愿望，我决定成立一个有关领养的高级委员会，负责就此问题向当局提出所有可行的建议。

最后,尤其是根据迪拉富尔的意见,政府已公开着手在近几个星期内,与家庭组织协商发展承诺,内容是在提交给我主持的家庭咨询会议的建议基础上,和家庭代表达成共同协议。

事实上,正如所有人口学家所强调的,重要的是改变法国人形成的每个家庭拥有孩子的理想数量形象。这个目标非常复杂,并且对堕胎的讨论不能局限于及时的必要财政措施。

或许,对你们很多人来说,这个草案中缺少的第二个角色是父亲。每个人都感觉到,终止怀孕的决定,不应该只是女人一个人做出,应该也由她的丈夫或伴侣做出。我希望事实情况总是这样。我赞成委员会在这一方面向我们提出的修改意见。但是正如委员会非常明白这一点,在这方面建立一项司法义务是不可能的。

最后,第三个草案未包含的因素,不就是妇女身上的生命承诺吗?我拒绝加入科学与哲学的讨论,委员会的听审显示这样的讨论提出了一个不可解决的问题。现在,在严格的医学层面,没有人再对胎儿将成为人的潜在性提出异议,但这还只是一个孕育过程,在分娩——一个生命传承中的脆弱环节——之前,还要克服很多偶然性。

不能忘记的是,根据世界卫生组织的研究,每一百个受孕过程中就有四十五个在两周内就自行停止,并且每一百个孕妇在第三周初就有四分之一流产,而这仅仅是由于自然现象!我们能依据的唯一事实是,一个女人只有感觉到她身体里有最初的生命萌动时,才意识到她怀着将来会成为她的孩子的生灵。除了对那些深信宗教的妇女外,正是女人尚未感受深情的孕育和一个降生之后的孩子之间的这种差距,解释了为什么拒绝杀婴可能性的女人不得不面对流产的选择。

面对一个珍贵的生命,其未来可能被无可挽回地损害,我们当中有多少人没有过原则应该让步的感觉呢！

如果这一行为被真正看作像其他犯罪一样，很明显，情况是不同的。最反对这一草案的人中的一些人，他们接受事实上人们不再起诉，他们甚至不是那么激烈地反对一项仅仅考虑停止刑事诉讼的法案。这是因为他们自己发现这涉及一个性质特殊的行为，或是不管怎样，涉及需要一个特殊解决办法的行为。

国民议会将不会抱怨我长时间地谈论这个问题，你们都感到这是一个基本点，甚至可能是讨论的基础，在考察草案内容前把它陈述出来是合适的。

在准备今天呈给各位的草案时，政府确立了三个目标：形成一部切实可行的法律，一部有劝阻力的法律，一部有保护作用的法律。

这三个目标阐述了草案的结构。

首先，一项可行的法律。

对准许流产情况的定义方式及后果的严格考查暴露出一些难以克服的矛盾。

如果这些条件被明确定义出来——比如说，存在对妇女身心健康的严重威胁，或者，法官核证的强奸或乱伦案件——很明显，当这些标准被真正遵守时，立法修订就达不到它的目标。因为出于这种动机的流产比例非常小。此外，对强奸或乱伦的案件判定在情况适应的期限内，可能引起实际上无法解决证据的问题。

如果，相反，我们给出一个宽泛的定义——比如说，妨碍身体健康或心理平衡的风险，或者生活中的物质或精神上的困难——显而易见，负责判断这些条件是否兼备的医生或委员会，可能需要在一些标准的基础上作出决定，这些标准因为不够详细而不客观。

在这些系统中，批准执行人工流产事实上只是根据该科医生或委员会的个人理解作出的，那些没有办法找到最通情达理的医生或是最宽容的委员会的女人，将再次陷入无路可走的境地。

为了避免这种不公正，许可令在许多国家几乎都是自动下达的，这致使这样一套程序毫无用处，一切都留给她们自己决定。一部分女人不愿在提交诉讼时蒙羞，她们觉得就像在法庭上一样。

然而，如果立法者被要求修改现行的法律条款，这是为了终止地下堕胎。选择地下堕胎的妇女出于社会、经济或心理原因，感到处于一种绝望的境地中，以致她们决定无论在何种条件下都要终止怀孕。这就是为什么，政府放弃了一种模棱两可或者说模糊的说法，认为最好面对现实，并最终承认只能由女人作出最后的决定。

将决定权交给妇女，难道不是与草案确定的三个目标中的第二项——有效阻力——的目标相违背吗？

对她的行为负全部责任的妇女，比认为是他人代为作出决定的妇女在流产时更加犹豫，支持这一观点，并非是一个悖论。

政府已经选择了一个明确将责任交给妇女的解决方法，因为这一方法比来自第三方的许可——只会或很快会成为借口——更具彻底的劝阻力。

重要的是，履行这一责任时，妇女不再处于孤立无助和焦虑不安的状态之中。

在避免建立一种可以让妇女放弃求助的程序的同时，草案考虑到了多种咨询方式，引导妇女权衡要作出的决定的所有严重性。

医生在这方面可以起到决定性作用。一方面，要全面把那些现已家喻户晓的堕胎医疗风险告诉妇女,特别是她未来的孩子有早产的风险;另一方面,就是引起女性对避孕问题的关注。

全体医务人员优先担负说服与建议的任务,我知道,可以依靠医生的经验和人道精神,让他们在这个独特的咨询中,努力建立信任而热心的对话,这正是妇女寻找的,有时甚至是不知不觉地寻找。

草案随后考虑去一个社会机构咨询,该机构承担下列任务:倾听妇女或者夫妇的心声,让她们表达自己的痛苦,如果有经济上的困难就帮助她获得救济,让她认识到迎接一个小生命的现实阻碍。于是,通过这样的咨询,很多妇女了解到她们可以在医院匿名且免费生产,并且她们的孩子可能被领养,这也成为一种解决途径。

当然,我们希望这些咨询尽可能多样化,尤其是希望帮助困境中的年轻妇女的专业机构可以继续接待她们,并为她们提供帮助,使她们放弃原有的想法。所有这些谈话自然是一对一地进行。很明显,那些被号召起来接待困境中妇女的人士的经验与心理,将以不容忽视的方式为妇女提供支持,并让她们改变主意。此外,这将是一个新的机会,和妇女谈及避孕问题以及今后采取避孕措施的必要性,以便让女人在不想要孩子的情况下,再也不用做流产的决定。这个调节出生的信息——这是最好的劝阻堕胎的方法——在我们看来如此重要,以至于我们考虑让它成为一种义务,由实施堕胎的机构承担,违者处以行政关闭。

两次谈话以及强制性的一个星期考虑期限,看上去必不可少,它可以让妇女意识到堕胎并不是一个正常或平常的行为,而是一个必须考虑后果才能作出的重大决定,这也是一个应当不惜一切代价避免的决定。只有在考虑了这些之后,并且在妇女没有放弃决定的情况下,才能堕胎。然而,在没有对妇女自身严格的医疗保证下，不能实施手术，而这也是法律草案的第三个目标：保护女性。

首先，堕胎只能在怀孕早期实施，因为生理和心理风险从来都不会是零。在怀孕后的第十周末时，风险变得过于严重，以至于不允许妇女冒险堕胎。

其次，像所有在这一领域修改立法的国家的规定一样，堕胎只能由医生实施。但是，当然，任何医生或助理医生永远不得被强制参与堕胎。

最后，为了给予妇女更多的安全保障，手术将只能在公立或私立的医院中进行。

不应视而不见的是，尊重政府认为非常重要的现行刑法第三百一十七条规定的刑事条款，意味着政府期望做好秩序重建。这将结束那些不再被宽容的活动，最近它们得到了令人恼火的广告宣传。从此，妇女将有可能合法地在真正安全的条件下完成流产手术。

同样，在宣传和广告方面，政府已决定坚决执行将取代1920年法律条款的新规定。与到处传播的谣言相反的是：草案并不禁止提供有关法律与堕胎方面的信息；但它禁止通过无论何种方式的教唆堕胎，因为这种教唆是不被容许的。

政府态度坚决，不允许堕胎手术带来令人反感的利润，医生的酬金与住院费用不应超过根据价格法规制定的行政决定的上限。同样让人忧虑的是，为了避免陷入某些国家发现的弊端，外国妇女必须证明其居住条件，才可以进行流产手术。

最后，我想解释一下政府在社会保险不报销流产费用方面作出的选择，有些人曾批评过。

在人们知道牙齿保健、非强制性疫苗、矫光眼镜都不是或还不完全是由社会保障报销的情况下，怎样让人理解人工流产费用可以报销呢？如果我们遵循社会保障的总体原则，在人工流产不是治疗性的情况下，社会保障是不承担的。需要对这一原则作出例外吗？我们不这样认为，因为我们曾认为有必要强调作为特例的流产的严重性，即使在某些情况下这将为妇女带来一种经济负担。需要指出，当情况表现为万不得已时，贫困不应阻碍妇女要求人工流产手术；这就是为什么医疗救济覆盖那些最贫困的女性的原因。

我要指出避孕与流产的不同。当妇女不愿意要小孩时，应该通过各种方法鼓励避孕，根据刚出台的新规定，避孕费用由社会保险报销；社会宽容堕胎，但它既不负责也不鼓励。

很少有妇女不愿意要小孩，生育是她们生命进程中的一部分，那些没有体验过这种幸福的女性深感痛苦。如果说孩子一旦出生就很难被抛弃，并且带着初来人世的微笑，给予他的母亲所能感受到的最大幸福；有些妇女却因为生活中经历非常沉重的困难，感到不能带给孩子情感的平衡和应有的关怀。这时，她们将会千方百计地避免要孩子或是不抚养孩子，并且没有人能阻止她们这样做。然而，同样是这些女人，几个月之后，她们的情感生活或是物质生活得到改善，她们将第一个希望怀上孩子，而且可能成为最细心的母亲。我们是为了这些妇女，终止地下堕胎。她们求助于地下堕胎，会冒不孕症或是造成内心深处极大痛苦的风险。

我由此结束我的演讲。我更多地在法案的普遍哲理上而不是在细节上阐述了我的观点，我们将在条款讨论过程中，从容地考虑那些细节。

我知道，在座的一部分人坦诚地认为他们不能投票通过这项法令，这不过是一项使堕胎脱离禁止与非法的法律。

这些人，我希望至少已说服他们相信，这个草案是针对堕胎问题的各个方面合理、深入思考的成果，如果政府承担起将草案呈交议会的责任，这必是在衡量过其直接意义以及将来对国家的影响后决定的。

我只为他们举一个例证，就是一个立法方面完全特殊的程序的使用，政府向你们提出，把使用这个法案的期限限制在五年。这样，假设在此期间，你们投票通过的草案不再适应人口的变化或是医疗的发展，议会在五年之后要根据新的数据重新表态。

还有其他人在犹豫。他们意识到太多妇女的痛苦，并且希望帮助她们，然而，他们害怕法律的效力与后果。对这些人我要说的是，如果法律是笼统并抽象的，那是为了适用于常常令人焦虑的个别情况；如果法律不再禁止，就不会创造任何有关堕胎的权利；正如孟德斯鸠所说："人类法律的本质是服从于所有发生的事件，并随着人类意愿的改变而变化。相反，宗教法规的本质是永不改变。人类法律建立在善之上，宗教建立在完美之上。"

正是在这种精神下，十几年来，我有幸和你们的立法委员会主席——那时，他还是司法部长——合作，更新并变革了我们不朽的《民法典》。有些人曾害怕，在定立家庭的新形象时，我们会损害它。它一点也没被损害，并且我们的国家可以为今后拥有更加公正，更加人道，更加适应我们生活的社会的民事立法而自豪。

我知道，我们今天所讨论的问题涉及更加严重的问题，并且这些问题更加扰乱每个人的意识，但归根到底，这是一个社会问题。

最后，我想对大家说的是：在讨论的过程中，我将以政府的名义为这一法律辩护，没有任何私心，并且带着我全部的信念。但是，为这样一个主题的法律——在我看来是最好的了——辩护,确实没有人会体会到深深的满足:从没有人怀疑,卫生部部长比任何人更相信,即便当堕胎不是一种悲剧时,也是一种失败。

但是,看到每年三十万例堕胎残害我国的妇女,嘲笑我们的法律,让妇女蒙羞,遭受心灵创伤,我们不能再不闻不问。

历史告诉我们,使法国人产生分歧的讨论,在一段时间后,都会成为形成新的社会共识的必要阶段,这是我们国家宽容与审慎的传统。

我不属于惧怕未来的人。

年轻一代与我们的差别让我们惊讶,我们用不同于自己的成长方式培养了他们。但是,年轻人是勇敢的,像前代人一样,充满激情,富有牺牲精神,我们要信任他们,为生活保留崇高的价值。

1974年11月26日,巴黎

1979年7月17日西蒙娜·韦伊女士在斯特拉斯堡就任欧洲议会主席时的演说

亲爱的同事们,女士们,先生们:

我很荣幸你们选举我做欧洲议会主席,激动之情,难以言表。首先,我希望感谢在座的所有投票支持我的人,我将努力做一个让你们满意的主席,我也将努力依照民主精神,做好整个欧洲议会的主席。

即便今天的会议,对你们很多人而言,是在一种十分熟悉的气氛中进行,但它具备的历史意义却丝毫不减。或许这能解释为什么应邀出席会议的嘉宾人数众多,层次颇高。很抱歉,我不能在这里一一列举所有在场的来宾,我谨代表每位议员向他们致以我们欧洲议会的敬意。

我们非常荣幸地邀请到了很多联盟和非联盟国家的议会主席,代表五大洲的人民,他们的出席给我们的民主建设带来宝贵的支持,证明他们重视与欧洲议会的关系。各位主席,我们高度赞赏你们接受邀请,高度赞赏你们友谊与团结的举动,在此,我向你们表示特别的感谢。

昨晚,我曾表达过我们对路易丝·魏斯[①]的感激,她出色地指导了我们的起步工作。请允许我再说一句,这并非是在你们

[①] 路易丝·魏斯(Louise Weiss,1893—1983),法国记者,作家,女权主义者,政治家,1979年任欧洲议会议员直至去世。

面前的客套之语，我要赞扬她在所有为了妇女解放的斗争中作出的卓越努力。

对我而言，向上一届议会，更确切地说，向历任有威信地领导议会工作的主席表示敬意，是一种责任也是一种荣幸。我尤其想要强调对科隆博主席的敬意，他以杰出的才华担任此职，在这一使命中赢得了所有人的尊敬。

欧洲议会，就像从欧洲煤钢共同体成立初期就开始发挥作用，尤其是从1958年共同体的独立议会成立开始，发挥了重要作用，在欧洲建设中的角色越来越重要。无论直接普选代表的深层改革是什么，我们的议会首先是过去议会的继承者，自从欧洲观念与民主原则相遇，它就直接属于所有在这里占有席位的人在一代人的时间里所开创的事业。

首先，带着谦虚谨慎之心，考虑到《罗马条约》赋予的有限权力，欧洲议会借助它逐渐获得的政治影响，巩固了在共同体机构和共同体建设中的角色。正是这种不断扩大的影响，促成1970年4月21日与1975年7月22日两个条约的签订，这两个条约都加强了议会的预算权力。此外，通过一系列实践条款，议会在共同体权力执行中的参与有了机制并得到发展。

对这项以往议会的成就，今天组成的议会不会视而不见。我们中没有人会忘记，它在切合共同体创建者的期望下，在践行"在欧洲人民中形成不断增强的联合"中所做的贡献。

如果我应该用几句话回顾一下我们之前的议会所做的巨大工作，那我应该尤其强调在欧洲共同体内部的深层改革——欧洲共同体议会的首次直接普选。

事实上，这是历史——见证共同体分裂、对抗和激烈斗争的历史——上第一次，欧洲人一起为共同议会选举了代表，今天，在这间大厅，他们代表着两亿六千多万欧洲公民。毫无疑问，选举成为自条约签订以来欧洲建设中的重大事件。诚然,在不同的成员国,选举程序仍有不同,但都符合1976年9月20日直接普选议会代表的条例。对未来的选举,将由我们制定一种统一的选举方式。这是一个我们将要共同奋斗的任务。

我们中的每个人,不管政治归属如何,都意识到,对共同体的人民来说,欧洲议会普选代表的历史性改革,发生在一个关键的时刻。事实上,所有共同体的成员国今天都面临三个重要挑战:和平的挑战,自由的挑战,福利的挑战。似乎只有欧洲建设才能让他们应对这些挑战。

首先,和平的挑战。直到现在,力量平衡使超级大国间武装冲突带来的自杀性灾难得以避免。然而,在这样一个世界,我们发现地区冲突不断增多。在欧洲占上风的和平形势成为一笔特别的财富,但是,我们当中没有人能低估它的脆弱性。在历史上一直残酷战争不断的欧洲,需要强调这种形势新到什么程度吗?

像前面的议会一样,我们的议会是维持和平这一基本责任的守护者,无论我们的分歧是什么,和平对所有欧洲人来说可能是最宝贵的财富。今天,弥漫世界的紧张局势让这种责任更加沉重,希望议会从普选中获得的合法性在帮它保证这种责任的同时,让我们的和平对外散发光芒。

第二个基本挑战,是自由的挑战。在世界地图上,集权制的疆域已扩张到如此之大,以至自由的小岛正被武力统治的体制包围。我们的欧洲正是这样的小岛之一,我们应该感到欣慰,在构成欧洲的自由国家群体中,又有希腊、西班牙和葡萄牙加入,它们的使命和我们的一样久远。

共同体将很高兴迎接这些国家。欧共体本质上能够加强这种自由,而这种自由的价值经常只有失去时才能被意识到。

最后,欧洲正面对巨大的福利挑战,我是指面对经济动荡对人民生活水平造成的威胁。五年以来,石油危机是经济动荡的催化剂和风向标。在一代人的时间里,经历了生活水平的提高——水平之高,时间之长,前所未有——之后,今天,所有的欧洲国家都面临一种经济战争,导致失业这一被遗忘的灾难重新回归,导致人们质疑生活水平的提高。

这种动荡引起一些深刻的变化。在我们不同的国家中,每个人都迫切期待这些变化,但又畏惧这些变化。在全国范围内与在欧洲范围内一样,每个人都期待从政府和议员那里得到安全、保障以及可以安心的措施。

我们全都清楚,这些从欧洲一端到另一端同样被敏锐地感受到的挑战,只有共同行动才能有效应对。面对超级大国,唯有欧洲拥有重要影响力,它已不再孤立地属于每个成员国。但是这种重要性的发挥必然需要欧洲共同体的团结和加强。现在,全民普选的欧洲议会将担负一种特殊责任,为了应对欧洲面临的挑战,我们要确立三个方向:团结的欧洲,独立的欧洲以及合作的欧洲。

首先,我所说的团结的欧洲是指民族之间、地区之间和个人之间的团结。在民族关系中,质疑或无视成员国最基本的国家利益是不行的。但显然,欧共体的解决办法常常比持久的对立更有利于共同利益。没有任何国家可以免除新的经济困难今后在国家层面要求的纪律与努力。我们的议会必须不懈地建议缩小差异。如果差异加重,会影响共同市场的统一,而且因此影响成员国中优越者的地位。

这种社会团结的努力,即经济——有时是金融——调整的努力对减少地区性差异是必需的。在这方面,共同体已经推行了一些具体而有效的行动。只要其结果总是值得所付出的代价,该政策就应该被坚持下去。

也要改变已实行的政策,缓和传统上消沉地区的情况,以及不久前仍被认为强大繁荣但是现在却受经济灾难重创的地区的情况。

最后,尤为重要的是,团结的努力应该在人与人之间得到加强。尽管最近几十年中,我们在这一领域已经取得真正显著的进步,可在这一点上我们还有很多事情要做。但是,毫无疑问,在一个让所有公民接受生活水平停止提高或缓慢提高,接受节制社会消费增长的时代,只有在真正减少社会不平等的条件下,必要的牺牲才会被接受。

在这个领域需要采取的行动的主要目标,在共同体范围内和在国家范围内一样,就是就业。我们的议会应该对岗位需求的增长快于供应这一新形势做出深入思考。这一形势产生了一些悲观失望,使我们必须为了改善这种情况而联结以下三个要素:生产性投资,欧洲最脆弱行业的就业保护以及对工作条件的规范。

我们的欧洲也应该是一个独立的欧洲,不是让它确定一种侵略性、冲突性的独立,而是因为自主确立它的发展条件至关重要。在货币和能源领域,这种探索很明显势在必行。

——在货币领域,我们将强调最近欧洲货币体系的构成对欧洲具有的重大政治意义。这种货币体系旨在共同体内部建立稳定的货币关系。几年以来,无论偶然与否,货币关系受到了美元不确定性的影响。

——在能源领域,对欧洲而言,依赖石油生产国成为一个重大的不利因素。为了重建我们的自主条件,议会将有效地邀请欧洲各国政府,在此表明对合作与协商的关心,尽管这种关心很晚才开始显现。此外,也应该加强在经济及新能源开发上的努力。

最后,我们期望的欧洲是合作的欧洲。在与发展中国家的关系领域,共同体已经达成了榜样性的合作,最近与各合作国家的谈判,刚刚跨越了一个新的阶段。现在,共同体希望所有参加谈判的国家都签署新的《洛美协定》。

还要指出,如果新的世界经济背景意味着这一合作政策会被加强,它也同样意味着,我们要根据是否为原材料生产国,考虑区分发展中国家的不断增大的差异。在这种选择性合作框架下,欧洲应该能为其生产活动获取必要的原材料,给它的合作者提供合理的收入,平衡地进行技术转化,同时也保证对欧洲工业的公平竞争。

因为议会是由普选产生,并以此获得新的权威,所以,议会将为欧洲共同体实现目标和应对面临的挑战起到特殊作用。在这方面,1979年6月的历史性选举已经为欧洲带来希望,一种巨大的希望。如果不能承担这种责任,选举我们的人民将不会原谅我们。哦,多么沉重的责任,多么令人激动的责任。

这种责任,欧洲议会将在充分协商中行使。

然而,我想强调,议会的新权威将引领它加强在两个领域的行动:一方面,更加民主地实行其监督职能;另一方面,在共同体建设中,发挥更有力的推动作用。

来自直接选举的欧洲议会将可以充分行使民主监督职能,这是整个议会的首要职能。

尤其是,根据条约赋予的权力,由欧洲议会以共同体公民的名义支出预算。从今以后,在共同体与在其所有成员国一样,是由人民选举的议会来表决预算,预算是议会权限中最重要的权力,它拥有罚款甚至是全部否决的权力。

我想重申预算对话在不同阶段的重要性,无论在草案拟定阶段,还是最终通过阶段。这是一项繁琐、沉重的任务,程序会有期限，会在委员会和议会之间往返。但是，相反的，这种繁杂和往复使我们的呼声有被听到的可能。

然而，这要遵循许多条件：一方面，要在我们出席的条件下，那是因为出席是必要的；另一方面，很明显，越是团结，越是没有蛊惑或幻想，我们的力量就越大。此外，议会计划中的首要任务在于第一次审查1980年预算草案，我们将马上启动这一工作。

如果我们更全面地考察由直接普选产生的议会的预算权执行情况，我认为有一点值得注意。我指的是，一个负责的议会，在拟定预算时，不应该局限于确定一个支出总额，还应该考虑收入的征收。这完全符合我们的民主职能。我们知道，从历史的角度看，世界上最早出现的议会就是通过收入征收委托组成的。

因为我们知道，在这个议会任期中，欧盟预算达到增值税的百分之一这个上限，这是条约为固有收入征收确定的，所以这个问题就更加不能避免。在接下来的几年中，收入问题将会成为我们要重视的首要问题，议会作为全体公民的代表，即共同体中所有纳税人的代表，将必须为提出解决方案发挥首要作用。

议会还应该是共同体内部总体政策的监督机关。事实上，无论共同体行动的范围是什么，我们都不认为，议会权限的制度限制会阻碍像我们这样的议会在任何时刻发出政治威信所赋予的声音。

我们的议会还要在欧洲建设中发挥推动作用。正如我们提到的，这一点在欧洲首先需要更加团结的时候特别正确。新议会将允许共同体的所有公民在欧洲舞台上表达看法，同时让公民中不同等级的人更好地感受到团结欧洲的迫切要求，这种迫切要求超越了眼下的焦点问题，这些问题虽也具合法性，但永不应该掩盖共同体的基本利益。

当然，我们不忽视权力的组织，它存在于共同体中，赋予每个机构自主权。条约授予欧盟委员会与理事会立法提案权和立法决定权的职能。每个机构的这种自主权，是共同体良好运转所必需的，它不妨碍这些机构之间的基本合作。在这种合作框架中，对共同体而言，议会新的合法性所代表的新冲力应该成为有效的推动因素。

因此，我们的议会是在加强与其他机构的共同工作中，为欧洲进步发挥更加有效的作用。议会在咨询方面——可以无限制地给予——和新的协商程序方面应该这么做。协商应该可以使议会真正参与共同体的立法决定。

我们议会的呼声具有很强的合法性，能够传达到共同体的所有机构，尤其是政策决策的最高层。关于这一主题我尤其想到了欧盟理事会。

我们因为想要实施的计划，因为想要维护的观点，甚至是我们自己的角色而产生分歧，这在我们这样一个民主的议会中是自然而正常的。

可是，我们要当心将我们的议会变成一个分裂与抗争的论坛。欧洲共同体已经过于频繁地给大众舆论这样的形象：机构瘫痪，不能在必要期限内作出决定。

我们的议会，远非欧洲内部分歧的齐鸣之地，如果做到通过共同体表达和展示今天如此需要的团结激情，就将能充分满足它催生的希望。

就我而言，我会将全部的时间与精力投入我们面前的任务。我知道，尽管我们来自共同的文明，被同源的文化塑造，但是，我们不一定有共同的社会观念和共同的愿景。

然而，我深信，我们议会的多元化能成为丰富我们工作的因素，而不是欧洲建设发展的制约。无论我们的政见有多么不同，我的确感到我们有共同的愿望，实现一个建立在共同遗产之上，以及一种对基本人文价值的尊重之上的共同体。秉承这一精神,我邀请各位怀抱着手足之情投入我们的事业中。

这样,我们在任期结束时,就会感到已经推动了欧洲的发展,尤其是,充分满足了这个议会给欧洲人以及全世界所有热爱和平和自由的人激起的希望。

1979 年 7 月 17 日,斯特拉斯堡

2007年1月18日犹太人大屠杀纪念基金会主席西蒙娜·韦伊女士在向法国正义者致敬的先贤祠典礼上的讲话

共和国总统先生，法国正义者们：

我向你们发表讲话，向我们周围的你们所有人，向未能出席仪式的人们，向曾经帮助拯救犹太人不求感谢的你们发表讲话。

以犹太人大屠杀基金会的名义，以所有被你们拯救的人的名义，今晚，我来到你们身边，向你们表达我们的崇敬，我们的爱意，我们的感激。

我们永远不会知道你们的确切人数。一些人已经过世，未曾炫耀过他们的作为，一些人认为已被他们救过的人遗忘，还有一些人甚至拒绝荣誉，认为只是履行了他们作为法国人、基督徒、公民、男人和女人的义务，面对仅仅因为生来为犹太人而被追捕的人无法无动于衷。

某些法国人喜欢淡忘我们国家的过去，我从未这样想过。我一直强调，并且在今晚郑重重申，法国维希政府要为七万六千名——其中一万一千名是孩子——犹太人被关押负责。但是也多亏了法国人，我国四分之三的犹太人逃脱了追捕。其他地方，在荷兰、希腊，百分之八十的犹太人被捕，在集中营中惨遭灭绝。除了丹麦，在被纳粹占领的国家中，没有一个可以和我国团结的热忱相比。

你们所有人，今天我们致以敬意的法国正义之士，是你们让我们的国家感到光荣，因为你们，我们的国家重新找到博爱、正义与勇气的含义。六十多年前，你们未曾犹豫冒险相救，将你们的亲人置于危险之中，甚至有被投入监狱、关押到集中营的危险。为什么？为了谁？为了那些男人、女人、孩子，为了那些多数情况下都是萍水相逢的人，那些与你们毫不相干、身处险境的男人、女人和孩子。

你们中大多数人都只是"普通"法国人，市民或是农民，信徒或是非信徒，年轻人或是老人，富人或是穷人，你们曾庇护这些家庭，为大人带来安慰，为孩子带来温情。你们发自内心地帮助他们，因为他们所受的威胁，在你们看来难以承受。你们遵从于一个凌驾于所有其他要求之上的不成文的要求，而且不求荣誉，你们因此更配得到这份荣誉。

共和国总统先生，今晚，我一定要感谢您，感谢您当众承认国家在维希政府的邪恶法令中负有责任，也感谢您多次唤起法国人模范、勇敢、博爱的行动。今晚，他们中的一些人就在您的身边。

面对力图在人类历史上抹去犹太民族，并抹去所有罪行的纳粹主义，面对那些时至今日仍然否认事实的人，今天，法兰西以把大屠杀黑夜中光辉的一页永不磨灭地镌刻在国家历史的基石上感到自豪。

法国的正义之士只是认为他们经历了历史。事实上，是他们书写了历史。在所有关于战争的声音中，他们的声音是人们听得最少的，几乎是私语。应该鼓励他们发表意见，是让我们听到他们的呼声的时候了，是我们该向他们表达感谢的时候了。

对于我们，时时想着死去却未归葬的亲人的人，对于所有渴望一个更美好、更公正、更友爱的世界的人,对于所有渴望一个摆脱了反犹太主义、种族主义与仇恨毒药的世界的人,你们正义者的呼声从此将永远在这里回荡,是你们给了我们充满希望的理由。

2007年1月18日,巴黎

2007年1月29日纪念犹太人大屠杀基金会主席西蒙娜·韦伊女士值纪念大屠杀遇害者国际日之际在联合国的演讲

尊敬的副秘书长先生,各位大使,女士们,先生们:

时间未曾改变什么;每当我做关于纪念犹太人大屠杀的发言,心情总是同样沉重。我和所有的同事一样,认为有义务坚持不懈地向年轻一代、向我们各国的公众舆论、向政治领导人,解释六百万男人和女人,包括一百五十万儿童,是怎样死去的,仅仅因为他们是犹太人。

我也很珍惜这份荣耀,有幸被你们邀请到这个具有象征意义的场合发言。事实上,联合国是在第二次世界大战的废墟上诞生的。大屠杀不是一个表象,而是一个事实:在这个长久以来,因为哲学家与音乐家人才辈出而备受尊崇的欧洲国家,做出了用毒气毒死并在焚尸炉中烧掉几百万男人、女人和孩子的决定。这些人长眠在乌克兰、葡萄牙、立陶宛、白俄罗斯和其他地方的坑穴深处,这些坑穴正是犹太人被流动屠杀队射杀之前亲手挖掘的,他们倒下去,被焚烧,所有罪行的痕迹都被抹去。

我也要感谢曾举办吉卜赛人命运和遭遇展览会的人,几万吉卜赛人被抓捕、囚禁并最终灭绝。确认他们中很多人是在奥斯维辛被杀害用了很长时间。

还记得1944年8月2日那天,直到那时都过着家庭生活的吉卜赛人全部被毒害,在多年之后的 1980 年,我有幸作为欧洲议会主席,受到德国当局邀请,前往卑尔根—贝尔森,我惊讶地看到,承认这些悲剧的工作一点也没有做。于是我强调有必要弥补疏漏。

五年前,欧洲委员会决定组织一个纪念大屠杀和预防反人类罪的欧洲日,日期定在 1 月 27 日,这是一个苏军分队到达奥斯维辛集中营的日子。1 月 18 日和 19 日,大部分活着的人就已离开建在奥斯维辛周边的集中营或是装甲营。

就这样,六万多男女犯人被迫在大雪中行走几十公里,有些人甚至走了几百公里,不能放慢脚步,否则会被当场处决。红军士兵只找到一些尸骨和几千名受到惊吓的垂死的人,由于时间紧迫,他们被留在那里。党卫军认为饥渴、寒冷和疾病很可能会加速完成他们的任务。有些人冒险留在集中营藏了起来,希望被解救。

2005 年 11 月 1 日,联合国决定确立"纪念大屠杀受害者国际日"。

通过这个今天涉及全世界的决定,联合国一直忠于其创建原则,尤其是忠于人权宣言以及 1948 年 12 月通过的预防、抵制和审判种族大屠杀的决议。

联合国也坚持铭记犹太人大屠杀特殊而普遍的性质:有计划的灭绝,企图灭绝整个民族。这个目标在很大程度上得到实现,凌辱了人性的基础。

这就是为什么,在我看来,2005 年 1 月 24 日是标志性的一天,联合国召开第二十八次特别会议纪念纳粹集中营解放六十周年,主持这次会议的不是欧洲人,而是加蓬大使让·班格先生,我坚持要感谢他。

秘书长先生，各位大使，你们需要了解，对曾经的囚犯来说，没有一天不会想到大屠杀。除了毒打，还有恶犬骚扰我们，筋疲力竭，饥渴，困乏，旨在剥夺我们作为人的全部尊严的侮辱，时至今日，这一直都是最糟糕的记忆。那时，我们不再有姓名，只有一个刺在胳膊上的数字，用来识别身份，我们衣着破烂。

最让我们挂念的是，那些一到集中营就被与我们分开的人，几小时后，我们从牢头处得知，他们被直接带到了毒气室。奥斯维辛并不是最糟的。很多来自欧洲各地的火车驶向索比堡、麦达内克或是特雷布林卡。在那里，除了亲自把犹太人带往毒气室的党卫队特别分队，所有来人，无论年龄大小，都立即被处决。

在 1944 年 4 月，我和母亲、姐姐都被关押在奥斯维辛。在德朗西——所有法国犹太人都集中在这里——过了一个星期后，我们被堆积在一起，在打了铅封的运牲口的车厢里度过了可怕的三天，几乎没有水和食物，也不知要去哪里。我的父亲和哥哥也被捕了，被关押在立陶宛的考纳斯，在一个八百五十名男人的队伍中，只有二十几人活了下来，我们无从知晓半点我父亲和哥哥的命运。

我们在深夜到达奥斯维辛，一切都让我们惊恐：刺眼的探照灯，党卫队的狗叫声，还有穿着苦役犯衣服把我们拉下车厢的囚犯。

那时，党卫队囚犯筛选负责人门格勒医生，通过一个简单的手势，指出哪些人要关进集中营，哪些人看上去太疲惫，要被带上准备好的卡车直接送往毒气室。我们三个人奇迹般的都进了集中营，被派去参加土方施工，工程通常完全没有价值。

我们每天工作十二小时以上，几乎没有吃的，但是我们的命运并不是最惨的。在 1944 年 4 月和 5 月，四十三万五千名犹太人从匈牙利来到这里，为了方便将他们杀害，纳粹把铁路延长到集中营内部，最靠近毒气室的地方。大部分人一下火车，就被送往毒气室。对我们这些眼睁睁看着并清楚他们前方命运的人而言，这真是恐怖的场面。我依然记得那些面孔，那些抱着孩子的妇女，那些对命运毫不知情走向毒气室的人群。我当时就在一栋楼里，距离停火车的坡道非常近，这是我所见到的惨状，我们这些自以为再也不会流泪的人都哭了，至今我还经常想起他们。

在7月，我们有机会去了一个囚犯很少的小集中营：工作和纪律都不像过去那么严格。我们在那儿一直待到1945年1月18号，当我们听到苏联的大炮声，看到前线的微光时，我们寻思着，党卫军在苏联人到来之前会把我们杀了还是把我们留在现场。1月18日晚上，我们离开集中营，在党卫军的枪口下被迫走了七十多公里：在这场"死亡之行"中，我们很多同胞死去了。在格莱维茨的一个大集中营——我们大约有六万人，来自整个地区——等了两天之后，我们挤在几个露天车厢里，穿过捷克斯洛伐克、奥地利，接着是德国，最后到达位于汉诺威附近的卑尔根—贝尔森集中营，大约一半人死于寒冷和饥饿。

在卑尔根—贝尔森集中营，没有毒气室，也没有筛选，但是伤寒病、寒冷与饥饿在几个月的时间里就将上万囚犯置于死地。面对苏联军队的前进，纳粹并不希望将这些人留在原地。

最后，1945年4月15日，英国军队解放了我们。士兵从装甲车里发现堆积在路旁的死尸，看到我们骨瘦如柴，走路摇晃，我现在仍然记得他们惊愕的神情。我们没有任何欢喜的叫喊，只有寂静的眼泪。我想起我的母亲，她一个月前死于衰竭和伤寒病。在这几个星期里，由于缺乏治疗，我们中很多人都死了。

我的姐姐和我，在1945年4月15日被解放后，直到5月末才回到法国，或许是上级担心我们有把伤寒传染病带到我们国家的危险。

关于回家该说什么呢？

我们一直期望参与抵抗运动的姐姐不会被捕。在我们返回的前一天我得知她已经被关押。但幸运的是，我很快得知她幸存下来并且已经回来。

战争刚刚结束，但是法国已解放几个月了。当时有不少针对法奸的诉讼案，但是大多数法国人以及政府都希望忘记过去，没人想听关押的事，没人想听我们看到和经历的事。大多数未被关押的犹太人——对于法国来说，占犹太人总数的四分之三——承受不了我们的诉说，其他人宁愿不去了解。我们的确没有意识到我们叙述中的恐怖，因此，我们只与被关押过的人谈论集中营。

犹太人屠杀并不只限于奥斯维辛：整个欧洲大陆都沾满了鲜血。非人道的进程已经走向终结，大屠杀引起了对人类道德与尊严的无尽思考，因为最糟糕的情况总是还有可能出现。

我们经常表达"绝不重蹈覆辙"的愿望，但是我们的警告一直是徒劳的。在柬埔寨大屠杀过后，非洲自十多年来为疯狂的种族大屠杀付出了最惨重的代价。在卢旺达之后，我们看到，在达尔富尔①，播下了死亡与悲痛的种子。这是个悲剧数字：二十万人死亡，两百万人被驱逐出家园。我们了解这些，但是怎样调停呢？怎样结束这种野蛮的行为呢？

在考虑到让非洲统一组织接管当前局势或许会更好一点

---

① 达尔富尔地区位于苏丹西部，这里地势较高，降雨量多，自然条件仅次于苏丹南部和尼罗河沿岸，蕴藏的石油等自然资源也有待开发。约有80个部族生活在达尔富尔地区，错综复杂的民族和种族矛盾导致这一地区的暴力冲突持续不断。

后,我觉得联合国现在是时候应该介入了。我四年以来担任海牙国际法庭设立的反人类罪受害者基金会主席,我在想能够做哪些事情可以制止这些犯罪和暴行,还有它导致的悲剧性的人口迁移。我们知道,几个非政府组织冒很大危险成功救援了这些男人和女人。比起这些人的痛苦与绝望,这都不值一提。

秘书长先生,我知道这是您目前优先处理的事情,我对此感到高兴。

我不能不提及现在的新否定主义者,他们否认大屠杀事实,号召毁灭以色列。我们知道现在的伊朗核问题,多么令人担忧,使这个国家通过接受联合国的要求,遵守签署的核武器不扩散条约,回归国际社会是多么紧迫。

经过谈判,在以色列国家旁边建立巴勒斯坦国,双方都在边境以内和平生活,这应该可以给反对以色列存在的战争画上句号。

在伊斯兰激进派代表们中,毁灭以色列——犹太人的祖先自古以来生存的土地,现已成为大屠杀幸存者和逃亡者的庇护地——的号召令我深感担忧。声称大屠杀只是犹太人为了建立以色列而编造的谎言,他们为毁灭以色列的目的心打开了一个缺口。这种被用于单纯政治目的的否定论,让他们为旨在毁灭以色列国家的战斗找到了理由,散布否定论的人并非是糊涂虫。我对新否定论深感担忧,因为它在无知与狂热的人那里得到巨大反响,尤其是借助新式通讯科技,在年轻人中得到回应。

面对犹太人大屠杀纪念问题和以色列国家的存在问题,国际社会,比如我们这些国家,应当承担起责任,也应该担负起反对其他种族屠杀——这些大屠杀应该得到确认,受害者应该被确认——的责任。那些曾经犯下或正在犯下滔天罪行的人理应被审判并惩罚。

秘书长先生,我知道,这些现状多么令您忧心。我知道您坚持致力于寻找一些办法,使联合国针对所有冲突的决议和原则最终得到尊重。

除了国家和组织,还有每个人都应承担的责任,我向你们举一个记在心里的例子。1月18日,在我的提议下,法国总统雅克·希拉克在先贤祠向法国正义者表达了敬意。这些正义之士是几千名非犹太人,因为在"二战"中解救犹太人而被耶路撒冷大屠杀纪念馆授予荣誉。在法国,七万六千犹太人被关押,却有四分之三的法国犹太人被解救。他们把这归功于这几千名帮助了他们的法国人,后者表现出了勇气、大度和团结。

我之所以提到正义者,是因为深信依然会有不同出身、不同国家的优秀人士,以正义之士为榜样,我愿意相信道德力量和个人良心定将战胜一切。

让我备感欣慰的是,在上个星期五,谴责否认犹太人大屠杀的决议也被一致通过。最后,我提出一个最热切的愿望,希望联合国确定的这一天唤起世界上所有领导人和所有男女老少,去尊重他人,去拒绝暴力、反犹太主义和仇恨。

我想庄严地向你们重述,大屠杀是"我们的"记忆,是"你们的"遗产。

2007年1月29日,纽约

图书在版编目(CIP)数据

一生/(法)韦伊著；侯合余译. —南京：南京大学出版社，2015.6
(20世纪外国文化名人传记)
ISBN 978-7-305-14933-7

Ⅰ.①—… Ⅱ.①韦… ②侯… Ⅲ.①自传体小说—法国—现代 Ⅳ.①I565.45

中国版本图书馆CIP数据核字(2015)第065330号

Simone VEIL
UNE VIE
© Editions Stock，2007
Simplified Chinese edition copyright © 2015 by NJUP
All rights reserved

江苏省版权局著作权合同登记 图字：10-2008-344号

出版发行	南京大学出版社
社　　址	南京市汉口路22号　　邮　编　210093
出 版 人	金鑫荣
丛 书 名	20世纪外国文化名人传记
书　　名	一生
著　 者	[法]西蒙娜·韦伊
译　 者	侯合余
责任编辑	芮逸敏　张琦
照　　排	江苏南大印刷厂
印　　刷	江苏凤凰扬州鑫华印刷有限公司
开　　本	889×1194 1/32 印张7.5 字数184千
版　　次	2015年6月第1版　2015年6月第1次印刷
ISBN	978-7-305-14933-7
定　　价	30.00元

网　　址：http://www.njupco.com
官方微博：http://weibo.com/njupco
官方微信号：njupress
销售咨询热线：(025)83594756

＊版权所有，侵权必究
＊凡购买南大版图书，如有印装质量问题，请与所购
　图书销售部门联系调换